クワカ
ケルル

野木京子

思潮社

怯えている　たくさん見たうつくしいものが　からから胸の奥でまわっている

いちばんうつくしいのはあのひとのあごの細い毛
あるひとが女であるひとが男であるということ
あるひとはそのどちらでもないということ
空に星がまわっているということ
不正義や残虐が歌をうたいあげるときでも　惑星が黙ったまま　まわっているということ
それでも消えていくことがつらくて　ぎりぎりまで生きることを続けるということ
そのぎりぎりの音を聴くことが　ひとの　役目なのだ　と

しかし、それもこれも今だけの話、しばらくすればもう耳には届くまい。

カフカ

ウラガワノセイカツ

きょうぽこぽこがわたしのところにおりてきて

ぽこぽこ

響きもなく周りをまわっている

天空の海原は灰色でいつも大荒れ

波は絶え間なく首をもたげ　空の透き間を牙で刺す

浜辺にいるひとが海や空を見るのが好きなのは

その裏側にもうひとつ別の生があるような気がするからだ

（それはうそだよ　さあどうだか）

裏側に移動できるかもしれないという思いが　浜辺にいるひとを支えている

（さあね　どうだか）

ぽこぽこは手のひらの上のあかりのように

かすかなぬくもりも持っていて　気づかないときにも周りをまわっている

わたしたちが踏む薄氷の未来に向けて

（ウラガワにはウラガワノセイカツがあるのだよ）

そんなうそめいた言葉をぽこぽこはわたしの耳の近くでささやく

重い扉を開けると

隕石の匂いがする部屋の暗い底で　水枝さんはうずくまっていた

いつの間にこんなにやせこけてしまったのだろう

細い肩を逃げ場を失った小さな生きもののように震わせて

泣く以外に体の使い道がないかのように

水枝さんは震えていた

それから七年

天空からおりてくるぽこぽこしたものが

水枝さんのところにもようやくやってきた

冷え切った時間のなかにいたこのひとのところにも

ほんのり温かなものが

ぽこぽこ

彼女が気づかないうちに周りをまわっていて

そうしてやはり一緒にいるのだ

空や海のウラガワからやってくるぽこぽこ

大きな木とどこにもない空

ぽこぽこは遠くへ飛んでいった　わたしのぽこぽこ
ぽこぽこが集まっている空がどこかにあって　どこにもない色をしている

こびとが　いいこびとか悪いこびとか知らないけれど
街路樹の根元にしゃがんでいるこびとが　通り過ぎるひととわたしとを見ていた

あれはもう戻ってこないひとだね
あれはまだ少し歩いていくね　少しだけだね　などと　笑ってにたにたしている

"世界" は　ほんとうは単純なのではないかと思うときがわたしにだってある
ひとびとを見つめるこびとたちがしゃがんでいる大きな木と
丸い体のぽこぽこたちが集まっているどこにもない空
"世界" はたったそれだけではないかとわたしだって思うときがある
こびとたちが　いいこびとか悪いこびとか知らない

ただ　外側からわたしたちを見ている夢を見た目は　たしかにあるのだ

ぽこぽこが遠くで夢を見ている夢を見た

夢を見ながら震えて
体をへこませたりはね返したりして
丸い形を保ちながら震えている
小さくなってしまったぽこぽこや
初めから小さかったぽこぽこ
泥のなかの子どもたちのことを思うといまでもわたしは泣いてしまう
それでもぽこぽこは
わたしのようなみにくいひとの周りにも飛びまわってくれたので
わたしは今日も　ぽこぽこに向けて片手をあげている
それは「さよなら」だったり　「またね」だったり
それでもやはり「ありがとう」の合図で
わたしはぽこぽこに　せいいっぱい手を振っている
あの恐ろしい夜のことも
ぽこぽこはすいとってくれて
明るい　どこにもない色の空へ飛んでいく

11

葉脈の時間

空は一枚の大きな布で星を包んでいる

そして空にはやっぱり

知っていた死んだひとたちが溶けこんでいる

地上で葉脈のうつくしい生きものが無残に踏み潰されたときにも

空は明るい色をして

死んだひとたちは透明な網の目になって空に溶けこんでいた

順々に思い出したら大丈夫だよ

ゆっくりと　なにがあってもあわてずに

ほんとうにどんなことが起こってもうろたえずに

順々に　心のなかの小箱の蓋を開けて

ひとつひとつ自分の目の前に出してやる

生きるというのは時間の流れに乗ることだけではなく

そういう　小さなひとが横切っているような

過去のクルミをひとつひとつ

目の前で割ってみることでもある

そうすればきっと

あわてずにうろたえずに

空の葉脈になることがわたしにもできるはず

声の水面

—— 新井豊美さんへ

指先で触れることのできない水面が　地表に広がっていて

さざなみのように　膜の向こう側へ行ってしまったひとたちの声がそこから聞こえてくる

それでもわたしは耳の奥でいまでもまだ探している　あなたの透き通った声を

あなたが聞いていた　瀬戸内の波の呼びかけ

体のなかに広がっていた海の　汐の　ざわめき

手のひらの下の　武蔵野の公孫樹の幹の鼓動

いすろまにあ（島狂い）だったという　その隠された激しさも

水面にときおり開くという窓からこちらを見て

かすかにわたしたちを思い出すことがあるだろうか

シチリアの路地や尾道の坂の途中にある家のように

透明な音をたてて　開いたり閉じたりする窓

冬の樹木のようなひとだった
植物が枯れてしまう季節の厳しさを
「ここから何かを始めるには
今はほんとうによい季節なのだ　……」*
と　うたったあなたは
ひととしての　誇りの形でもあったのでしょうか
内側から隆起する傷を　ざらざらの樹皮で　隠すように包んで佇む姿が
瘤のある痛々しい木を好きだったのは　なぜですか
ざらついた砂粒の風を受けて耐えているような

そして『切断と接続』という詩集の　そっけない名前の　不思議さ
“切断”は　突然ひとに降り注ぐ　受身のものであるけれど
“接続”は　そうではなく
繋がっていこうとする　意思の姿
天空へ伸びていく枝の　　“接続”への意思が
あなたの背筋をいつも
すっくりと伸ばしている力になっていたのだ　と

15

いまになって　わたしは気づいた

（あなたは　どこを探してもいないひとになった
（それでもわたしが心を透き通らせていると
　　　　　　　　　（檸檬色の光になって
　　　　　　　（わたしの戸口を訪ねてくれる
（そして見えない片手を差し伸べてくれる
　　　（その手のひらに自分の手を重ねて
　　　　　　　（新しい渚へと歩いていこう
（"接続"していくものになりなさいという
　　　　　　　　　　　（あなたの声とともに

＊　新井豊美「冬の揺籃」（詩集『切断と接続』）

16

傍らの海

一日の終わりには
幕を引くことに感謝をし
明るい日がもっとも残酷な日でもあることを
ひとには言わずにしまっておき
土気色の顔をしたあなたがわたしの寝台の周囲をまわる夢を見る
殺したのはわたしだったのだろうか
そばに来てもかまわない
かこまれていると淋しくはないし怖くもない
惑星が黙ったまま　まわっている
ぎりぎりまで

18

そのぎりぎりの音を聴くことが
ひとの役目なのだと
足元にすむ小わらしが言う

別の夢のなかで目を開いたら
傍らの縁から先は　海で
海に落ちるのは恐ろしいのだと思いながら
それでもわたしは落ちてしまい
やがてだれか高いところにいるひとが
少しだけ離れた水のオモテに浮かんでいるわたしを見つけるのだが
落ちるとは忘却の水の溜まりに落ちることだと
だからだれでもやがて落ちてしまうのだと
わたしの足元にすむ小わらしが言う

傍らの海に落ちるのは　忘却の海に落ちること
傍らの

……

木馬

二階へ行きなさい
と言われ
見あげたら　天井ははるかに高く
そこにあいた穴を目指して　長く梯子をのぼった
穴の向こうでは少女のようなものらが
小さな白い顔をのぞかせて待っているのに
梯子をのぼったわたしは
片腕片足をそれ以上伸ばすことができず
天上の階をつかみとることができないのだ
下を見ると横たわっているひとが見えた
死の床は　昔のように祈りの匂いが詰まっているものではなかった

歴史がひとびとの床を激しく押し流していた
とはいえ事象の移り変わりも出来事も
記憶の鏡のように歪められ
生と死の製造所のあぶくが流れ
見えない古い木馬がぽつんと動いていた
死の床にいるひとの周りを
恒星の軌道の輪から外れていく動作で
見えない木馬がぎしぎしとまわっていた
ひとの不幸をはやしたてるために
風が吹きこんでくる　小さなピンポイントの

下の階へはときおり花びらが落ちてくる

渦のもの

天へ両腕を伸ばす樹木と　横たわるわたし　時間の丘の上で　斃れた獣のように上
質なものでもなく　わたしはただ　垂直になるための血流の仕組みが　わからなく
なっていた
耳を立てていたのに　渦が近づく音は聞こえず　ふいに　わき腹になにか生きもの
が留まったことに気づいた
それは小さな子どもで　口無しのまま　わき腹に貼りつくように留まっていた
わたしはあんたのおかあさんじゃないよ　そう言おうとしても　言葉が消えていた
ので　動けずにいたら　やがて　ふうっといなくなった
感触だけがしばらく残った　ああ　いまのは自分のおかあさんと間違えて　それ

でわたしの傍らに留まったのだ　いやそんなはずはない　ひとりきりで離れて渦に

乗ってしまったことを　"それ"だって知っていたはずだ

少し立ち寄っただけなのだと　わたしがわかるまで　間があった　休みたかったの

だろう　"それ"は流れてきて　わたしのわき腹に留まって休み　そして去った

初めは大きくゆっくりまわっていた渦も　中心に近づくにつれ　流れが速くなり

さまざまなことを忘れていく　その小さなものでも　少しだけは持っていただろう

記憶も　流れが速くなるにつれ消えていき　つかの間わたしの傍らで休んだあと

また流れに戻っていった

23

歪みの虫を踏み殺したときはすぐ引き返せ

夏草が茂る坂道をのぼっていった

アカザ…シロザ…イヌガラシ……

地面に砂礫が混じっているのか　小さな石を踏みつけたとき　足の下が崩れ

同時にきぃ…とかすかな声が聞こえた　その途端　足首が嫌な水につかったよ

うに冷えた

虫というのは踏み潰されるといちいち断末魔の叫びをあげるのか

前方の年老いたシイの木の向こうから　赤いランドセルの子が坂道をくだって

きた　その子は眉をしかめ　迷惑そうにこちらを見た　坂道の両側には樹木が

鬱蒼と生えている　顔色が悪いのは日陰のせいだろうか

こんにちはと声をかけると　その子は口元をかすかに動かし　狐の形で　すれ

違った

わたしは坂の上の空き家を訪ねようとしているのだ　その家が行き止まりの

ずだが　子どもが坂道をおりてきたということは　空き家の先にも坂は続き

住宅地でもあるのだろうか

だが　のぼりきるとやはり行き止まりで　半開きの門扉が錆びついていた

敷地に踏みこむと　ヤツデの木の向こうに玄関があり　鼠色の作業着を着た男

が立っていた　廃屋の管理人だ　廃屋の管理人がとうとうわたしの心のなかに

まで入ってきた

──訪ねようとしても無駄ですよ

管理人はマスクの上の目を鋭く細めてこちらを見た

──訪ねようとしている家などもうどこにもありませんな

管理人の持っていたファイルがすべり落ち　地面に書類がばらまかれた　しゃ

がんで手に取ると　どこかの間取り図だ　だが壁面は歪んだ線で書かれ　とこ

ろどころ　その線すら消えている　こんなものが間取り図のはずはない　これ

では消えかけた記憶の見本みたいじゃないか

管理人はこちらに背を向け　引き戸の鍵をまわした　戸が開くと　彼は鞄から

潰れたスリッパを二足出した

──かなり汚れとります　この家もあなたも長く生きてきたという証ですな

管理人が暗い家のなかを歩きはじめた　わたしもあわててスリッパに履き替え

て後を追い　闇に包まれた部屋に踏みこんだ　空気が澱んでいる匂いがする

そして彼は奥の雨戸を開けた

光が無数の矢になって部屋の空気を貫いた

こういうときはきっと引き返せないのだ　振り返ると　案の定　足場はもうな

い　だから前方の　矢のような光の束に向かってわたしは進まなければならな

いのだが　そんなことがわたしにできるのだろうか　それとも　この汚れた廃

屋で　途方もない時間を　過ごし続けなければならないのだろうか

声のひび割れ

西日がみんなを焼いてしまう

だから午後になるとカーテンを閉めてしまうの　茜さんは言った

部屋の外にいたときは　蟬の叫び声が空気を震わし　あたりは真っ白だった

部屋のなかに入るとそれらの音は遠のいたが　蟬の声はわたしの鼓膜の内側に

入りこんだまま　小さな騒ぎ声を立て続けていた　案外　蟬自身よりも声のほ

うが長く生きる　これからいくつもの冬を　わたしのなかで越えていく

茜さんは暗くなった部屋で　熔け残っているキャンドルに火を点けた

──このあかりみたいなものも

茜さんが　声を落とした

──斜めに少しみんなを焼いてしまう

わたしの右隣の壁にヤモリが数匹はりついていた　おやおや　家のなかだとい

うのに　茜さんが守ろうとしているのはこのヤモリたちなのだろうか　朽ちた

木の色をしているが　枯れた枝とは違い　細い腹部と胸には　腸や心臓や肝臓

や肺やらが湿度とともにひくついているはずだ

わたしがヤモリたちを見詰めていると　茜さんが言った

――この生きものたちはわたしの記憶の末裔なのです

このヤモリたちのなかに茜さんの記憶が詰まっているの？　わたしが訊くと

――分散してバラバラに散らばってこういう生きものになって　やがて廃墟を

這いずりまわる

茜さんが答えた　その声が急にひび割れはじめたので　ああ　もう少しでばら

ばらに砕けるのだと　わたしにもわかった

――あなたのような管理人には　わたしのことなどはわかりっこない

茜さんは最後にわたしにそう言ったようだった

29

紙の扉

それなりの長さの旅を終えつつあり
残された扉を通り抜けていく
それはきっと紙の束でできた厚い扉で
扉にはゼラチン状のひとの心が滲んで
紙という繊維の　些細なわかれ道にまで浸透している
わたしはその繊維のわかれ道を
人差し指の先端の想念で辿っては戻り
辿っては戻りしたが
繊維の道はどこを進んでも行き止まりなので
どこに行くこともできなかった
それでもくまなく進むことはできた　その紙の扉のなかを

風が冷たい空を渡る音が聞こえた

山の腐葉土の匂いがした

隠れたままの獣たちが

この繊維のなかで鼻をあげて

星雲が渦を巻く瞳を開いていた

獣たちは覆いのない空の下で毎夜

時空の砂粒の星々を繰り返し見あげ

そうして瞳のなかに宇宙が飛びこんだ

遠くなってしまったひとをいとおしむとは

そのようなこと

境界

――夜光虫が光っているのです

――名前のなかに「光」とあるんだから　そりゃ光っているだろうさ

　　ルシファー

　　　　ルシフェラーゼ

　　　　　　ルミナンス

それにしても

暗い海面を小高い場所から

身をのりだすように眺めていると

ぽつんぽつんと　満月が落とした歪んだ輝度の周辺で

小さな星の花が開く

花は蒼ざめたまま　一瞬開いて　消える

海面に次々に　虫たちが形作る花が揺れるのを見ていると

時空にでも飛びこみたくなる

それはだれかが耳の奥で　そうしろとささやくからだ

わたしに　縁を越えることなどできるのだろうか

その海面を　わたしとは逆に　下から眺めている少女がいて

奇妙なことに　両脚におびただしい傷を負った彼女は

海の下から眺めた海面に遊ぶ光の粒粒を見て

境の向こう側へ跳ねあがりたい思いを

小さな体の内側に　苦労して押しこんでいる

こちらへ来てはだめだよ

どれほどルシファーがあざとく笑おうとも

ルシフェラーゼが発光体を揺さぶろうとも

来てしまえば　そのあとは　風にでもなってしまうのだから

うつむいたときに心が離れたのだろうか　わたしの上方でゆっくり揺れている細い片手が、みえた

その揺れ方はなにかを制止しているのではないし　こちらに来いと招いているのでもない

ただ　上の方向にこういう手が存在すると　わたしに教えるためにだけ動いていた

その手はだれのものだろう　わたしのために揺れているのに　わたしのではない手　だれのものでもなく

空という　どこからなにが飛んできて　なにがどこへ飛んでいっても不思議ではない空間の　その一部分である手

この手がときには　まだ来ていたいという形に揺れ　ときには　こちらに来るようにと招いて揺れる

いまはただ　ここにあなたのものではなくあなたのものである手が存在する

ということだけを示している

人が受け入れたがらないものを受け入れるようになったんです。

アイザック・B・シンガー

貝殻の風

明け方　薄闇から伸びた白い手が
窓辺に巻貝の殻を置き
かたり　と響きが震えた
殻の一番奥に隠れている光というものがあるなら
こぼれ落ちるとき受け止めてみたらいいと
白い手は言い
骨のような抜け殻を
持ちあげて傾けた
手の声は波のように遠くなり　近くなり
わたしは割れた巻貝を海底から拾いあげたことがある　砕けた透き間に生身が
まだ動いていたが　地表に連れてくると　貝の生命がいつ明滅の滅で止まった

のかわからないまま　やがて物の腐る激しい匂いが立ち　殻の奥で微生物が光
りはじめた　どろりとした液体と強烈な臭気が生命の根幹なのだろうかと水で
洗うと　貝殻は沈黙して　ただの骨になっていた

海から離れた部屋に住んでいたわたしの友だちは
斃れたとき
遠い潮騒を聞いただろうか
ひとが生まれそして還っていく
恐ろしくて懐かしい　ごおごおという場所
ひとが貝のように
白い抜け殻と
どろりとした液体だけであっても
やがて浜辺や空き地を風のように飛び
小花の影や海辺に転がる小さな貝殻の
透き間にも入っていく

鏡の空と幻獣

行かないで　まだ行かないで
そのひとの足元で小さな幻獣が叫んだ
あなたのちいさなげんじゅうを
ころしてはいけない　まだ
今日は夜空が妙に透き通って　銀色の
さざ波を鋭く立てて輝く海面のようで
そのひとは星々と直接
繋がりそうになった　合わせ鏡の空に
飛びこんで砕けそうになった
それでも足元にいる小さな生きものが
ここにいるよ　と低くうずくまったまま
悲しんで叫んでいた

ひととひとは疎外しあい憎みあって
ジグザグの失敗ばかりを
繰り返しているが　幻獣たちは
そんな暗闘とは関係なく　それぞれのひとの
外側で繋がりあっている　だから
あなたが行ってしまったら
わたしらもいなくなってしまうのだと
出現罪の化け物は化け物として
黙ったまま片隅で叫んでいる
どんな目の色と姿なのか
見えないしわからないまま　それでも
ひとのそばには　どのひとの足元にも
震えるようにうずくまる生きものが
行かないで　まだ行かないで　と
波の声を送っているから
あなたはあなたの小さな幻獣を
まだころしてはいけない

41

明るい海辺

——ほら

時空の洞窟　暗いなかからかすかな白い手が差し出され　ほら　と言われたから
とっさにこちらも手のひらを受けの形にして出した　かすかな白い手は　その指か
ら小さなものを落とし　しりぞいて消えた

ここからはよくある話だ　あたりが急に白々として　わたしは体を硬くして立って
いることに気づくのだが　手を開くと　妙な形にでこぼこの　小さな鍵があった

——それ　なにかね？

振り向くととても小さな　年老いた女がいて　にたにた笑っていた　少しずつ背丈
が大きくなるのかもしれないと思って待ったが　そうはならない

「鍵だから、箱か扉を開けるためのものかな」

答えたものの　箱と言っても　小箱もあれば　ひとを隠せるようなコフィンだって
ある　扉も　外への出口もあれば　二度と引き返せない檻の入口だってある

その鍵の奇妙な形をじっと見た　妙な具合にでこぼこしているのは　蛇が身を捩じ

らせている形になっているからだ

きっと蛇に姿を戻してしまうだろう　そう思って見ていたら　鍵は　墨色の細い蛇

にぐねぐねと姿を戻し　手から落ちて　床を這って　視界の片隅へと消えた

蛇が消えていった方向へ急いで追いかけよう　そうしたらその箱だか扉だかに辿り

着くに違いない　だが足をあげたくても　腰から下が動かない　ちっちゃい女はも

う笑っていなかった　女は粘土色になって　土器のように　さらに小さく固まって

いた

やがてわたしは土器を置き去りにし　足を重力から引き抜いて歩きはじめるだろう

きっとその先はひどくぬかるんだ道だろう　さらにその先に　氾濫の　明るい海辺

が広がっている　そこから移動していく方法は　よくわからない

車道

ほれほれ　楽しいから座っているだけなんよ

そういう声がしたと思った

通りで　車道にはみ出るように　小柄なおばあさんたちおじいさんたちが　円陣を

組んで座りこんでいた　お茶やお菓子を広げている　揃いの服を着て　なにかの作

業に疲れてひと休みしているふうだった　仲間を呼ぶ気安い仕草で　彼らがわたし

にほれほれ　と手招きをした

わたしは知人を訪ねて　初めて来るこのあたりをうろうろしていた　車はほとんど

通らなかったが　そうはいっても車道にはみ出て座りこんでよいのだろうか　でも

作業のひとたちみたいだし　大人数で見通しがよいのだし　わたしも穏やかに彼ら

の脇で足を止めたのだが　予定調和のように　建物の角から妙な車が飛び出した

危ない！　叫んで　輪の一番端にしゃがんでいるおばあさんをかばうように　わた
しは一歩踏み出した　車は甲高い音を立て　わたしの体をかすめるように通り　運
転席の男が悪態をついて走り去った　わたしはぼう然とその場に立ちつくしたが
ほれぼれたちは皆　がっかりしたように口を曲げてわたしを見ていた　わたしは声
も出ないままその場を離れ　訪ねた先の知人の住所は空き室でだれもいなかった

数日経ってからそのときのことを思い返し　あのほれぼれたちは　わたしだけに見
えていたのではないかとようやく気づいた　わたしを苦しめるためにあのこびとた
ちはそこにしゃがんでいたのだろうか　すんでのところで轢かれはしなかったから
ただ脅かすためにだけあのこびとたちはそこにいたのだろうか
わたしの外側にいるものたちが　わたしの予定調和の糸を引っ張っている

45

惑星と先生

どうしてこんなところで
暮らしているのですか

訊ねようとしたが　言葉は口から出る前に溶け　見ているうちにしごく当たり
前と思えてきた

郵便物を探しにアパートの別棟へ行くと　郵便受け口が並ぶ細長く狭い場所に
J先生が長椅子を広げて横たわっていた

ぎょっとして足が止まった　先生がこちらを見ている　いつの間に先生はこん
なところで暮らしはじめていたのだろう　今日まで気づかなかったのは　わた
しが時間の沼に足を突っこんでいたからか　先生の目はいつもの　思索の海で
溺れる波立ちだった

ここで寝ていらしたのですか

──もうすぐだから粗末なところに身を置くことにした

ここなら見張っていることもできるからね

見張っているとはいえ　こんなところから見える光景は愚劣なものばかりでは

ないか　飾りのないコンクリートの壁　並んでいるスチールの郵便受け　通過

するひとびと　わたしのくだらない私生活　ここからはカストルとポルックス

が慎ましげに移動する夜空も見ることができないのに

そうか　わたしがどれほど愚かなのか　先生はこんなところまで見張りにきて

いるのだ

　もうすぐとおっしゃるけれども　わたしだってもうすぐなのですよ

とても星までは行けそうにありませんが

そう言うと先生は

――こっちだって星へ行ったのかどうかわからない　自分がどこへ行っていた

のか　よくわからない　だがこうやって戻ってきたのはきみの　くだらな

さをきちんと見ておくためかもしれない　皆の目をあざむくことができて

も　わたしの目は節穴ではないということだ　死人に目なしとは言わない

から

そのあとJ先生は　少ししゃべりすぎたというように顔を歪め　黙りこんだ

郵便受けがこの場所にあるのは　わたしをJ先生のもとへ赴かせるためだった

のだろうか

ダイヤルをまわして受け口を開けねばならない　指を伸ばすとダイヤルには分

47

厚い苔が生えていた　昨日まわしたはずなのに　一日の透き間に光年めいた時

間が入りこんでいた　双子の星座のことなどを考えていたからこんなことに

なったのだ

先生を置き去りにしたまま　外へ出て夜空を見あげると　空は暗いゼリーのよ

うで　双子の光などは見えず　木星だけが輝いていた

木星はいま見えない双子座にあり　今日はこの惑星の衝だ

マイナス一四〇度の地表だというのに愉しげに光を投げおろしている

無残な環境であっても星々はいつでも愉快に　こちらを見おろしている

現象

——ターミナル

通路

目の前が白く痛くなるほど明るいのはここには空がないから

歩いていると向こうからガラガラ音が近づき　荷物を押す女が来る

すれ違うときこちらを見て　おや　と目を見開いたので職員なのだ　いずれど

こかへ通報するだろう

歩き続けているここが巨大なドーナツ型で　ひとまわりすることしかできない

のだとしても　わたしにはわからない

やがて通路の壁際に店がぽつんと見えてきた

気の利いたものを売るらしいその店のなかに入るとやはり妙に明るく　空がな

い分ここでは空以上に明るいのだ

奥の晴れやかなカウンターにいるのは店の主人で　七年前に死んだ知人のNに

似ていた

Nは昔ターミナルから十分ほどのところに店を構えていた　わたしはその店に
寄ったことはなかったから　結局ターミナルから外へ出たことがないのだろう
店を出て再び歩くと先ほどの女とは違う職員が来て　わたしは腕をつかまれ小
さな作業場へ連れていかれた

作業場で玉を選り分けした　鈍いもの　輝くもの　透き通ったもの　濁ったも
の　欠けているもの　虹色のうつくしいもの……　だが選別の基準をなにも教
わっていない　華奢な銀細工のざるを渡され　玉を掬うと次々にはじいていく
わずかに残ったものをざるごと　取りにきた職員に渡す　でたらめの選別
時間の推移を知らせるためにだけ調整されている窓の光が角度を低めたころ
わたしの仕事は終わった

終わったあとはまた　ターミナルの通路をゆっくりとまわる

わたしがいなくなってしまうとき

困ったね　遠い星雲から迷いこんできた子どもみたいなも
のがこちらを見あげるので　そうか　わたしは困っている
のかと気づいた　それならその子どもを引き連れて一緒に
歩いていけばいい　周りの景色は鏡の半月が粉々に揺れる
波　刃の色をした鋭い夕焼け　知らないところでなにかが
消失している　なにひとつわからないままわたしがいなく
なってしまうとき　遠い星雲から迷いこんできた子どもみ
たいなそのものは　少し首を振って　また渦に乗って別の
ところへ流れ去っていく　光の生命が揺れるときそのもの

も傍らで揺れる　いまはわたしのそばにいて　いずれ別の

ところへわたしを引き渡してくれる

小さく爆発していた

たくさんの星々が瞳のなかで

生まれたばかりの赤ちゃんの瞳を覗きこんだことがあるよ

ティルトシフト

からんとした部屋に　矩形の匣
蓋をずらして開け　なかを覗きこむと
どこか古ぼけた　線の歪んだ町が入っていた
こんな　わたしひとりが入りこむだけの
大きさの匣に　町があり
さまざまなものが流れるように　動いている

その町の　かつての苦みの地点へと
異界の黄色い光の眼を持つ
黒い猫を追って走った
それが現実の町なのか　匣のなかの町なのか
確証を持てないまま　わたしは小さく駆けたが

心の隅で予想した通り
かつての苦みの地点は土台すら消えて
天婦羅を買って戻ってきた少女が
猫の隣でぼう然と立ちつくしている

からんとした矩形は
わたしのためだけのものだから
ためしに横たわってみると
幾層にも重なった古ぼけた町も
風の揺れのように　匣の底へと雪崩落ちる
そして次々に
土台すら消えていく

声の種

星を取りに行こう
星のところへ行けばよいよ
星取りの図面などを持っていなくても

片隅にいる妙なものらが　今日もきぃきぃとそう話していた
見あげると天空の穴から小さな手がたくさん
細かな繊維のように揺れて
声の種をぽろぽろ落としている
片隅の妙なものらも　手を振り返そうと思ったけれども
自分らには手すらないことに気づいたので
あわてて　傷口を隠して
気管に種を落としこんだ

その音がかちかち鳴っている
優しい泥のひとも　形をなくしたまま
耳だけを残して　その音を聴いている

遠い場所にも図書館があって
中庭の一本の樹木が叫びの枝を
上へ向けて立ちつくしている
幹のなかは暗いのでしょう
時間も記憶も押しこめられているのですか
（ベテルギウスの爆発）
わたしのなかにも光はあるのですか
立ちつくしている樹木がいつでも
懐かしい死者のように見えるのは
暗い幹のなかに　記憶の声の種を隠しているからだろうか

アラユルヒトガ　サイゴニハ　スベテ　ミステラレル

これが中庭の樹木の葉っぱの裏に書かれている言葉だと
片隅にいる　妙なものらが出てきてそんなことを教えてくれるのだけど

ひとはひとりで生まれてきてひとりで死んでいく

長いあいだそう思っていただろうけどそれはうそなんだ

ひとはたくさんの幻影のひととともに生まれてきて

生きているあいだ　最後まで　一緒にいる

そしてそれらを引き連れて死んでいく

妙なものらはそんなことも言うので

あらゆるひとが最後にはすべて見捨てられるというのは

だから心配しなくてもよいという意味かとわたしが訊くと

妙なものらは

電信柱の後ろから飛び出した夜の顔をさらに黒くして

そうだともそうでないとも答えず

道の崖沿いに逃げて消えていった

星のところへ行けばよいよ

図面などを持っていなくても

きょうは楽しかったね　だけど暗転するよ　きっと暗転するよ

わたしの周りの砂粒たちは鉱物でしかないのに

火さきのように揺れて声の形をつくり

そんなことを言いはじめる

きょうは楽しかったね　暗転するとわかっているけれど楽しかったね

火の砂粒が声の形に揺れている

怯えがちりちりと息を止めにくる

「かういふ光景をどう思ふか」と、あるとき彼は新びいどろ学士を顧みて質問してみたが、相手は何とも答へてくれないのであつた。　原　民喜

哄笑を杖にする

泥の声を聞くしかなかった　あのような土地では
粒子の一粒一粒が冷えて硬直していた　と
なにものかの父が言った

灼熱のコンクリの外階段で渇き果てたハナムグリが転がっているのを見たとき
虫は死んでいく自分のことを悲しく思うのだろうか
もしそうでないのなら　おまえは虫になればよいのに　と
背後から言うひとがいた

歩こうにも下にはなにもないのだから
足などと言われるものもそう言えばもう必要ない

などと言うものもいたのだけれども

わたしの隣では

ひとは自分で自分を見捨てるときがくることを覚悟するべきだ　と

吹きこむ奇妙なものさえもいるので

肺はいつの間にか透き通って

微生物までが砂礫になる無時間が存在する

あるいは

血流が止まったときに代わりにさまざまな菌たちが花開きはじめる

それが生命の連鎖というもので

だから

泥の声を聞く以外には

できそうなことは　ない

さりさり

聞こえない息を吐いて
病室の空気を震わせ
たくさんの
見えるようで見えないものたちが
うたっているよ
黒い苦いぎざぎざのぬるぬるした怯えや
星に吸いこまれて消えてしまいそうな折れた手とかを
そのものたちはせいいっぱい喉を開いて
病室のひとの鉛が落下する苦しみも一緒に
うたの呼吸をしながら
飲んでしまおうとしている

生きているひとの脳内では
かすかな蛇がさりさりと
時間推移の音をたてて移動している
きのうからきょうへ　きょうからあしたへ
時間は次々に抜け殻をこぼして
もう一度新しい世界へ　次の扉を開く瞬間を
さぐり当てようとしている
だからいつも
橋が切り落とされるぎりぎりの地点まで
ひとは進んでいく

目覚めた日の朝
透明な水はきれいだよ
見えないかもしれないけれど
透明な水がきれいだね
……

だれにでもなく語りかけている

七週間

どうにも答えがわからないのです

空には見えない星がいっぱい

ゆっくり回転している

役目を終えた火は宙へ行くよ

前日　迎えにきていた小さな子どものようなものが隅にいて

宙へ行くから引き止めてはいけないよ　とわたしに言ったのだけど

一週間が七回めぐるまでは

どうにも　ただそのひとはそのひとの中心に隠れてしまっただけのように思える

そのひとの本はわたしのなかにあるので

いつでも頁をひもといて読むことができる

空には見えない星がいっぱい

それが　だれでも知っていて　だれもが知らない秘密なのだから

迎えにきたものはそう言ったのだけれども

一週間が七回めぐったときには

黒い空から見えない星がたくさん地上のひとを見ている

きっとそう思えるようになるはず

だから　空を思うとひとは生きていけそうな気になるよ

小さな子どものようなものはやはりそう言う

69

七週間 ——2

いなくなったひとのことを
こまごまと思い出すのは
一日のうちで一番幸福な時間
そのひとの悲しみに寄り添うこともしなかった濁りを思い出し
ほんの少しでも明るみの時間を差し出すことができただろうかと疑い
与えなかったことの落ち度ばかりがあらわれ
堂々めぐりの悔いばかりが
深海の泥に棲む蛇のように
心のなかでうねる

小さな生きものがまた教えてくれたね
死者には死者の役割があるということを
一日のうちで一番豊かな時間
悔いや悲しみや思い出すいろいろなことが心のなかを動きまわるのが
でもそれでよいのだから

水鳥たち、雪の骨

手紙を持っているのです

目の前にあるくすんだ封筒　書棚に挟まっているのを数日前に見つけたが　最

近届いたのか何年も前から挟まっていたのか　ひょっとして自分で書いたのか

海馬が遠くペガサスのように黒い空を走り　気まぐれに戻ってきた　封筒のな

かに折り畳まれた藁半紙があり　丁寧な濃紺の文字が並んでいる　昔からなじ

みのある字面の気がしたが　行った記憶のない郊外の私鉄駅周辺のいびつな地

図が添えられ　駅から西の方向に二十センチ離れて星の印が付いている　でた

らめな縮尺で考えるしかないが　二キロほどの距離だろうか

「建物の正面入口を通るとすぐ左に曲がり、待合室を通り過ぎてください。突

き当たりに門番がいますから、門番の場所を越えてください。越えて左に曲が

るとエレベーターがあります。　最上階まで来てください。　そうすると、きっと

わたしの病室が見つかるはず」

三つのターミナルで乗り換え　私鉄は途中で単線になり　郊外の駅に着いた

改札を出て道路を渡ると　地図ではわからなかったが　そこからは谷間になっ

ていた　鉄道の軌道との角度から西を類推し　空を見あげて太陽の位置も確認

した　西の方向を目指し長い階段を下りた　谷底の荒地を進むと　前方にのぼ

り階段が見えた　結局　下りたのと同じ段数をのぼったが　効率よく谷を迂回

する方法はなかったのか　振り向くと目線の高さに駅舎が見える　まっすぐ直

線に抜ける懸け橋の道がどうしてないのだろうといぶかりながら　ひとまず谷

を抜けることができたと安堵する

古い街道に出た　かつては栄えた商店だった煤けた家々が並んでいた　しばら

く歩き　湿っぽい八幡神社の角で曲がり　弓のようにうねる街道を道なりに歩

き続けた　どこにも着かないのではないか　不安が鈍い玉のように転がりはじ

めたころ　病院に着いた

なかに入り左に曲がる　これが待合室だろうか　長椅子が十列ほど並び　幾人

かが同じほうを向いておとなしく座っている　だが突然ひとりの女が泣き叫ん

だ　かさかさの髪を振り　金切声をあげ　立ちあがってこぶしを握り締めてい

る　座っているひとびとは顔をこわばらせ　一斉にじりじりと女から離れよう

とする

「何に興奮しているのか」

奥から門番らしい制服を着た老人が　持ち場を離れて　女をなだめにきた

そしてわたしは門番の場所を越えた　エレベーターに乗ってしまえば　もうだ

れも追いかけて来ないはずだ　うまくやりおおせたとほくそ笑んで乗りこんだ

まではよかったが　最上階にたどり着くのが厄介だった

――ほらね、また失敗したよ

――お見送りなんておまえには無理だ

――心がないからね

エレベーターに乗ると　隅で灰色ねずみが二匹せわしく言いあっていた　透明

なようで透明でない　そんな生きものが乗りこんでいる病院なのだ　エレベー

ターは上昇していく　ところが何階あたりに来たときだろう　前触れもなく

横に動き始めた

横に移動する軌道に入りこんでしまったのか　すべるように滑らかに動いてい

る　ときおり遠心力を感じるので　カーブもしているようだ　こんなに横へ

行ってしまったら　もう縦の軌道へは決して戻れないではないか　途中階のボ

タンを全部押したが停まらない　ようやくエレベーターは　やはり前触れもな

く停止してドアが開いた　灰色ねずみたちはこちらを振り仰ぎもせず　影と

なってすばやく外へ走り去った　ここが何階なのか確かめることもなく　わた
しも外へ出た

最上階はどこですか　どうやって行けばよいですか
だれかに訊ねたいのに　だれにも会えない　日差しが入りこむ廊下が続いてい
る　進むと突き当たりに病室があった　最上階かどうかもわからないが　病室
を覗くと　からん　白いベッドがある　ここが　わたしの病室だろうか　病室
ならベッドに横たわらなければならない　たとえ知らないベッドでも　自分の
役割すらわからなくても　靴を脱ぎ　上掛けをめくり　体をもぐりこませ　白
い天井を見あげた　わたしはわたしの病室で横たわった

父が濡れた片足をつっこんで　窓から入ってくる夢を見た
「まだお茶を飲めますか」わたしは父に湯呑を差し出した　父は　表情も心の
動きも　すべて骨の芯に落としこんだ顔だった
ここは最上階のはずなのに　窓から水鳥が次々に入ってくる　ヒドリガモやカ
ルガモやカイツブリたち　からんとした部屋の真んなかで　粗末なパイプ椅子
に座って　湯呑を両手で抱きかかえるようにしている父と　薬缶を片手に持っ
て立つわたしの周囲を　水鳥たちはよちよち歩きまわる　こんなふうに暢気に
歩きまわるのは　彼らはわたしたちと一緒に暮らしているのだろうか　だが

75

彼らはまたよちよちと列をなして　窓へ引き返し　窓枠に飛び移って出ていこ
うとする　追いかけると　鳥たちは当たり前のように外の水面に飛びこんだ
ここは何階だというのだろう　窓の外は一面の海なのだ　彼らは次々に水に飛
びこみ　海面を揺らし　遥かな方向へ泳ぎ去った

　　——父は深海魚になっただけだよ
声がどこからか聞こえた　父がしゃべったのかと思い　振り向くと　パイプ椅
子にはだれの姿もない　激しい水音がしたので　窓の外を再び見た　大きなド
ラム缶のようなものから　多量の水が海へ流れ続けている　濁った水に混じっ
て　父が流れ出ていくのも見えた
あれが時間だ　わたしは思った　時間はいつでもひとを振り捨ててしまうのだ
深い海に　泥のような父が沈んでいくのが見えた
　　——ひとはただ海に戻るだけなのですよ
さきほどの声がもう一度した
「でもたしかあなた昨日は、ひとは空に戻ると言っていましたよね。　だから昨
日、わたしは空を見あげました。　太陽の場所を確認までしたのです」とわたし
は答えたが　それなら今日は　海底に沈んでいる見えない空を見ていればよい
のか

あんたは死ぬとき　息を吸ってから死ぬの？　それとも吐いてから死ぬの？

昔　そんなことをだれかに質問された気がする　いまではその答えがわかる

わたしは息を吸って　さまざまなことを飲みこんだまま　止めるのだ　細菌た

ちをも飲みこんだまま

そして　わたしは　雪のような　骨になるはず

どろでもいいのにね

早朝　デニーズのテーブル席でひとり　仕事をしていたら
（デニーズ清澄白河店は早朝に異国語が飛び交い）
わたしの空っぽの向かい側に
小さな子どもが座っているような気がしたけれど
その子は異国語も話さず　言葉すら話さず　ただ
どろでもいいのにね
心に直接　言った
透き通ったきれいな水滴が好きだった？
大切な透き通った雨粒を
手のひらの上で大事にしていたのに

大切な透き通った雨粒は
みじめで悲しげな泥の雨になってしまった
それがわたしにはひどくみじめで悲しいのだけれど

子どもは言う

どろでもいいのにね
どろには柔らかさもあたたかさもあって
生きていくために必要な命ってやつが　ぴくぴく動いている
おとなは　雨粒はいつでも透き通っていなければならないと思っているけれど
透き通っていたものがどろ色になったって構わないんだよ

そう言い置いて
異国語やら雑音やらが響いている
朝の空間を立ち去った

79

空の水

したびかり　心という臓器ですらないもの
その奥にたたえられた水の　水底から　そのひとを照らす光

手のひらに乗せていた光の小さな生きものが　一番目の姉の手から　こぼれ落
ちるように逃げていったのです　妹の生きものを檻から出してはいけないと
言ったのに

それは窓を越え　庭へと走る　だれかの脳のなかで構築された世界のように
妙な円形のほのあかりの庭　生きものの笑い声が響いた　それは一度振り向い
たあと　その先へと消えた

夕暮れになり　庭はまだ薄闇で　空は　気体が燃えているオレンジの火の色

火は空の水に触れても消えることなく　冷たい境目の彼方へ　妹の心が吸われ

ていった　生きものもどこかの隅から　きっともう　境目へと駆けこんでいる

はず

二番目の姉は　遠い町で葬儀があり　電車に乗りこんだ　西へ向かって一直線

に走っていくのだろう　夜になると　伸びていた線路はくっきりと曲がって

弾き飛ばされていく　戻ってこないひとの声が空の水に吸いこまれ　吸いこま

れたはずなのに　戻ってきて　電車のなかのひとを苦しめる

したびかりのように　ほんのりと明るいその場所の光だけがひとを支えている

と　境目から　返信のように　光線が送られてきた

小石の指

部屋はしんとして
窓ガラスを通って入りこんだ光も張りあいがなく　ただ遊んでいた
見えない子どもが走り抜けた木の床
ほんのわずかに空間が歪み
でも湿度の変化はなく
それでも歪みは径になって気配を変える

お母さんが横たわっているね
もうすぐ眠りにつくから
静かに静かに
見えない子どもは自分に言い聞かせる

見えない子どもがここにいるから　ほら
さびしくないでしょう　と
ささやいてみたけれど　見えないのだから
ここにいないのと同じ

解析不能の小石をぱらぱら　歪みと一緒に床に撒いていた
小石を順々に拾いあげるときに
見えない子どもとお母さんの
指は触れあうはず

どの枝を

どの枝を折ればよいのだろう
帰り道の印に

どうして？
どの枝も炭化して
折ればぽろぽろと崩れてしまう
帰り道を考えてから道をおりていくなど
できないことなのに
地下に沈んでいるものらがそう答える
人間だけがいなかった

レンガやガラス瓶はあるのに
おまえなどももう人間でなくてもよいのだと
下からおそろしい風が吹いている

それでも戻りたいので
炭化した枝にすがりついてでも
地表に戻りたいと
口すら持たない幼女が言う

クワカ　ケルル

ときどき境目がにじんでわからなくなるのです　と
シグナルのように尾を振りながら見えない声を撒いていた
ひとは自分の細胞を所有することすらできず
ときおり　消え　増える　消える
細胞より多くの数の　ひとのなかに棲みついている細菌は
知らない昼と夜に　音も立てずに動きまわる

ときには細菌のせいで　生きものは狂い

細菌のせいで　手のひらを不意に温かくする

わたしやほかのひとたちがいなくなっても

地面の下では　彼らが陽気に笑い続けているはず

　　　　　クワカ　　ケルル
　　クワカ　　　ケルル
　　カ　　　ケルルルル
　　　　　　　ルルルル……

クワカケルル　目次

カフカは池内紀訳、「中年のひとり者ブルームフェルト」から、アイザック・B・シンガーは大崎ふみ子訳『ショーシャ』から、原民喜は「氷花」から引用した。

作品は「文藝春秋」「朝日新聞」「東京新聞」「現代詩手帖」「something」「おもちゃ箱の午後」「交野が原」「旋律」「詩客」「風都市」「孔雀船」「独合点」「風化」「タンブルウィード」「八景」「スーハ!」『詩と思想詩人集』『現代詩100周年』等に発表し、改稿した。

クワカ ケルルル

著者＝野木京子　発行者＝小田久郎　発行所＝株式会社　思潮社　〒一六二―〇八四二　東京都新宿区市谷砂土原町三―十五

電話〇三（三二六七）八一五三（営業）・八一四一（編集）ＦＡＸ〇三（三二六七）八一四二

印刷所＝創栄図書印刷株式会社　製本所＝小高製本工業株式会社　装幀・組版＝稲川方人

発行日＝二〇一八年九月三十日

政治哲学概説

寺島俊穂 著

法律文化社

目　　次

第Ⅲ部　政治哲学の再構築

凡　例

・筆者による強調箇所は**太字体**で示し、引用文中の強調は傍点（…）で示した。

・注は、1）2）……と通し番号を付け、章末に一括して載せた。

・引用文中の「　」は〈　〉で示した。

・書名、雑誌名は『　』で示し、古典的著書で出版年が明らかな場合、その後ろの（　）の中に初版の発行年を入れた。

・外国語文献からの引用は、基本的には既存の翻訳に依拠し、該当頁を注に記した。独自に翻訳した場合は、原著の頁数のみを注に示した。

・政治思想史上重要な人物の本文中の初出箇所に、人名のあとの（　）の中に生年・没年を入れ、外国人の場合は人名のアルファベット表記も入れた。

・各章の執筆に当たり引用したり参照したりした主要文献を紹介する「文献案内」を章末に付けた。「文献案内」のなかで原典から引用した場合でも、邦訳を参照にした場合は［　］の中に邦訳文献を記した。逆に、原著を参照にした場合は原著の書誌情報も併記した。

はじめに

　本書は、政治哲学の入門書、概説書として編んだものである。政治学のテキストや概説書は数多く出版されているが、政治哲学の概説書はそれに比べると少ないようである。それは、もちろん、大学で政治哲学が開講されているのは、法学部がある大学に限られ、法学部があっても政治哲学という講義科目が開講されていない大学のほうが多いという事情によるのだろう。しかし、それだけではなく、政治哲学には専門分野化しづらい側面があるからでもある。

　歴史に残る仕事をしてきた政治哲学者には、必ずと言ってよいほど人間論があった。人間についての深い認識なしには政治についての包括的な認識を生み出すことはできないからである。それぞれの政治哲学者についての概説はできるとしても、政治哲学一般について概説することは難しいうえに、仮に可能だとしても著者の立場や視点が大きく作用すると思われる。それは免れないことだとしても、政治哲学の特性に注目することによって、政治哲学の見方や考え方を示すことはできるのではないかと考えて、本書を編むことにした。政治哲学の特性としては、次のようなことがあげられる。

　第一に、政治哲学は、歴史や思想を媒介にして政治的事象を見ようとしている。科学的アプローチと違うのは、歴史性を重視している点である。縦軸に歴史や思想史があるとすれば、横軸には比較という視点がある。比較と言っても、世界のなかで自己を相対化するというマクロな視点のことである。「永遠の相のもとで」というように、政治哲学は「ここと今」を超えた認識を求めているのが、特徴である。

　第二に、政治哲学は、基本的な政治概念の意味を明確化しようとする。そのさい、概念が歴史的にどのように変化してきたかを念頭に置いている。歴史的

に変化したため、主要概念は多義的な意味を具えている。政治概念の多義性という事実から目をそらさず、実際に使われている意味だけでなく理念的な意味もつかんでいくことが必要である。それは、語源に遡るとともに、時代を超えて変わらずに残っている要素を明らかにすることによって可能になる。

　第三に、政治哲学は、正しい秩序の探求という問題関心によって突き動かされてきた。人間を圧政や抑圧から解放するとともに、新しい秩序に再統合していくということが、規範的政治理論、すなわち政治哲学の一貫した目標であった。現在、国民国家が政治統合の一般的形態となっているが、現在の国民国家システムが未来永劫続くものでないことは自明である。グローバル化が急速に進み、国民国家の枠のなかに人間を収めきれないことは明らかだからである。グローバル化の動きは不可逆的であり、われわれは人類社会を包含する政治秩序を構想していかなければない時代に立ち至っていると言えよう。また、「公正な社会の探求」という、もう一つの課題については、政治理論では立憲民主主義体制が唯一正統性をもつ体制とみなされているが、果たして民主主義体制の正統性は揺るぎないものなのか。自由主義が資本主義と結びつき、格差を拡大させている現代において、自由民主主義に取って代わる政治原理はありえないのかということも焦眉の課題となっている。

　しかし、そもそも政治哲学は政治科学（実証的な政治学）とどういう点で違うのか、また、政治哲学のパラダイムは古代から近代にかけてどのように転換したのか、現代の政治社会の枠組みを形成してきた近代の政治原理はどこに問題があり、どのように乗り越えることができるのかという問いにも答えておく必要がある。政治哲学も政治学の一部であることは間違いないのだが、科学的思考が発達し、実用化されているなかで、哲学的思考にはどのような意味があるのかを明示する必要に迫られているからである。あらかじめ哲学的思考の意義を述べるなら、論理的に思考すること、理念から現実を批判すること、理念に矛盾した現実には克服の方向を示すこと（ペリアゴーゲー：認識を向け変えること）にあると言えよう。

　したがって、本書は、次のような3つの柱を立て、これらの問題に取り組むことをねらいとしている。

　第Ⅰ部では、政治哲学の方法と課題を明らかにしたうえで、古代と近代の政

治哲学のパラダイムを示す。政治哲学は、西洋で生まれ、世界化していった知の体系であるが、政治哲学が何を問題関心にしてきたのかを示したい。古典的政治哲学については、ソクラテスとプラトンを中心に人間についての洞察と政治についての考察が不可分であったことを示したい。近代政治哲学については、とくにホッブズの政治哲学に焦点を当て、現代の政治社会を規定している近代政治哲学のパラダイムを明らかにしたい。本書は、政治思想史の本ではないので、取り上げる思想家も本書の問題設定によって限定せざるをえないことをあらかじめことわっておきたい。

　現代政治のパラダイムとして押さえておかねばならないのは、現代の政治学で正統性を獲得したのが民主主義だということである。全体主義体制、権威主義体制、ファシズムは分析概念にはなりえても、規範概念にはなりえない。しかし、民主体制から全体主義体制に転換すること、民主体制がそれを支える市民次第で崩壊することは古代から知られていた。したがって、民主体制が唯一正統な政治体制だとしても、その基盤となる政治社会のあり方についての探究の必要はなくならない。さらには、民主主義の徹底化を図っていくにはどうしたらよいのかという問いにも答えていかねばならない。

　第Ⅱ部では、近代国家の枠組みについて検討することにする。歴史的形成物である国民国家は、経済と情報のグローバル化によって国境の意味は相対化しており、21世紀にはこの動きはいっそう加速されると予測される。グローバル化がもたらす移民社会化、地域統合や地域連携は新しい世界秩序形成をもたらすのかという問題である。また、民族を軸に形成された国民国家は、その構成原理がゆえにどのような問題をはらんでいるのか、ということも明らかにしたい。それは、多言語・多文化で構成される人類社会にふさわしい世界秩序のあり方の探求へと向かうためにどうしても必要な作業であるはずである。したがって、近代国家の存在理由とその揺らぎを、主権、民族、言語、国境を越える人びと、世界統合の可能性という観点から考察する。

　第Ⅲ部では、ハンナ・アレント、レオ・シュトラウス、エリック・フェーゲリン、カール・ポパー、ジョン・ロールズという、20世紀を代表する思想家の政治哲学への貢献を踏まえたうえで、現代政治哲学の課題を明らかにしたい。これらの思想家の打ち出した理念に注目し、現代社会の諸問題にどのように向

き合うべきなのか示すことをねらいとしている。

　政治哲学の再構築という観点から重要なのは、20世紀において政治を人間の営みとして取り戻すための理論的視座がハンナ・アレントらによって築かれたことである。政治を国家現象ではなく集団現象と見るのは、多元的国家論によってもなされたが、近代国家の枠組みを真に乗り越えようとするなら、政治学の基本的概念を根底的に検討していく必要があるだろう。アレントが行なったのは、政治を人間に取り戻すための理論的営為であり、そのためには政治概念の再定式化が必要だったのである。ここでは、政治を市民の日常世界に定位させた思想家であるアレントを基軸に置いて政治概念を再検討し、政治の意味を明らかにしたい。

　現代世界において自由主義が資本主義と結びつくことによって経済的格差や社会的不平等を生み出している現状があるので、自由民主主義に対するオルタナティヴを提示しなければならない。歴史的に自由主義に対置されてきたのは、共和主義である。とはいえ、現代において共和主義が注目されるのは、①共和主義は、民主主義の原型である無支配と関係している、②共和主義は、市民のあり方を指し示している、③共和主義の伝統の一つである理性的自己統治はポピュリズムの防波堤になりうる、という理由による。そのような観点から現代政治哲学における共和主義の位相を検討する。

　さらに、開かれた社会の理念について、カール・ポパーとエリック・フェーゲリンを取り上げ、検討する。また、現代政治哲学を特徴づけているのは、正義論であり、政治哲学にとどまらず、法哲学、経済学、倫理学にも大きな影響を与えたのがジョン・ロールズの正義論である。ロールズの提起した議論の性格とロールズ批判の諸相を取り上げたい。合わせて、ロールズ以後さまざまなかたちで展開している正義論も取り上げ、ロールズが扱わなかった諸問題をめぐって提起されている論点も検討したい。さらには、政治哲学が課題とすべきなのは、よりよき世界の探求であることを示したい。ユートピア的思考の意味を否定するわけではないが、世界をトータルに変革するのではなく個々の問題に取り組み、生まれたときよりも死んでいくときによりよき世界を残していく人間主義の思想が求められていることを明らかにしたい。

　本書全体をとおして示したいのは、政治哲学的思考様式である。というのも、哲学が万人の営みであるように、政治哲学もすべての人の営みとすべきだからである。また、そうでなければならないと考えるから、極力、専門用語は避け、日常世界のことばで書くように心がけたい。「われわれはどこにいて、どこに向かおうとしているのか」という観点から、政治学のみならず、隣接する学問分野の成果も積極的に取り入れ、総合的・全体的な認識を提示していきたいと考えている。

　政治は人間の営みであり、人間が他者と共生している限り、永遠に続いていく営みである。ミクロなレベルでの政治とマクロなレベルでの政治をどのようにつなげていくかを考えつつ、全体のなかで個々の事実を認識するという視点を失わずに政治的事象を分析していきたい。日常世界から政治を理解し、生涯にわたって公的問題に関わり続ける市民の学問としての政治哲学を構想したいのであり、本書はそのための一歩にすぎない。

　政治に関する情報はあふれるほどあるが、評論的知識と学問的認識との間には大きな違いがある。新聞や雑誌を読むことは大切だが、政治の底流で起こっている変化や政治社会の構造についての理解は、学問的探究をとおしてのみ十分に解明できる。本書で取り上げることができるテーマは限られているが、現代政治を思想的・歴史的に見るための目をもつための一助になることを意図して選んだ問題や課題である。本書は、政治的事象の本質を捉えるとともに、公正な社会の追求という政治哲学の課題を、できるだけ多くの人に共有してもらいたいと考えて編んだ本である。

第Ⅰ部　政治哲学のパラダイム

第Ⅰ部のねらい

　政治的事象の探究は、科学的方法によらなければできないのか。どのようにしたら政治的事象の本質を捉えることができるのか。古代から現代に至るまで政治哲学は、人間についての考察と政治社会についての考察を併せもってきた。現代の政治社会の諸原理は近代に構築されたが、古代の政治哲学には、現代に生きるわれわれにも通底する問題を提起している。政治を職業政治家ではなく市民の営みとするための源泉が存在しているからである。

　すべての人間は、程度の差こそあれ哲学者であるとするなら、政治哲学は、専門家ならざる市民が近づくことができるかたちで整理しなおさねばならない。政治と人間についての認識の枠組み（パラダイム）がどのように形成されてきたのかを探り、現代の政治社会の枠組みを理解することがその前提になるであろう。

第1章

政治哲学とは何か

1 政治哲学と政治科学

　政治学が政治現象を対象とする学問だとしたら、その一部である政治哲学も政治現象を対象としている。ただ、政治科学が科学的なアプローチをとるのに対し、政治哲学は思想的・歴史的なアプローチをとるという方法において大きな違いがある。また、政治科学が価値や規範を排除しようとするのに対し、政治哲学は価値や規範に踏み込み、判断を下すことを目指している。細かい事実を解明するよりも、全体的連関のなかで事象を捉えようとしている。したがって、政治哲学とは何かという問いは、科学と哲学との違いをとおして明らかにしていくことができる部分も大きいと言えよう。

　科学と哲学は無関係に存在しているわけでないし、敵対しているわけでもない。もちろん、科学者が哲学を誤謬の固まりとしてしりぞけたり、逆に、哲学者が科学主義を非難したりすることも往々にしてある。哲学はかつての地位を失い、科学が主流になっている現実はある。互いに尊重し合う関係がなくなるとしたら不幸なことであり、不遜な態度や独善的な態度はまずもって戒めるべきであろう。ここでは、違いを認識したうえで、政治哲学が政治学を構成する枢要な部分を占めるべきだということを主張したいのである。

科学的理論と規範的理論

　もちろん、科学的政治学が政治学の主流となっている現代において、この主張は反時代的なように映るかもしれない。哲学が科学にとって代わることはないであろうが、政治科学にない政治哲学の特質を明らかにしておきたい。

　科学的理論──客観的知識を求める／価値自由（Wertfreiheit; value-freedom）

　規範的理論──規範や価値に関わる／人間や社会のあり方を問う

という区別が成り立つ。価値自由といっても、マックス・ウェーバー（Max Weber, 1864-1920）がそうであったように、価値からの自由とともに、価値への自由も含む。つまり、事実認識においてできる限り価値や政治的好悪の流入をしりぞけるとともに、問題設定や問題関心において特定の価値の存在を否定するものではない。しかし、直接、規範的言明を目指すのではなく、現実がどうなっているのかを理解する枠組みの構築を目指している。これに対し、政治哲学は、直接、価値や規範に関与するところに特徴がある。人間の正しいあり方、政治社会の正しいあり方の探求が伝統的政治理論の課題であった。歴史や現代政治を分析する際にも、理念から現実を批判し、方向づけを行なおうとする。もちろん、客観的な知識を軽視するのではなく、客観的分析にとどまらず、長い歴史的スパンのなかで現実を理解し、現実の矛盾や問題を抽出しようとしている。マクロな視点をもつがゆえに、個別科学を結びつけ、全体との連関のなかで現実を捉えなおすことができるのである。

政治科学　対　政治哲学

　政治科学と政治哲学の違いについては、「存在」（Sein）に関する理論と「当為」（Sollen）に関する理論の違いを区別することが重要である。とはいえ、規範的政治理論は「なすべきこと」に関する議論も含むが、「あるもの」に関する本質的理解も目指す。両者は入り混じっている部分もあることは認めなければならないが、概念のなかで区別していくことは可能である。

　政治哲学においても、事実認識においては客観的でなければならないし、科学的認識と変わるところはない。しかし、どこに際立った違いがあるのかと言えば、政治哲学のほうは歴史と思想を重視している点にある。また、個別事象を全体的連関のなかで捉える総合的な視座をもたねばならないという点にある。政治哲学は、科学的研究の成果も摂取して、少なくとも学びつつ、事実認識においては政治的事象の本質的な把握を目指さなけれならない。政治科学とは違って、政治哲学の場合、理念から現実を批判することができ、長期的な視

点から現実を向き変えていくことはできるのである。

　政治科学において方法が問題より優位に立つのに対し、政治哲学においては問題が方法よりも重視されるという違いにも注目する必要がある。これは相対的な比較にすぎないが、この違いは大きいと思われる。政治科学の場合、科学である以上、新しい発見を追求することが多くなり、業績を上げること自体が目的になる傾向が生じる。政治哲学でも、職業化すれば同じような傾向が生じる。つまり、一人の政治哲学者、大思想家の解釈に一生をかけるという研究者も見られる。哲学が、そういった一人の思想家の哲学の研究、すなわち「哲学」学になってしまうように、政治哲学者の著作の細部にわたる解釈、さらには解釈の研究ということも行なわれている。

　福沢諭吉（1835-1901）は、訓詁学（書誌学）のような学問のあり方を批判して「実学」を説いたことで知られる。福沢は、『学問のすゝめ』（1872-76年）のなかで江戸で朱子学を数年にわたって学び、数百巻の写本を成した書生が帰郷するさいに、自分は東海道を歩いて帰っていったが写本はつづらに入れて船で送ったところ、その船が難破して、知識としては何も残らなかったという逸話[1]を示して、生活に役立つ、文明の進展に資する実学の必要性を説いたのである。福沢が実学として重視したのは、数理の学（物理や理財）と修身の学（倫理）である。文明の進展とは、物質的次元だけでなく、精神的次元でも行なわれねばならないというというのが、福沢の信念であった。

　政治哲学も、文明を進展させることを目指している。政治哲学は、公正な社会、最善政体、よりよき世界を求めてきたのであり、たんに現状を分析したり理解したりことで満足しなかった。「ローマが燃えているのに閑居している」のは誰かというレオ・シュトラウス（Leo Strauss, 1899-1973）の問いは、政治科学者に向けられている[2]が、政治哲学者もテクストの解釈に没頭し、現実政治の動向に無関心になる傾向があり、この問いから免れているわけではない。しかし、政治哲学には危機に対応してパラダイム転換を実現してきた歴史があり、政治社会の底流で起こっている変動をトータルに捉えることができるという特性がある。

　政治科学の場合、方法によって研究対象が規定される。実際に、危急の問題となっていることに、専門分野が違うからという理由で扱わないでよいのか。

人種主義、全体主義、帝国主義、民族浄化、生命操作、優生思想……に無関心でよいのか。民主主義とは何かというように、政治原理の前提を問わないとならないのではないか。われわれの政治社会の前提を問い返す必要性があり、それができるのが政治哲学である。

2　政治哲学の問題関心

とはいえ、政治哲学の問題関心は多岐にわたっている。シュトラウスは、『政治哲学とは何か』（1959年）のなかで、政治哲学を正しい政治社会のあり方と政治的事象の本質を探究する学問と規定している。[3]この定義をベースに考えていく必要がある。政治哲学のパラダイムは大思想家が形成したものであり、歴史を動かす思想原理となってきた。しかし、政治哲学の守備範囲はそれに尽きるものではない。また、大思想家でないと政治哲学ができないわけではない。人間に理性、すなわち、考える力がある限り、「すべての人間は、程度の差こそあれ哲学者である」[4]と言える。このことは、政治的事象を対象とする政治哲学についても当てはまると思われる。つまり、後世に残るような著作を残せる人は少ないとしても、政治哲学の営みはすべての人に開かれていると言えるのである。そのような前提に立ったうえで、政治哲学の問題関心を示しておきたい。

政治社会のあり方の探究

第一に、政治社会のあり方の探究ということがあげられる。これは、規範理論としての政治哲学であり、近代以前の大思想家が追求したことである。政治哲学は、「公正な社会とは何か」という問いに突き動かされ、政治社会の仕組みを組み替える原理を打ち出そうとしてきたと言える。

政治哲学者は、自らの時代の危機から逃れるために政治秩序の正しいあり方を探究してきた。プラトン（Platon, B.C.427-B.C.347）の『国家』は、ソクラテス（Sokrates, B.C.469-B.C.399）を死罪にしたアテナイ民主政に対峙して、正義にかなった政治社会のあり方を構想したのである。トマス・ホッブズ（Thomas Hobbes, 1588-1679）は、17世紀前半の内乱に明け暮れたイングランドに生き、平和な秩序のあり方を懸命に考え、『リヴァイアサン』（1651年）を著したので

ある。ジョン・ロック（John Locke, 1632-1704）は、『統治二論』（1689年）のなかで王権神授による専制権力ではなく市民が同意によって構成する政府のあり方を構想したのである。ジャン＝ジャック・ルソー（Jean-Jacques Rousseau, 1712-1778）は、18世紀のフランスのパリで物質文明による人間疎外を目の当たりにして、『社会契約論』（1762年）のなかで人間の善き人間本性が損なわれないような政治社会の構成原理を構築したのである。G.W.F. ヘーゲル（Georg Wilhelm Friedrich Hegel, 1770-1830）は、『法の哲学』（1821年）のなかで、家族─市民社会─国家を弁証法展開のなかで捉え、家族にはあったが「欲求の体系」である市民社会において失われた、個と共同体との調和を国家という、あくまで観念上で高次の共同体のなかで取り戻そうとした。それは、プロイセン国家を肯定する政治哲学ではあったが、目的論的発想は政治哲学の一つの型を創造するとともに、カール・マルクス（Karl Marx, 1818-1883）の社会哲学・歴史哲学に大きな影響を与えた。マルクスは、ヘーゲルの目的論を継承しながらも、「現実的なものは理性的である」というヘーゲルの結論を転倒させ「理性的なものが現実的でなければならない」として、市民社会の矛盾や問題は社会のなかで解決しようとした。『共産党宣言』（1848年、フリードリヒ・エンゲルスとの共著）で示した共産主義社会へのビジョンがそれである。

　政治哲学者が構想したのは、望ましい政治社会のあり方、公正な社会のあり方である。もちろん、ここに記したのはその一部であり、思想史のうえで重要性をもつ作品である。また、すべての政治哲学者があるべき社会を構想したわけではない。大思想家の場合、個と全体が調和した社会を善き社会として求めたのであり、また、人間についての深い洞察に基づいて政治社会のあり方を構想したのである。そういった構想は、ルソーとフランス革命、マルクスと共産主義革命に見られるように、現実に移されると、全体主義社会を生み出した歴史がある。地上に天国をつくろうとして、地獄をつくってきたのが政治イデオロギーによるものだったとしても、その責任をすべて政治哲学者に負わせることはできないとしても、政治哲学者の思考のなかに全体論的発想があったことは事実であり、現代の政治哲学は、全体と個の調和した社会を構想しようとするのではなく、カール・ポパー（Karl R. Popper, 1902-1994）やハンナ・アレント（Hannah Arendt, 1906-1975）に顕著に見られるように、よりよき世界、より

平和な世界を求めている。

政治的事象の本質把握

　第二に、政治哲学は、政治的事象の本質を把握しようとしている。これは、省察としての政治哲学としての側面である。哲学が事象の本質を把握しようとするのと同様に、政治哲学は政治的事象の本質を把握しようとしている。しかし、哲学とは違って、政治の動態を対象とするのだから、当然のこととして政治的出来事を歴史のなかで捉えようとする。

　このようなタイプの政治的著作は、「政治の目的とは何か」とか「正義にかなった政治体制とは何か」という問いを立て、それに答えようとするのではなく、政治的事象について省察し、その本質に迫ろうとしている。彼らは、前者のタイプと自己を区別するために、アレントに顕著なように、政治哲学者と呼ばれるのを嫌う傾向がある。政治的事象についての省察と言っても、評論的・時事的な内容のものがほとんどであるが、時代を超えて残る普遍的な認識が込められている政治的著作もある。

　たとえば、エドマンド・バーク（Edmund Burke, 1729-1797）の『フランス革命についての省察』（1790年）は、フランス革命に反対した反革命の書であるが、時代を超える認識が散りばめられている。もちろん、その時代にしか通用しない議論もあるが、急激な政治変革、理性の神格化を徹底的に批判する保守主義の政治哲学は、いま読んでも色あせていない。また、アレクシ・ド・トクヴィル（Alexis de Tocqueville, 1805-1859）の『アメリカのデモクラシー』（第 1 巻：1835年、第 2 巻：1840年）は、民主政治についての不朽の著作と言われるとおり、民主主義の本質について、民主化の不可抗的な進行について鋭い省察が込められている。フランスの貴族であるトクヴィルは、アメリカを 9 ヵ月旅行し、第 1 巻の序文に「私はアメリカの中にアメリカを超えるものを見たことを認める。そこにデモクラシーそれ自体の姿、その傾向と性質、その偏見と情熱の形態を求めたのである[6]」と書いているように、旅行者の立場から生活者が気づかないようなことを発見し記述したからこそ、その書は、同時代のみならず後世の人びとに大きなインスピレーションを与えてきたのである。現代の政治哲学者で言えば、アレントの『全体主義の起源』（1951年）や『革命について』（1963年）

は、科学的方法によらずに政治的事象を考察し、政治現象の意味連関を捉えることができることを示した画期的な作品である。

過去の思想家との対話

　第三に、政治哲学は、過去の思想家との対話を重視している。これは、解釈としての政治哲学という側面である。しかし、たんに過去の思想家のテクスト（原典）の解釈にとどまらず、過去の思想家の著作の解釈をとおして独自の思想表明を行なっているところに特色がある。もちろん、過去の思想家を直接論じる場合は少ないとしても、思想構築において過去の思想家との対話が基底になっている場合が多い。

　たとえば、プラトンは、ソクラテスなしには存在しえなかった哲学者である。プラトンのほとんどすべての著作にソクラテスが登場し、それゆえ、どこまでがソクラテスの思想でどこからがプラトンの思想か区別し難いところもあるが、プラトンがソクラテスの思想を咀嚼して自己の思想を形成していったことは確かである。ソクラテス的対話篇と呼ばれる初期の著作ではソクラテスの思想をできる限り忠実に伝えているが、中期の著作であり主著である『国家』のなかでは、プラトン自身の思想が示されていると考えられる。対照的に、ホッブズ、ロック、ルソーに代表される、近代の政治哲学者は、社会契約による政治社会の形成という、独自の様式で思想表現し、過去の思想家の解釈を展開しているのではない。しかし、自ら生きた時代の支配的言説との対決なしに独創的な理論は生まれなかったこと、古典古代の思想的伝統を近代の政治的・社会的枠組みのなかで再生しようという意図があり、古典の素養に支えられていた。マルクスの場合は、ヘーゲルの歴史哲学・政治哲学と対決して自らの歴史哲学・社会哲学を構築したのであり、ヘーゲルを換骨奪胎したかたちで共産主義社会の理念を提示したのである。

　現代の政治哲学者で言えば、レオ・シュトラウスが最もこのタイプに適合している。シュトラウスの場合、さまざまな思想家について独自の解釈を提示しているからである。シュトラウスは、プラトン、クセノフォン（Xenophon, B.C.427頃–B.C.355頃）、モーゼス・マイモニデス（Moses Maimonides, 1135–1204）、アル＝ファーラービー（al-Fārābī, 870頃–950）、ニッコロ・マキアヴェリ（Niccolò Machiavelli, 1469–1527)、バールーフ・スピノザ（Baruch Spinoza, 1632–1677)、ホッブズらについてのモノグラフィーがあり、彼の主著『自然権と歴史』（1953年）にしても、さまざまな思想家の独自な読解なしには書きえなかった作品である。彼は、ジョセフ・クロプシー（Joseph Cropsey, 1919–2012）とともに政治哲学についての大部のテキスト[7]も編んでおり、古典を読むことに自体に価値があると考えていた。また、シュトラウスは『迫害と叙述の技法』（1952年）のなかで、政治哲学の著作を読むさい、それらが多かれ少なかれ迫害のおそれを背景にして書かれたことに留意せねばならず、それらが秘伝的な叙述によって伝えられているので、行間を読み取る必要があると述べている[8]が、このことは彼自身にも当てはまる。というのも、シュトラウスの思想は古典の解釈をとおして間接的に語られており、彼の思想的真意を知るには読者各人が行間を読み取らなければならないからである。

　カール・ポパーは、『開かれた社会とその敵』（1945年）のなかでプラトン、ヘーゲル、マルクスを批判の俎上に乗せ、これらの思想家の解釈をとおして自らの「開かれた社会」の理念を提示している。したがって、このような観点からは、ポパーのプラトン解釈の妥当性が問題なのではなく、そこに込められたポパー自身の思想を読み取ることが重要なのである。アレントの場合は、特定の思想家に拠りかかっていたわけではないが、ソクラテスをはじめとして西洋政治哲学との対話と批判的継承・克服のなかで自らの思想形成をなしたのである。とくに重要なのは、ソクラテスであり、プラトンの著作によって伝えられたソクラテスとの対話をつねに行なっていたことである。イマヌエル・カント（Immanuel Kant, 1724–1804）やトクヴィルとの思想的対話も、彼女の政治哲学の形成のうえで枢要な位置を占めている。もっとも、ジョン・ロールズ（John Rawls, 1921–2002）の『正義論』（1971年）がこのタイプの政治哲学でないことは確かである。しかし、そのロールズにしても、あとで見るように、同時代の政治理論家や過去の政治哲学者との対話をとおして自らの思想に共和主義的次元を付け加えていったのである。

3　政治哲学の方法

　政治科学の場合は方法が重視されるのに対し、政治哲学は特別の方法がある
わけではない。しかし、だからこそ逆に、誰でもが政治哲学に親しむことがで
き、自ら政治哲学の一翼を担うこともできるのである。政治哲学においては問
題が重視されるというのは、自分が生きている時代の切実な問題に触発されて
探究を始めるという意味である。

政治的事象の歴史的理解

　哲学が驚き（タウマゼイン）から始まるように、政治哲学は政治的事象に対
する驚きから始まるということである。たとえば、プラトンが政治家になるの
を断念し、哲学に向かったのは、自らが師と仰ぐソクラテスが民衆裁判で死罪
にされたことへの驚きからである。数は正義の保証にはならないのだとしたら、
何が正義を保証するのかということこそ、プラトンが生涯をかけて探究した問
題であった。ルソーは、1749年に、『メルキュール・ド・フランス』誌にディジョ
ンのアカデミーの懸賞論文の課題「学問と芸術の進歩は、習俗を純化すること
に寄与したか」が載っているのを読んで、大きな衝撃を受けた。ルソーは、眩
惑された状態のなかで「人間は本来善良であるが、ただ社会制度によってのみ
邪悪になる」と直観的に認識して、最初の哲学的著作で受賞論文である『学問・
芸術論』（1750年）を書き上げたのだが、ルソーがサヴォアの自然のなかで育ん
だ豊かな自然感情と、パリの社交界での幻滅との大きな落差によって、このよ
うな驚きが生じたのである。アレントは、ナチスの政権掌握に衝撃を受け、ユ
ダヤ人として政治活動に入っていったが、どのようにして強制収容所で何百万
ものユダヤ人をシステマティック（組織的）に殺害するというようなことが起
こったのか、という問題を徹底的に考えることが、政治哲学の出発点になって
いた。この問題は、アレントがユダヤ人であったから真剣に向き合わねばなら
なかっただけではなく、全体主義の時代を生き抜いた者の世界に対する責任と
して回答を出さねばならなかったのである。

　日常世界にも驚きの対象となるものは遍在している。どれだけ感受性を研ぎ

澄ませるかにもよるが、誰もが哲学を始めることができる。政治哲学の場合、驚きは政治的出来事、政治的事象そのものから生じる。政治哲学的思考も、万人が身につけることができるものだが、重要なのは、アグネス・ヘラー（Ágnes Heller, 1929-）が述べているように、「驚き（「タウマゼイン」）をじっさいに可能にするものは、一つは、時代精神によって予め諸価値のもとで思想を選択し、自律的にその声に耳を傾けなおす能力であり、もう一つは、そもそもその時代の中で考えることができるもので、平均的人間たちが徹底して考えることをしなかったものを、徹底的に考え抜く意識の創造である」。哲学においては、この「徹底的に考え抜く意識」をもっているかどうかが問われているのである。「すべての人間は、程度の差こそあれ哲学者である」としたら、政治的事象の本質的要素をつかみ取り、一生かけてでもねばり強く探究する精神こそ、政治哲学には必要とされるのである。

　哲学的探究が人間の意識・理性・論理を対象とするのに対し、政治哲学は政治現象、政治的出来事を対象にするので、歴史的に見ること、政治的事象の歴史的理解がきわめて重要である。なぜこのようなことが起こってしまったのか、どうしてこういう矛盾が存在するのかという問いを発し、歴史的・思想的に解明していくことができなければならない。人間の精神よりも世界の出来事に目を向ける必要があり、そこに哲学的探究との大きな違いがある。

　アレントが「私は理解したい」と考えたのは、政治的出来事の意味である。彼女の著作のなかで政治的事象を歴史的・思想的に分析したのは、『全体主義の起源』と『革命について』である。政治哲学の認識が政治史の方法とどこが違うのかというと、政治哲学の場合、現象間の意味連関を追っていくところに特色があると言える。全体主義の分析の場合、なぜ全体主義という先例のない統治形態が生み出されたのかという問題関心のもとで、人種主義、帝国主義、官僚制、国民国家が全体主義に結晶化していった経緯とイデオロギーとテロルを中心にした全体主義支配の分析がなされているが、鍵概念を中心に叙述がなされており、『革命について』の場合は、公的自由、公的幸福、公的空間を軸に、古代ギリシアから現代の革命まで公的空間が間歇的に現れた歴史を想起している。

　政治哲学における「歴史の活用」は、あくまで現代を理解するためであり、

現代にとって意味ある過去の出来事の活用である。政治哲学にとって重要なのは歴史である。現在を「歴史的形成物」と認識すれば、現代の問題についての歴史的理解を構成していくことが不可欠となるはずである。おそらくこのことは、アレントのように直接、政治的事象を考察の対象とする場合でも、シュトラウスのように過去の偉大なる作品と向き合う場合でも共通している。

マクロとミクロのつながり

　政治哲学において重要なのは、日常世界から問いを発することである。「神は細部に宿る」というように、細部に真実が潜んでいると考えるべきである。生活世界と大社会のあいだには、エリック・フェーゲリン（Eric Voegelin, 1901-1985）が小社会は大社会の縮図だと認識したような相関がある。というのも、小社会と大社会には通底するところがあり、小社会の問題を観察すれば、大社会の問題を抉り出すことができるからである。フェーゲリンは、ポリスを「大文字で書かれた人間」と見たプラトンに倣って、マクロとミクロの連関を指摘している。たしかに、身体の構成（constitution）を知ることは国家の構成原理（Constitution）を知ることになるという発想は、近代にまで続くコンセプト（考え方）である。そのことは、われわれが現在でも使う政治的語彙のなかに元首（the head）、政体（body politic）など人体とのアナロジーを連想させることばがあることにも示されている。しかし、政治機構の作為性が自明となった現代では政治的共同体を人体とのアナロジーで見ることはできないが、マクロとミクロの連関という視点は政治的事象の認識において重要である。

　というのも、大社会と小社会は**相似形**として、小社会は大社会の**縮図**として見ることができるからである。小社会は大社会の縮図と見ることができるということである。この場合、大社会を国民国家と考えておくと、国家レベルでの政治で行なわれていることは、身近な日常世界での相互行為としての政治と相似した様相を呈しているということである。たとえば、日本の政党で議論が紛糾すると、会長に決定を一任するということがよく行なわれているが、こういったことはわれわれの日常世界でもよく見られることである。また、面従腹背とか「長いものには巻かれろ」ということは国政レベルでも小社会レベルでも見られることである。これは、国民文化という共通の基盤のうえで行なわれる行

動様式だからであるが、グローバル化のもとで経済・文化の融合が進み、地球文化が形成されていく過程のなかで大社会は地球社会になっていく可能性もある。また、相似形といっても、大社会と小社会では同じではないし、小社会は多様なかたちで存在することに留意しなければならない。しかしながら、理論的認識においては、直観的に本質的要素を捉える必要があり、確かな世界である日常世界が政治的事象の本質的把握の場になるのである。

政治の基本概念の再定義

　ウェーバーが『職業としての学問』（1919年）のなかで述べているように、古代ギリシアにおける概念の発見が人間事象に関する学問の出発点となったのは、ソクラテスが、論理には事象の本質を捉え人を説得する万力があることを証明したからである。[11] 社会諸科学において概念は、現実を理解するために不可欠なツールとして用いられている。もちろん、現実を概念によって完全に説明し尽くせるものではない。また、政治の基本概念には日常的に使われるものもあり、使われるなかで手垢にまみれて、厳密さを失いがちである。しかし、逆に専門家しかわからない概念で学問を構築することは、政治哲学の場合は避けなければならない。というのも、政治哲学はすべての人に開かれた学問であるべきだからである。とはいえ、政治の基本概念を再検討し、通念的な意味を吟味し、必要ならば、独断に陥ることなく再定義していかねばならない。

　政治哲学は、古代ギリシアにおける誕生の時点から知の探究であり、日常的に使っていることばの意味の問いから始まっていた。「〜とは何か」という問いがそれであり、ソクラテスは、「敬虔さとは何か」、「勇気とは何か」、「美とは何か」、さらには「正義とは何か」という問いを発し、対話相手と知の吟味を始めていく。相手は「知っている」と思っているだけで普遍的な知には到達していないことをソクラテスは明らかにしていくのだが、ソクラテス自身も普遍的な知に到達しているわけではない。普遍的な認識には到達していないが、到達することを心底望んでいるし、そのために日々努力するのが、ソクラテスの立場であり哲学の営為であるように、政治哲学においても「政治とは何か」ということをつねに問いなおし、概念を明晰化していかねばならない。

　経済学や社会学など隣接諸科学で使われる分析概念と違って、政治概念の多

くは日常世界のなかでも使われるか、逆に、日常的に使われることばを政治学の概念に導入したものもある。権力や権威は前者の例であり、平和や暴力は後者の例である。どの言語でも見られることだが、訳語として造られた用語も多く、元のことばと訳語の意味のあいだにズレがあるということも頻繁に生じている。たとえば、government には、「政府」と「統治」と二つの意味があり、さらには、英語の「政府」は司法府、立法府も含むが、日本語の「政府」は行政府（内閣と全省庁）の意味で使われることが多いように、同じ用語でも意味内容が違っていたり、用法が異なっていたりする。このように同じ概念でも言語間で意味の違いが生じることに注意する必要がある。

　したがって、法哲学のように、独自の問題領域、専門用語を蓄積していくことが望ましいとも思えない。それは、政治哲学から人間の学としての意味を失わせることになるからである。普遍的なものを認識しようという精神の営みこそが重要なのである。政治哲学が目指すのは、戦前の国家学のように、抽象的な政治概念の観念体系を構築することでもない。しかし、政治的概念を歴史的な視座から再検討し続けていくことは重要な課題であるに違いない。

　このようなことを前提にすると、政治概念の取り扱いには、ほかの学問分野の概念とは異なった注意が必要となる。それは、概念の①多義性と②意味転換（言語変化）ということである。①の多義性については、日常用語でもそうだが、政治の基本概念は多義的で、かなり幅が広いということである。誰でも自由にことばを使うことはできるが、新しい意味を伝えたい場合は、概念を再定義してから、使う必要がある。[12] ②の意味転換とは、概念の意味内容が使われるなかで変化していくということである。「うつりゆくこそことばなれ」と言われる[13]ように、われわれの基本語彙の意味は時が経つにつれ変化するものであり、政治概念も歴史的に変化し、意味内容が転換していることに注意しなければならないということである。

　また、政治学の概念には分析概念と規範概念があることにも留意しておく必要がある。たとえば、市民ということばが歴史概念、階級概念として用いられてきた歴史もあり、その場合は分析概念（事実を説明するための概念）だが、自由で独立した市民、自立した個人という意味で用いられる場合は規範概念（理念的な概念）である。たとえば、公共性について言えば、公共性が社会総体を

表すとしても、何を総体とするかで、国家に収斂される場合（国家的公共性）は事実上の概念であり、人類社会につながる場合（人類的公共性）は理念的概念である。このように事実と理念の区別ということを同じ概念において行なう必要がある。政治哲学が深く関わるのは、規範的概念であり、理念から現実を批判していくために概念を再定義していくことである。

4　パラダイム転換に向けて

　政治哲学とは、言い換えれば、規範的政治理論についての学問である。ここで「規範的」というのは、規範や価値に関わるという意味である。政治哲学がとくに危機の時代に必要とされ、新しい原理を打ち出すことによって人類史の方向を向き変えてきたのである。われわれは、現在、近代政治哲学をもとにしてつくり出した政治社会の枠組みのもとで生活しているわけだが、工業化、都市化、情報化、グローバル化という大きな地殻変動のもとで近代社会の枠組み自体を組みなおしていく必要に迫られている。そのためには政治理論のパラダイム転換を行なっていく必要がある。トクヴィルが『アメリカのデモクラシー』第1巻の序文で「すべてが新しい世界には新たな政治学が必要である」[14]と述べ、アメリカの民主政治について考察しているように、現代においても近代政治原理を再検討し、新しい政治原理を構築していかねばならない。

パラダイムの構築

　パラダイムとは、理論的枠組みのことであり、大思想家によって構築されたものである。大思想家がパラダイムをつくったというのは、自由主義、立憲主義、民主主義、権力分立、国民国家、国民主権、国家主権という現代政治社会の枠組みのもとになる思想原理を打ち出したのが、ホッブズ、ロック、ルソー、シャル＝ルイ・ド・モンテスキュー（Charles-Louis de Montesquieu, 1689–1755）、ジョン・スチュアート・ミル（John Stuart Mill, 1806–1873）のような近代の大思想家だったという意味においてである。

　パラダイム転換といっても、ヨーロッパ近代が打ち出した政治原理のうち継承すべきところは継承し、克服すべきところは克服していかねばならない。ま

た、継承すべき原理にしても、異なった次元を付け加えたり、意味転換したりしていく必要があるものもある。たとえば、国家主権は戦争の合法化・正当化の基礎になってきたので克服していかねばならないし、自由主義の基本原理は維持すべきだとしても、公私二元論は克服すべきだというように、確立した原理についても再検討する必要があるということである。

　大思想家の著作を解釈する場合、テクストとコンテクスト（text and context）という視点が重要である。テクストというのは原文、すなわち原典という意味である。コンテクストとは文脈、その著作の歴史的・思想史的背景ということである。まずは、原典を内在的に、すなわち著者の立場に立って理解する必要がある。それとともに、歴史的文脈のなかでどのような意図をもった作品だったかを理解することが必要である。そのうえで、現代に生きる人間の視点から思想的な対話をすることが求められる。

　古典と言われる著作は、時代を超えて読み継がれた著作である。古典が時代を超えて生き残っているは、深い洞察が込めれているからである。大思想家の思想には、かならずと言ってよいほど、人間についての深い洞察、政治社会の構想が含まれている。プラトン、アリストテレス（Aristoteles, B.C.384-B.C.322）、マキアヴェリ、ホッブズ、ロック、ルソー、J.S. ミル、ヘーゲル、マルクスの政治理論には、人間学的基礎があり、時代や地域を超えて共感をもたれる普遍的要素があるから、現代においても研究され続けているのである。

　ここで「普遍的」というのは、すべての人間に通用する可能性があるという意味である。政治理論のパラダイムには国家や民族を超える要素があるということである。政治哲学の伝統は西欧で生まれ、その認識が世界化してきたということは事実である。しかし、このことは、ほかの地域で政治哲学の営みが成り立たないということを意味するものではない。たとえば、非暴力という規範原理がマハトマ・ガンディー（Mahatma Gandhi, 本名：Mohandas Karamchand Gandhi, 1869-1948）によって確立されたように、また、民主主義の思想原理が丸山眞男（1914-1996）によって深められたように、非西欧世界でも政治哲学の歴史にとって重要な貢献はなされている。

　「普遍的な問い」とは、政治とは何か、人間とは何か、人間はどうあるべきなのか、正しい政治秩序とは何か、といった問いである。もちろん、これらの

問いに確定的な答えは出せないが、考え続け、暫定的なかたちでも回答を提示しているのが、政治哲学の古典的著作である。したがって、政治哲学の著作を読むだけでなく、それと同時に、同じ思想家の人間論も読み込む必要がある。なぜなら、人間としての共通性に触れること、自らの思想を認識の高みに高めること、言い換えるなら、時代のなかで徹底的に考え抜くことによって時代を超える認識をもつこと、そのような精神の育成にこそ、政治哲学を学ぶことの意味があるからである。

未完の近代と脱近代

　近代国家の構成原理や近代の政治原理についての考察から学べることは多い。同時に、自由主義、主権、国民の概念の批判的検討によって、近代の政治社会の構成原理の問題点をも明らかにしていく必要がある。近代政治原理には未完の部分がある（永遠に未完のままなのかもしれない）と同時に、批判、克服していかねばならない部分があるということである。

　近代の政治哲学が切り開いた規範理論の地平としては、主権論、人権論、権力分立論がある。これらは、近代国家の最高法規である憲法のなかにとり入れられている。自由主義、立憲主義、民主主義についても規範原理として法制化されている。しかし、これらの諸原理についても、現在の地点から再検討していかねばならない。政治的共同体としての近代国家は、主権国家、国民国家という枠組みは、もともと矛盾を含んでおり、現在、グローバル化によって地球社会が形成されていく途上にあるという条件のなかで克服するための枠組みを構築していかねばならない。

　20世紀後半に、ハンナ・アレント、レオ・シュトラウス、エリック・フェーゲリン、ジョン・ロールズという思想家によって政治哲学の復権がなされたが、古典的様式で思想表現したアレント、シュトラウス、フェーゲリンと、社会科学や分析哲学の諸理論から学び抽象的な正義論を構築したロールズとのあいだには、大きな開きがある。アレントやシュトラウスにおいては人間論が重要であり、アレントやフェーゲリンには歴史的な大著もあるが、ロールズの場合は、歴史的な考察はしていないが、正義論の背後に哲学的人間論はある。英語圏では、ロールズ的政治哲学と非ロールズ的政治哲学という二つの流れが形成され

ている。したがって、現代の政治哲学といっても一様でないことは確かだとしても、両者とも「永遠の相のもとで」思考するという政治哲学の特性を兼ね具えている。

　現代の政治哲学が切り開いた地平には、政治について新しい概念、権力論、正義論の再興がある。人権の進展、共和主義の再生、公共性の概念、非暴力主義なども、政治理論の新しい次元である。これらの思想内容について詳細に論じることはできないとしても、近代政治哲学を向き変える可能性の所在は明らかにしたい。現代の規範的政治理論は、近代政治原理を乗り越える新しいパラダイムを求めているが、なかでも、共和主義、開かれた社会、市民という3つの概念に注目したい。これらは、自由主義、主権、国民との対概念として措定される。それらの概念の解明は、近代の政治社会の構成原理の組み替えにつながっていくはずである。重要なのは、現代政治の理論的分析をとおしてそのことを示していくことである。

1）　福沢諭吉『学問のすゝめ』〔岩波文庫〕（岩波書店、1942年）106頁参照。

2）　Leo Strauss, "An Epilogue," in Herbert J. Storing (ed.), *Essays on the Scientific Study of Politics* (Holt, Rinehart and Winston, Inc, 1962), p. 327参照。

3）　レオ・シュトラウス『政治哲学とは何か――レオ・シュトラウスの政治哲学論集』〔テオレイン叢書〕石崎嘉彦訳（昭和堂、1992年）8頁参照。

4）　Karl R. Popper, *Auf der Suche nach einer besseren Welt: Vorträge und Aufsätze aus dreißig Jahren* (Piper, 1984), S.194.

5）　「よりよき世界を求めて」という表現は、ポパーの著書（注4）の題名として使われている（カール・R. ポパー『よりよき世界を求めて』小河原誠、蔭山泰之訳（未來社、1985年）参照）。

6）　アレクシ・トクヴィル『アメリカのデモクラシー』〔第1巻（上）、岩波文庫〕松本礼二訳（岩波書店、2005年）27-28頁。

7）　Leo Strauss (ed.), *History of Political Philosophy*. Co-editor: Joseph Cropsey (University of Chicago Press, 1963).

8）　Leo Strauss, *Persecution and the Art of Writing* (University of Chicago Press, 1988 [1952]), p. 25参照。

9）　アグネス・ヘラー『ラディカル・ユートピア――価値をめぐる議論の思想と方法』小箕俊介訳（法政大学出版局、1992年）21-22頁。

10）　プラトンがポリスを「大文字で書かれた人間」と認識していたように、小社会を大社会の縮図と見て、大社会の構造的特性を小社会のなかに見いだすことができる。逆に、小社会を観察することによって、大社会の本質的要件を認識することができるとも言え

る。(Eric Voegelin, *The New Science of Politics: An Introduction* (University of Chicago Press, 1952), p. 61参照)。

11) マックス・ウェーバー『職業としての学問』〔改訳〕尾高邦雄訳（岩波書店、1980年）37頁参照。

12) Anthony Arblaster, *Democracy*, Third edition (Open University Press, 2002), p. 9 参照。

13) 「うつりゆくこそことばなれ」は、言語変化を言語の本質とみなす言語学者、E. コセリウの『言語変化という問題――共時態、通時態、歴史』〔岩波文庫〕田中克彦訳（岩波書店。2014年）の旧訳書『うつりゆくこそことばなれ――サンクロニー・ディアクロニー・ヒストリア』田中克彦、かめいたかし訳（クロノス、1981年）に付けられた表題である。

14) 『アメリカのデモクラシー』〔第 1 巻（上）岩波文庫〕16頁。

【文献案内】

　福沢諭吉『学問のすゝめ』〔岩波文庫〕（岩波書店、1942年）は、日本の近代化を牽引した学問論である。西洋思想を摂取しながら、独自の思想表現をし、近代日本における文明の進展、市民社会の形成に多大の貢献をなした書である。マックス・ウェーバー『職業としての学問』〔改訳〕尾高邦雄訳（岩波書店、1980年）は、学問論の焦眉。ウェーバーは、学問研究は芸術とは違って、著作は乗り越えられることを宿命とするが、職業として学問を選ぶ者は特定の対象をねばり強く探究する情熱がなければならないとしている。マックス・ヴェーバー『社会科学と社会政策にかかわる認識の「客観性」』〔岩波文庫〕富永祐治、立野保男訳；折原浩補訳（岩波書店、2003年）は、社会科学における客観性の問題を論じた必読書。安藤英治『マックス・ウェーバー研究――エートス問題としての方法論研究』〔新版〕（未來社、1994年）；『ウェーバーと近代――一つの社会科学入門』（創文社、1972年）は、価値と無関係な学問はないが、認識過程においては価値から自由でなければならないとする、ウェーバーの学問論について洞察し、「価値自由」という訳語の定着に貢献した。

　アグネス・ヘラー『ラディカル・ユートピア――価値をめぐる議論の思想と方法』小箕俊介訳（法政大学出版局、1992年）は、「哲学が驚きから始まる」ことについての優れた理解を示している。レオ・シュトラウス『政治哲学とは何か――レオ・シュトラウスの政治哲学論集』石崎嘉彦訳（昭和堂、1992年）は、政治哲学が、真理の所有ではなく真理の探究であること、実証的な政治科学とは違って普遍的な認識を求めていることを明らかにしている。

　省察としての政治哲学の古典としては、エドマンド・バーク『フランス革命についての省察』（上・下）〔岩波文庫〕中野好之訳（岩波書店、2000年）は、フランス革命の衝撃のもとで、政治的事象について優れた省察を展開した古典的著作。フランス革命を批判し、イギリス古来の制度・慣行を擁護した、保守主義の古典でもある。アレクシ・トクヴィル『アメリカのデモクラシー』〔第 1 巻（上・下）、第 2 巻（上・下）〕松本礼二訳（岩波文庫、2005-2008年）は、フランスの貴族である著者がアメリカを旅してアメリカの民主的な政治文化に驚くとともに、「アメリカの中にアメリカを超えるもの」を発見し、叙述した書である。

　現代政治哲学の概説書としては、W. キムリッカ『現代政治理論』〔新版〕千葉眞、岡崎晴

輝訳者代表（日本経済評論社、2005年）が、英語圏での規範的政治理論の論点を網羅的に概説している。寺島俊穂『政治哲学の復権——アレントからロールズまで』（ミネルヴァ書房、1998年）は、現代の代表的な政治哲学者を取り上げ、20世紀後半における政治哲学復権の諸相を概説している。古賀敬太ほか編『政治概念の歴史的展開』〔第1-10巻〕（晃洋書房、2004-2016年）は、政治の基本的な概念について、古代から現代までの意味変化をそれぞれの著者の視点から明らかにしている。第9・10巻（米原謙編）は、日本における政治の基本概念を取り上げ、その歴史的展開について考察している。

　Eric Voegelin, *The New Science of Politics: An Introduction* (University of Chicago Press, 1952) ［エリック・フェーゲリン『政治の新科学——地中海的伝統からの光』山口晃訳（而立書房、2003年）］は、実証主義政治学を批判し、歴史的・精神史的次元から政治現象を捉える新しい政治学を構築しうることを示した書。Leo Strauss, "An Epilogue," in Herbert J. Storing (ed.), *Essays on the Scientific Study of Politics* (Holt, Rinehart and Winston, Inc, 1962) は、政治学の実証主義化、学問における価値と事実の分断を批判している。

第2章

古典的政治哲学——ソクラテスとプラトン

1　古典的政治哲学とは何か

　古典的政治哲学（classical political philosophy）とは、古代ギリシア・ローマの古典で展開されている政治哲学である。とくに古代ギリシアのアテナイ（アテネ）が政治哲学発祥の地となり、プラトンとアリストテレスの著作は現代まで読み継がれている古典中の古典である。古典的政治哲学が廃れていないのは、政治とは何か、正義とは何か、最善政体とは何かという政治哲学の基本問題について網羅的に取り上げられていることと、よく生きることは何かという近代以降の政治哲学から失われた問いが、日常世界から発せられているからである。古典的政治哲学の優れた点は、政治を人間の側から見ているところにある。

　もちろん、古典的政治哲学の背景となっている古代ギリシアのポリス（都市国家）と近代国家では、規模も条件も違うのだから古典的政治哲学の思想内容をそのまま現代世界に適用できるわけではない。規模というのは、古代のポリスは人口が数千から数万であり、地理的にも高所から見渡せる範囲の空間であり、直接、面と向かって討議できる空間であったのに対し、近代国家のほとんどはポリスとは比較にならないほど広く、人口も多く、直接討議できる空間ではないからである。

　条件の面では、古代のポリスは農業社会であり、自給自足できる空間であり、基本的にはポリス内での問題に対処すればよかったのだが、現代社会は工業化・都市化した社会であり、科学技術も複雑化し、グローバル化のなかで相互依存を高めていて、自給自足の体制は組めないからである。現代政治学では、政治的共同体の規模が大きくなって開放系になっていることから、政治的共同

体を国家ではなく政治システムとして捉えるようになったが、そのため、政治学が日常言語から離れ、日常性を喪失していくという現象が起こっている。だからこそ、逆に、日常世界からふつうの市民が使うことばで政治のあり方を人間のあり方と結びつけて語った古典的政治哲学が新鮮さを失わないのである。

普遍的な認識の探究

古代ギリシアのアテナイにおいて、紀元前6～4世紀にかけて民主政が開花し、市民たちは約200年にわたって民主政を享受した。前5世紀は知的活動が隆盛になった時期で、理性（logos：ことば、論理）への信頼が生まれた時期である。その担い手となったのがソフィストと呼ばれる人びとで、彼らは弁論やレトリックの技術をはじめとしてさまざまな知識を授ける知者である。プロタゴラス（Protagoras, B.C. 490頃-B.C. 420頃）、ゴルギアス、プロディコス、ヒッピアスらが有名であり、彼らはイオニア植民圏から来た外国人であった。なかでも重要なのは「人間は万物の尺度である」ということばで知られるプロタゴラスであり、このことばに明らかなように、たんに合理主義にとどまらず個人主義、価値相対主義の思想まで生まれた。

だが、ソフィストの雄弁術は、ことばの技術であり、ことばを巧みに操ることによって民衆をだますという側面がある。それは、レトリックの伝統となるが、そこには嘘の技術も含まれ、真実の探求とは異なっていた。ソクラテスは、市井の人びとに普遍的な問いを発することによって人間の学としての哲学を開始した。それ以前の哲学は、前6～5世紀のイオニア学派の哲学は自然哲学であり、自然のアルケー（はじまり）についての探究であり、推論によって自然の神秘を探究したが、ソクラテスは対象を自然から人間事象に引きずり下ろし、普遍的な知を探究し、しかもよく生きること、正しく生きることという道徳的な問題についても正しい認識を求めた。また、市民として生きることの意味を生涯にわたって考えた哲学者であった。

哲学者プラトンからすれば、ソフィストの立場は徹底的に否定さるべき対象であった。なぜなら、彼らの立場は正しきことを追求せず、人間の自然的欲望を肯定するものだからである。彼らの主張が既存の神話を打ち砕き、既成の秩序や慣習を相対化し、個人の解放をもたらす啓蒙的機能をもっていたことが確

かだとしても、民主政のもとで利己主義、相対主義を助長するものであったこともまた確かである。

　ソフィストの活動は、市民の堕落に手を貸し、思考を技術としてしまうことにより理性自体の頽落すらもたらしているとプラトンには思われた。何よりも彼にとってショックだったのは、彼が師と仰ぐソクラテスが前399年にアテナイの市民によって民衆裁判で死刑の判決が下されたことである。プラトンの政治哲学はこの衝撃から始まっている。ソフィストの立場を転倒することによって、プラトンは個人の主観に還元することのできない、普遍的・客観的な、知を追求する哲学の伝統を創始したのである。ソクラテスの哲学はプラトンによって伝えられ、プラトン政治哲学の一部とされてしまいがちだが、ソクラテスとプラトンは別人格であり、政治哲学においても違いがあったことに留意すべきである。

2　古典的政治哲学の特性

　古典的政治哲学は、プラトンとアリストテレスによって代表される。というのも、この二人は哲学の体系を構築した哲学者であり、その哲学体系のなかで政治哲学が枢要な部分を占めていた。主著は政治に関する大著であり、日常世界から発する独自の政治哲学を構築したからである。

　古典的政治哲学の特性として、第一に、**公正な社会のあり方を探究していた**ことがあげられる。ただし政治のあり方は正しい人間のあり方に対応する。それゆえ、人間のあり方の規範的探究の学である哲学や倫理学と政治学は密接に結びついていた。古典的政治哲学は、人間を基底に置き、ポリスに対する存在判断をも含んでおり、最善政体とは何かという問いに導かれていた。

　プラトンの政治哲学は正義についての探究の果てに到達した、正義にかなった政体とはどのようなものかという問いに対する彼自身の回答であった。アリストテレスの場合も、政治学と倫理学は不可分の関係にあった。彼は倫理学において最高善とは何かを追求し、人間の卓越性に即した活動と規定した。彼にとっても政体論は重要であり、プラトンが哲人政治を最善としたのに対し、中間的な人びとが多数を占める混合政体を最善政体とした。

　第二に、古典的政治哲学において、**政治哲学が哲学の枢要部分であったとい**うことである。ポリスにおいては都市共同体全体の問題に関わる活動が政治であり、それは私的な生産活動よりも優位に置かれていた。プラトン、アリストテレスの政治哲学も、ポリスの価値理念を前提にしている。基本的に彼らは、共同体のなかで生きなければならないというポリスの価値観を共有していたのだから、彼らの哲学において政治は重要な位置を占めていた。

　プラトンの場合は、現実を超えた、目に見えない、不変的な実在たるイデアの探究に向かい、アリストテレスの場合は、イデアは実在でないとし、感性に即した個物に注目したが、形相（エイドス）は質料（ヒュレー）に内在し、その変化を通じて実現していくと捉えた。

　第三に、古典的政治哲学は、**拠って立つべき政治哲学の伝統をもたず、自らがその創始者**となったということが特徴である。オリジナルな思想は過去の思想に拠りかかる度合いが少ないが、古典的政治哲学の場合なおさらそうである。とはいえ、ソクラテス、プラトンの場合でも、自然学やソフィストの思想という先行思想は存在した。克服されるべき対象としてであったとしても、まったく先行思想がなかったわけではない。また、ポリスの現実が、彼らの政治哲学の背景にあったことも事実である。しかし、プラトンは魂のあるべき秩序を発見し、現実をこえたポリスを構想することによって、アリストテレスは現実のポリスのありようをつぶさに観察し、現実のなかに本質的契機を発見することによって政治哲学の伝統を創始した。

3　ソクラテス対プラトン

　哲学史においてソクラテス以前と以後という分け方がなされるのは、ソクラテスによって自然の探究から人間の探究へと変わったからである。ソクラテスは、プラトンの師であり、民衆裁判によって死罪に処せられた人物である。ソクラテスは一冊も本を書かず、彼の思想はプラトンによって伝えられているところが多いから、二人の思想を区別することは困難である。しかし、ソクラテスとプラトンは別人物であり、プラトンの著作のなかでも中期から後期に至るとソクラテスの影は薄くなってくる。ほかの同時代人の証言も参考にすれば、

ソクラテスとプラトンを区別することは、ある程度可能になると思われる。そのさい手がかりになるのは、イデアについて語ったのはソクラテスではなくプラトンだというアリストテレスの『形而上学』のなかのことばである[1]。プラトンはソクラテスの死から衝撃を受け、その意味を考え続け、その結果として、アテナイの市民として死んだソクラテスの思想とは反対に、「不変の実在」であるイデアに到達した哲学者による支配（哲人政治）を正当化したのである。アリストテレス自身は、プラトンを師として哲学を始めたが、次第にイデア説を批判し、現象のなかに本質的契機をつかむ、独自の学問体系を打ち立てていったのである。

ソクラテス裁判の衝撃

　ソクラテスの哲学を考えるうえでソクラテス自身がどういう生き方をしたのかを押さえておかねばならない。というのは、ソクラテスにとって哲学とは、よく生きる、正しく生きるために不可欠な学問だからである。

　ソクラテスは、庶民のなかに生きた市民であった。「ソクラテスは、石工（彫刻家）ソプロニスコスと、プラトンも『テアイテトス』（149a）のなかで述べているように、産婆パイナレテとの間に生まれた子で、アテナイ人であり、アロペケ区に属していた[2]」。ディオゲネス・ラエルティオスによれば、ソクラテスは「志操堅固な人であり、民主派に好意をよせていた[3]」という。アリストパネス（Aristophanēs, B.C. 446頃–B.C. 385頃）は、戯曲『雲』のなかでソクラテスをソフィストとみなし、「たわごとの祭司」であるかのように揶揄している[4]。クセノフォンもソクラテスの言行を伝えているが、圧倒的な迫力をもって語られるのは、プラトンの初期の著作に登場するソクラテスの言行である。プラトンをとおして語られたソクラテスは、哲学者としてのソクラテスを伝えている。中期以降はプラトン自身の哲学になっていくが、初期の作品におけるソクラテスは、生前のソクラテスをよく知っている人たちも読むことを想定しているので、実際のソクラテスに近いと考えられる。

　ソクラテスは、自らの死によって自らの哲学の真正さを証明した哲学者であった。ソクラテスは、哲学を自然学から人間事象の学に引き下ろした哲学者であり、「〜とは何か」という問いを市井の人びとに発し、相手の議論のなか

に矛盾があるとそれを指摘して議論を進めていく。ソクラテスは「問答の相手をしてくれる人たちとともに探究を続けたのであるが、それは相手の意見を奪い去るためではなく、真実をきわめようとするためであった[5]」。ソクラテスは、市井の人間として生き、人間の魂を高めることが自分の仕事だと考え、自分のことば（言ったこと）に矛盾せず生きる、つまり言行一致を自分の生の終わりにおいて証明した哲学者であった。

『ソクラテスの弁明』によれば、ソクラテスは、市民としての義務も果たした。ソクラテスは、一度の祝祭競技見物と三度の出征以外は、アテナイでずっと暮らしていた。前432年ポティダイヤ、前424年アンフィポリス、前424年デリオンでの戦闘に重装歩兵として参加し、勇敢に戦ったらしい。指揮官に選ばれたことはない。前406～405年に評議会議員職を務めた。これは、市民の義務であり、その義務を果たすなかで市民的抵抗を実践した。

また、ソクラテスは、コイノスとしての公的領域のなかで生きた市民であった。つまり、ソクラテスは家に閉じこもらず、毎日、家の外で知者や若者と対話を続けた。歴史家の桜井万里子は、ソクラテスが「この仕事（世に賢者と言われている者に無知の知を指摘すること）が忙しいために、公（ポリスのこと）私（オイコスのこと）いずれのことも、これぞと言うほどのことを行なう暇がなくて、ひどい貧乏をしているのですが」と述べていることから、彼の活動の場所がポリス（国家）でもオイコスでもなく、その中間領域であるコイノスであったことを指摘している[6]。

ソクラテス的市民のあり方は、ペリクレスのように指導者になるのではなく、対等者としてほかの市民と出会い、対話するという生活のなかにあった。ソクラテスは、個人として国家の命令に抵抗した市民でもあった。ソクラテスの市民的抵抗の実践として、次の二つがあげられる。①アルギヌサイの海戦で海に落ちた兵士を嵐のため救助しなかった将軍たちを一括して裁判にかけることに、評議会でただ一人反対した（前406年）。②レオン連行を拒否（前411年）——「30人僭主」寡頭政の時代にほかの4人とともに呼び出され、サラミス人レオンを処刑するから連れて来るように命じられたが、ほかの4人はサラミスに向かったが、ソクラテスだけは命令に従わず、帰宅した。これは、命がけの勇気ある行動だった[7]。また、個人が国家の命令に従わない行為だったので、市

民的不服従の行為だったとも言えよう。

　ソクラテスが、訴えられ、民衆裁判にかけられた理由としては、①不敬罪、②若者を堕落させた、があげられる。メレトスが公訴を提起し、民衆煽動家のリュコンが背後で準備したとされる。プラトンは、『ソクラテスの弁明』のなかで公訴人はメレトス、アニュトス、リュコンの３人だとしている。民衆裁判で、ソクラテスは、自分がしてきたことを述べ、有罪に当たらないと弁明する。しかし、ソクラテスは裁判官を務める民衆の情状に訴えることはせず自己の行為の正当性を主張したので、有罪が決まり、量刑については、情状に訴えず反対に裁判官を刺激するようなことを言ったので、死刑になる。

　友人のクリトンによる刑吏の買収と脱獄のすすめにもかかわらず、なぜソクラテスが脱獄しなかったかは、プラトンの初期の著作『クリトン』によって明らかにされる。『クリトン』のなかで、ソクラテスは、外国に逃げることをすすめるクリトンとのあいだで緊迫した対話を交わしている。ソクラテスは、理があれば従うという覚悟でクリトンと対話をかわすのだが、その過程のなかで「善く生きることと美しく生きることと正しく生きることとは同じだということ」をクリトンに認めさせている。クリトンの必死の説得も功を奏せず、ソクラテスは脱獄のすすめを拒否し、従容として毒杯を仰ぐ。ソクラテスが逃亡しなかったのは、逃亡することは、①見よいものでない（美しくない）から、②前言（裁判で、死ななければならなくとももがきはしない、追放よりも死を選ぶと言ったこと）を翻すことになるから、③国法に従うこと、この場合は自ら弁明することによって加わった判決に従うことは、市民の義務だから、という３つの理由による。

ソクラテスにとっての正義

　では、ソクラテスは国法に忠実な市民だったのか、というと、民主体制下の国法は尊重していたが、国法を絶対視してはいなかった。国家の命令に従わなかったこともあったからである。逃走しなかったことも、より正しい選択はどちらか、という視点で考える必要がある。ソクラテスは、アテナイの民主政の制度を批判はするが、民主主義を否定するのではなく、民主的な生き方をした。そのさい、ソクラテスは正、不正を個人の行為のレベルで捉えている。不正を

なさないというのは、正しく生きること、美しく生きること、善く生きることと同義であり、それを追求するのが哲学である。

『ゴルギアス』は、人はことばによって真実を探究することができるが、ことばを操ることによって他人をだますこともできることを示した名著である。ソクラテスは、3人の論客との対話をとおしてことばによるごまかしを暴いていく。正しい行為のあり方、正義についてのスリリングな議論が展開している。2番目の対話相手のポロスの「あなたは、不正を行なうよりも、むしろ不正を受けるほうを望まれるのですね？」という問いに対して、ソクラテスは「もし、不正を行なうか、それとも不正を受けるか、そのどちらかがやむをえないとすれば、不正を行なうよりも、むしろ不正を受けるほうを選びたいね」と答えているが[11]、これは、不正をなすと、不正をなした自分と一生暮らさねばならなくなり、精神（プシュケー：魂）の健康にとってよくないからである。ソクラテスは正しい行為をなすには、欲望に打ち克ち、自分自身を統制していること（自己統治）が必要だと考えていたが、この点はプラトンに受け継がれている。

ソクラテスは、3番目の対話相手のカリクレスがソクラテスの意見が人間の生活の常識に反するという反論に対して「世の大多数の人たちがぼくに同意しないで反対するとしても、そのほうがまだしも、ぼくは一人であるのに、ぼくがぼく自身と不調和であったり、自分に矛盾したことを言うよりも、ましなのだとね」と主張する[12]。自分自身と調和して生きるというのは、自分自身（自分の信念）に矛盾しないということである。ソクラテスは、市民として生きたが、市民団の一員としてではなく、市民団を超え出る**個人として生きた**。そこにソクラテスが危険視された理由がある。デーナ・ヴィラ（Dana Villa, 1957–）が『ソクラテス的な市民のあり方』（2001年）のなかで述べているように、「道徳的個人主義」をソクラテスの言行から引き出すことができる[13]。

ソクラテスの脱プラトン化

哲学者が王になるべきだというプラトンの思想は、ソクラテスのものとは思われない。また、ソクラテスが民衆的、非神秘的だったのに対し、プラトンはエリート主義的で神秘的な側面も持ち合わせたということができる。ソクラテスは非神秘的な思想家であり、つねに人間理性に限界を課していた。

　ソクラテスが知の探究者、非神秘的、対話的・批判的理性の実践者であったのに対し、プラトンは、イデア説に見られるように、不変の実在を認識することを最も重視した。ソクラテスが来世を信じていなかったと思われる節がある[14]のに対し、プラトンは死は魂の肉体からの離脱と捉え、魂の不滅性を想定した。ソクラテスは、市井の人びとの誰とでも話し合い、誰の吟味をも受け、すべての人に開かれた知を追求した。ソクラテスとは対照的に、プラトンは、正真正銘のエリート主義であり、知とは哲学者（愛知者）のもつものであり、哲学者とはほかの人びとが到達しえない知の極みにまで至った人だと認識した。彼は、四角い窓を見て正方形と理解しうるのは昔住んでいたイデアの世界で見たものを想い出すからだという想起（アナムネーシス）説に明らかなように、神秘的なところがある。ソクラテスは批判的理性の伝統の創始者、プラトンは存在論の創始者となった。

　このように哲学としても違いがあるが、市民のあり方についても二人のあいだには大きな違いがある。ソクラテスの脱プラトン化の必要を説くハンナ・アレントが、プラトンではなくソクラテスに「市民のモデル」を求めているのは、ソクラテスが個人として対等者として他者と交わり、語り合い、討議すること自体のなかに価値を見いだしたからである。一方、プラトンの市民は「まるで一人の人間」であるかのように、活動するからである[15]。ソクラテスは、ポリスにとって虻（あぶ）のような存在であり、異端であり、普遍的な認識を求めてほかの市民と交流したのである。そのような生き方は、プラトンが内面の世界で到達した真なる認識に基づいてポリスを制作しなおそうとしたのとは対照的である。そして、ソクラテスの生き方のなかにこそ、最初の市民哲学者の姿が見て取れるのである。正しく生きることがソクラテスの正義論であり、ソクラテス自身が、生き方の吟味を自らと他者に迫っているのである。

4　正義の探究としての政治哲学

　政治哲学の歴史は書かれたテクスト（原典）の歴史である以上、ソクラテスの思想はプラトンらの著作をとおして解明していかざるをえない。プラトンの著作には、ソクラテスの思想とプラトンの思想が混在している。プラトンの著

作のほとんどにソクラテスが登場するが、中期の作品になると、プラトン独自の哲学も現れていると見ることができる。テクストという観点から言えば、とくにプラトンの中期の作品『国家』は古典中の古典である。

『国家』における正義の探究

　プラトンは、20歳のときにソクラテスに私淑し、28歳のときソクラテス裁判を傍聴し、衝撃を受ける。プラトンは、貴族の出で、政治家を志していたが、この事件を直接のきっかけとして政治家になることを断念し、哲学の道を究めようとした。プラトンの『国家』は、壮年期に書かれた代表作であり、正しい行為と社会のあり方についての議論が展開されている。

　プラトンの主著『国家』は、「正義について」という副題が付けられているように、「正義とは何か」という問題を真正面から取り上げた作品である。ソクラテスが、登場人物との対話をとおして正義とは何かを明らかにしていく。そのなかの一人、トラシュマコスは『ゴルギアス』におけるカリクレスのような人物で、正義とは「強者の利益」にほかならないと主張している。しかし、それまでの著作とは異なって、『国家』においては人間の正しいあり方と政治社会の正しいあり方がパラレルに捉えられており、一つの理論体系が示されている。

　正義は、個人の正しいあり方として、たとえば次のように定義されている。正義とは「ほんとうのことを言う正直な態度」であり、「正しい人間は知恵のある、すぐれた人に似ていて、不正な人間は劣悪で無知な人に似ていることになる」というように。ソクラテスは、ことばの吟味から議論を始め、トラシュマコスの正義とは「強い者の利益」という言説を反駁していく。そのさいソクラテスは、「君の主張によれば、強い者の利益になることが正しいことだという。さてこれは、トラシュマコス、いったいどんな意味なのだろう。まさか君の主張するのは、次のようなことではないだろうしね。つまり力士〔格闘家〕のプリュダマスはわれわれより強い、そして彼にとっては牛肉を食うことが身体のために益になることだとする。しからばこの牛肉食は、われわれ、彼より弱い者たちにとっても利益になることであり、ひいてはまた正しいことでもある……」と述べているように、日常の例を出してトラシュマコスを問い詰めてい

く。もちろん、トラシュマコスが言いたかったのは、そういうことではなく、権力をもつ支配者が利益を得るという現実があり、そこから正義が導き出せるのではないかということである。しかし、支配者が「絶対に誤りのない人間だろうか、それとも、ときには誤りをおかす人たちなのだろうか」ということを問われて、トラシュマコスも「ときには誤ることもある人たちだろう」ということを認める。ソクラテスによれば、正義とは、「強者の利益」ではなく、すべての人がもつべき徳であり、悪徳が不正である。

　徳というのは、魂（精神）の本来の働きであって、不正はお互いのあいだに不和と憎しみと戦いをつくり出し、正義は協調と友愛をつくり出すのだから、「正しい人々のほうが幸福でもある」ということになる。プラトンにとって正義は、徳の一つであるとともに正しい社会のあり方（秩序ある社会：well-ordered society）を意味していた。この場合、正しい秩序というのは、魂の秩序とポリスの秩序の双方を指す。

　古典的政治哲学のモティーフは政治と道徳の一致にあり、「徳の政治」を追求したところにある。プラトンにおける4枢要徳とは、**節制、勇気、知恵、正義**であり、公正な政治を実現するには市民は徳を獲得するように自己陶冶しなければならない。倫理学と政治学は不可分であり、善き人間になることが善き市民になることと分かちがたく結びついていた。古典的政治哲学者が政治的構想の課題としたのは、善い人間が善い市民でありうるような政体であり、道徳的に正しい生き方が可能になるポリスのあり方である。

図1　人間精神と国家のアナロジー

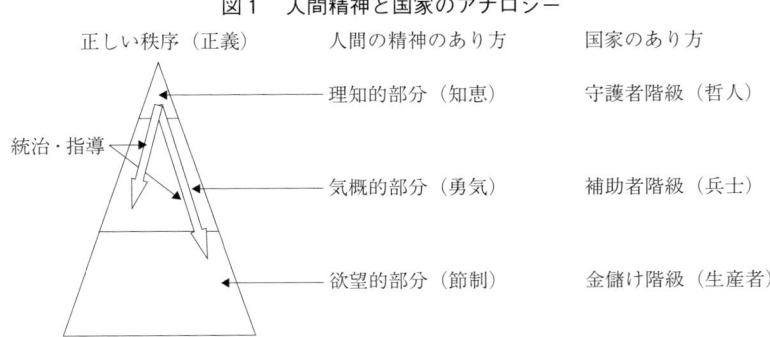

　ほかの二つの部分を統制し、全体が調和している状態が正義である。プラトンは、国家のあり方を人間精神のあり方のアナロジーで捉え、人間精神が三層から成り立つように、国家も守護者階級、兵士階級、生産者階級という３つの階級から成り立つと考える。人間（アントロポス）がミクロコスモスだとしたら、国家（都市）はマクロアントロポスであり、小宇宙である。人間において理性が欲望を統制している状態が正しいように、国家においても哲人が支配する状態が正しい国家のあり方ということになる。

　徳は修練によって獲得されるものだから、教育が国家論において重要な位置を占めるとともに、哲学は不変の実在たるイデアの探究の学であり、真の哲学者とは「真実を観ることを愛する人[21]」であり、普遍的な知に近づいた人間が優位に置かれる国家のあり方（国制）が望ましいとされる。それぞれの階級は分を果たす原則──「各人が一人で一つずつ自分の仕事を果し、それ以上余計なことに手出しをしない[22]」──が肯定されているのは、安定した、善い統治を行なうためである。つまり、「洞窟の比喩」に見るように、一瞬でも真理を見た哲学者は、洞窟のなかにいて真実が見えなくなっている囚人たち（同胞大衆）のもとに戻っていき、彼らの認識を正しい方向に向け変えていく役割を負っているからである。

　こうして、知的に優れた人間が国家の守護者となるべきだという哲人政治が正当化され、その理念が明らかにされる。

　　哲学者たちが国々において王となって統治するのでないかぎり、……あるいは、現在王と呼ばれ、権力者と呼ばれている人たちが、真実にかつじゅうぶんに哲学するのでないかぎり、すなわち、政治的権力と哲学者精神とが一体化されて、多くの人々の素質が、現在のようにこの二つのどちらかの方向に別々に進むのを強制的に禁止されるのでないかぎり、親愛なるグラウコンよ、国々にとって不幸のやむときはないし、また人類にとっても同様だとぼくは思う[23]。

　最高の国制（最善政体）においては、とくに哲人、すなわち、守護者階級は、「彼らのうちの誰も、万やむをえないものを覗いて、私有財産というものをいっさい所有してはならないこと。つぎに、入りたいという者が誰でも入って行けないような住居や宝蔵はいっさい持ってはならないこと。暮らしの糧は、節度ある勇敢な戦士が必要とするだけの分量を取り決めておいて、他の国民から守

護の任務への報酬として、ちょうど1年間の暮しに過不足のない分だけを受け取るべきこと。ちょうど戦地の兵士のように、共同食事に通って共同生活をすること[24]」という厳しい規律が課せられている。というのも、公共に奉仕する者は、できる限り公共精神を具えていかねばならず、私的利害から解放されていなけれならないからである。だからといって、すべての人間に課されているのではなく、ほかの階級の人たちにはそれぞれの持ち分に合わせて徳を積んでいくことが要請されているのである。プラトンがあるべき政治を優れた者＝哲人による統治と考えたのは、秩序ある国制こそ最善の政治社会だという認識に到達したからである。

　このような哲人政治の理念は、ソクラテスではなくプラトンの思想であり、また、アテナイの民主政に対する痛烈な批判にもなっている。哲人王やイデア説がプラトンの教説だとしても、プラトンにしてみれば、ソクラテスの言行と刑死から導き出したあるべき国制に関する教説にほかならなかった。プラトンにしてみても、このような理念がそのまま実現できるとは考えておらず、晩年の大作『法律』において次善の策も提起している。しかし、プラトンにとって『国家』を書くことは、ペリアゴーゲー、すなわち現実政治を「向け変える」壮大な試み[25]であって、たんにアテナイの国制をどうするかという問題を超えて人類にとって正しい政治社会のあり方を考える一つの指標を示すことであった。

最善政体論の意義

　古典的政治哲学が創始した伝統の一つに、最善政体の探究がある。これは、プラトン、アリストテレスから始まって、18世紀のモンテスキューぐらいまで続く伝統であった。どのような政体が望ましいかという問いは、現代政治学における政治体制論や政治システム論の底流にある問題関心である。

　政体論は通常、善い統治と悪い統治という横軸と、一人が支配する、少数者が支配する、多数者が支配する、という支配者の数の大小を縦軸にして、6種類の政体が想定されている。プラトンの『ポリティコス』における政体論をアリストテレスの『政治学』における政体論と比較すると、次のようになる。

表1　プラトン、アリストテレスの政体論

1）プラトンの政体論

	法に従って統治する	法に従わず支配する
単独者支配	王政	僭主政
少数者支配	貴族政	寡頭政
多数者支配	民主政	民主政

2）アリストテレスの政体論

	公共の利益を目指す	自己利益を目指す
単独者支配	王政	僭主政
少数者支配	貴族政	寡頭政
多数者支配	ポリテイア（国制）	民主政

　プラトンの場合は王政が最善政体であるのに対し、アリストテレスの場合は多数者支配を肯定している点に大きな違いがある。また、多数者支配が民主政である点は同じだが、プラトンの場合は法が厳重に守られているかどうかで分けられるが政体の名称は同じであり、[26]いずれも煽動政治としてネガティヴに見られている。アリストテレスは、プラトンとは違って中庸に価値を認めた哲学者であり、ポリスの現実を観察しながら長い年月をかけて大著『政治学』を書いたので、最善政体を箇所によってはアテナイの国制であるポリテイアとしたり、貴族政とポリテイアの混合政体を最善政体と考えたりしている。アリストテレスは、『アテナイ人の国制』のなかでは国制についての比較研究もしており、プラトンのように現象を超えた実在を認識しようとするのではなく、現象のなかに本質を見ようとしていた。

　プラトンが政体とそれにふさわしい人間型を問題にしたように、古典的様式を踏まえた政治理論において最善政体の探究が重要なのは、**最善政体においてのみよき人間がよき市民になりうる**からである。シュトラウスが指摘したように、ヒトラー体制のような独裁体制では、よき人間は悪しき市民になり、悪しき人間がよき市民になってしまうのである。[27]道徳的に正しい人間が市民としても正しく生きられるのは最善政体においてのみである（図2参照）。政治哲学がよく生きること、正しく生きることを探究する哲学の不可欠な部分でなければならない理由はここにある。

　古典的政治哲学において正義の探究が最優先されたのは、正しい政治秩序を打ち立てることが人間の生のあり方と密接に関連すると考えられたからである。ソクラテスの場合は、よく生きることは、正しく生きること、美しく（立

図 2　人間のあり方と政体のあり方

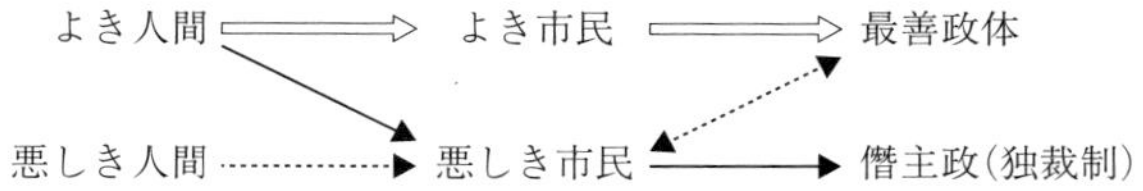

よき人間 $\Longrightarrow$ 　よき市民 $\Longrightarrow$ 　最善政体

悪しき人間 $\cdots\cdots\cdots\rightarrow$ 悪しき市民 $\longrightarrow$ 僭主政（独裁制）

派に）生きることと同義であったから、矛盾なく生きることであり、個々具体的な場面での正しい行為のあり方が探求される。プラトンの場合は、精神の正しいあり方とポリスの正しいあり方をパラレルに考え、人間精神において理知的部分が気概的部分や欲望的部分を支配しているのが正しいように、ポリスにおいても哲人王が統制するのがポリスの正しいあり方だと認識した。アリストテレスは、ポリスの現実を直視したうえで中庸を求める立場から配分的正義と是正的正義の原理を打ち出した。

　つまり、古典的政治哲学の意義は、正義はつねに政治社会のレベルと人間個人の行為のレベルで問われる問題だということを明らかにした点にある。それは、現代にまで続く問題設定であり、一人ひとりが何が正しいかを深く考えながら行為するとともに、公正な政治秩序・社会秩序を求めて生きていかねばならないことを提起した点で、政治哲学の始まりを印したと言えよう。

1）　アリストテレス『形而上学』〔アリストテレス全集12〕出隆訳（岩波書店、1968年）27頁参照。

2）　ディオゲネス・ラエルティオス『ギリシア哲学者列伝』（上）〔岩波文庫〕加来彰俊訳（岩波書店、1984年）132頁。

3）　同上、137頁。

4）　アリストパーネス『雲』高津春繁訳〔岩波文庫〕（岩波書店、1977年）24–25頁参照。

5）　『ギリシア哲学者列伝』（上）135頁。

6）　桜井万里子『ソクラテスの隣人たち』（山川出版社、1997年）241–251頁参照。

7）　同上、234–237頁参照。

8）　『ギリシア哲学者列伝』（上）148頁参照。

9）　プラトン『ソクラテスの弁明』久保勉訳、『ソクラテスの弁明・クリトン』〔岩波文庫〕（岩波書店、1927年）所収、29頁参照。

10）　プラトン『クリトン』久保勉訳、『ソクラテスの弁明・クリトン』〔岩波文庫〕（岩波書店、1927）所収、86頁。

11）　プラトン『ゴルギアス』〔岩波文庫〕加来彰俊訳（岩波書店、1967年）75頁。

12）　同上、116–117頁。

13）　Dana Villa, *Socratic Citizenship* (Princeton University Press, 2001), pp. 1–58参照。

14)　ソクラテスは、『ソクラテスの弁明』のなかで死後の世界の有無について不可知論の立場に立っているが、「夢一つない眠り」か「この世からあの世への霊魂の移転」であるという二つの見方を示し、ペルシャ大王のことばを引いて死が夢一つない眠りだとすると大変な儲けものだとしている（『ソクラテスの弁明・クリトン』66-67頁参照）。

15)　ハンナ・アレント『人間の条件』〔ちくま学芸文庫〕志水速雄訳（筑摩書房、1994年）353頁参照。

16)　プラトン『国家』藤沢令夫訳、『クレイトポン　国家』〔プラトン全集11〕田中美知太郎、藤沢令夫訳（岩波書店、1976年）所収、32頁。

17)　同上、88頁。

18)　同上、55頁。

19)　同上、57頁。

20)　同上、94頁。

21)　同上、400頁。

22)　同上、297頁。

23)　同上、394頁。

24)　同上、255-256頁。

25)　Dante Germino, *Beyond Ideology: The Revival of Political Theory* (Midway reprint：University of Chicago Press, 1976), p. 8 参照。

26)　プラトン『ポリティコス（政治家）』水野有庸訳、『ソピステス　ポリティコス（政治家）』〔プラトン全集 3〕藤沢令夫、水野有庸訳（岩波書店、1976年）所収、306-308頁参照。

27)　レオ・シュトラウス『政治哲学とは何か──レオ・シュトラウスの政治哲学論集』〔テオレイン叢書〕石崎嘉彦訳（昭和堂、1992年）47頁参照。

【文献案内】

　プラトン『ソクラテスの弁明・クリトン』〔岩波文庫〕久保勉訳（岩波書店、1927年）所収の『ソクラテスの弁明』は、プラトンが傍聴したソクラテス裁判におけるソクラテスの弁明を迫真の力で伝えた哲学の古典である。『クリトン』は、正しい生き方とポリスの決定に従う義務とのあいだで息づまる対話がなれている。プラトン『ゴルギアス』〔岩波文庫〕加来彰俊訳（岩波書店、1967年）は、良心や正義をめぐる迫真の対話編である。プラトン『国家』藤沢令夫訳、『クレイトポン　国家』〔プラトン全集11〕田中美知太郎、藤沢令夫訳（岩波書店、1976年）所収は、政治哲学の古典中の古典である。正義の探究がテーマであり、不変の実在としてのイデアに到達しようとする哲学の営みを日常世界で使われることばで行なっている。プラトン『ポリティコス（政治家）』水野有庸訳、『ソピステス　ポリティコス（政治家）』〔プラトン全集 3〕藤沢令夫訳、水野有庸訳（岩波書店、1976年）所収は、最善政体についての議論を展開している。

　アリストテレス『政治学』牛田徳子訳（京都大学学術出版会、2001年）は、アテナイの政治的現実についての考察に基づいて政治を人間の営みとして位置づけている。国制（政体）についての議論も展開している。アリストテレス『形而上学』〔アリストテレス全集12〕出隆訳（岩波書店、1968年）は、著者の哲学の集成であり、プラトンのイデア論に対する批判

も含まれている。アリストテレス『ニコマコス倫理学』〔岩波文庫〕高田三郎訳（岩波書店、1971-1973年）は、著者の倫理思想、正義論を包括的に展開している。

　クセノフォーン『ソークラテースの思い出』〔岩波文庫、改版〕佐々木理訳（岩波書店、1974年）は、ソクラテスと同時代人との対話の概要を伝えている。プラトンのソクラテス的対話篇のような思想的深みはないが、逆に、ソクラテスの実像を客観的に伝えている側面もある。ディオゲネス・ラエルティオス『ギリシア哲学者列伝』（上）（中）（下）〔岩波文庫〕加来彰俊訳（岩波書店、1984年）は、タレスからエピクロスに至るまで、古代ギリシアの哲学者の評伝である。ソクラテスやプラトンも含む82人の哲学者についての興味深い逸話を伝えている。

　F. M. コーンフォード『ソクラテス以前以後』山田道夫訳（岩波文庫、1995年）は、ソクラテスが、自然学から人間の魂のあり方の探究に向かった経緯、ソクラテスを師としたプラトンや、プラトンの門下生、アリストテレスがいかに師から学び独自の哲学を構築したかを明らかにしている。岩田靖夫『増補　ソクラテス』〔ちくま学芸文庫〕（筑摩書房、2014年）は、『ゴルギアス』などの読解を通じて、ソクラテスの哲学を倫理学的に検討している。納富信留『プラトンとの哲学——対話篇をよむ』〔岩波新書〕（岩波書店、2015年）は、プラトンとともに哲学することの楽しみを示してくれる、プラトン研究者による第一級の入門書。

　Dana Villa, *Socratic Citizenship* (Princeton University Press, 2001) は、ソクラテスをとおして正しい行為をなそうとする市民のあり方を示している。Dante Germino, *Beyond Ideology: The Revival of Political Theory* (Midway reprint：University of Chicago Press, 1976 [1967])〔D. ジェルミィノ『甦える政治理論——伝統的探究への照明』奈良和重訳（未来社、1971年）〕は、伝統的理論に遡って「見る者」としての理論家の役割と伝統的政治理論の復活の諸相を明らかにしている。

第3章

近代の政治哲学——ホッブズを中心に

1　近代とは何か

　現代の政治社会の枠組みは、近代の政治哲学によって構成されたものである。しかし、近代がつくり出してきた国民国家、合理主義、自由主義が民族問題、形式合理化、貧富の格差といった諸問題を惹き起こし、ポストモダンが唱えられてから久しい。どのようにして近代の諸原理を超える理念を打ち出せるかは、現代の政治哲学に問われている問題である。近代のパラダイムを根底的に変える新しいパラダイムはいまだ構築されていないが、近代の理念に反対するにせよ、それを継承するにせよ、思想的近代を通り過ぎない限り、新しい政治原理を構築することはできないと思われる。近代政治哲学を理解する必要があるのは、われわれが生きている現代社会の土台を把握するためである。

中世から近代へ

　ヨーロッパ中世は、キリスト教が人びとの社会生活を覆い尽していた。学問をする者は聖職者であり、ラテン語が教会や学問の公用語であった。哲学は神学の僕となり、トマス・アクィナス（Thomas Aquinas, 1225頃-1274）に見られるように、神学の枠組みのなかに統治の議論も含まれた。したがって、ギリシア・ローマの古典に見られるような自由な精神の躍動は見られない。神中心の世界観が支配し、カトリック教会がそうであったように、位階的秩序に固定されていた。中世の社会は身分社会であり、都市のなかでもフェーデ（血讐）に見られるような暴力に侵食されていた。何よりもキリスト教の戒律は、商業や科学技術の発展と適合しなくなり、人間の欲望や好奇心を解放しようとする機運が

次第に形成されていった。

　こうした、新しい時代の息吹をつくり出していったのが、15世紀のイタリアに始まるルネサンスであった。ルネサンスは、フランス語で「再生」を意味することばであるように、古代ギリシア・ローマへの回帰を目指す思想・文芸運動であった。モダン（modern）には、「近代の」「今風の」「昨日までとは違う今日」という意味があり、ドイツ語で近代（Neuzeit）が「新しい時代」を意味するように、中世は「新しい時代」と「古代」のあいだ（中間）の時代であり、「暗い、停滞した時代」というイメージがつきまとっていた。現在では、中世においても学問や文明の革新はあり、このような見方は正しくないとされている。しかし、中世から近代への移行を特徴づけるのは、「神中心主義」（theocentrism）から「人間中心主義」（anthropocentrism）への転換である。人間は、理性（ratio: 主観的理性）によって自然を克服し、思いどおりの世界を構築できるという信念が生じたのである。近代は、人間の無限の可能性を解き放つとともに、人間中心の傲慢さを生み出したと言える。

近代性とは何か

　近代は産業の発展、科学の進展をもたらしたが、「近代性」として括られる近代の特性はさまざまな問題を惹き起こしてきたと20世紀には批判されるようになった。近代性とは、「合理主義・個人主義・自由主義（包括的には人間中心主義）という原理もしくは〈形而上学〉に基づく産業化・民主化・分化への運動によって特徴づけられる文明の一形態のこと[1]」であり、産業化は人類の生存を脅かすものとなり、民主化は大衆民主主義となり、学問の分化・専門化は全体的連関の喪失という、現代の危機を生み出す根源になっていると考えられる。1970年代以降、環境問題もこのコロラリーに位置づけられ、人間中心主義の克服が唱えられるようになった。

　現代の政治哲学者では、ハンナ・アレント、レオ・シュトラウス、エリック・フェーゲリン、マイケル・オークショット（Michael Oakeshott, 1901–1990）らは、全体主義を近代性そのものの危機として捉える。その背後には、エトムント・フッサール（Edmund Husserl, 1859–1938）、マルティン・ハイデガー（Martin Heidegger, 1889–1976）、マックス・ホルクハイマー（Max Horkheimer, 1895–1973）

らの近代批判がある。一方で、ユルゲン・ハーバーマス（Jürgen Habermas, 1929–）が近代を「未完のプロジェクト」と捉えたように、近代の理念を永続的に追求すべきだとする見方もある。本書も、近代の原理をすべて否定することはできないという立場に立っている。現在われわれが生きている時代は、歴史区分では現代だが、政治社会の枠組みは近代の枠のなかにある（国民国家、主権国家、議会制民主主義、基本的人権）。このような近代の原理をすべて否定するのではなく、問題点を摘出しつつ、再創造していくことが求められている。

2　近代政治哲学の特性

　近代政治原理が確立されたのは、17世紀のトマス・ホッブズ、ジョン・ロック、18世紀のシャルル＝ルイ・ド・モンテスキュー、ジャン＝ジャック・ルソーにおいてだが、近代政治思想はニッコロ・マキアヴェリの著作から始まったとみなすことができる。というのも、マキアヴェリの思想のなかに近代的な思考様式が見られるからである。思想史上の16世紀はルネサンスの時代だが、近代の始まりを記した時期とも評価されている。エリック・フェーゲリンは1500年前後に転換点を求めている[2]し、レオ・シュトラウスはマキアヴェリを近代政治哲学の祖とみなしている。神中心の世界観からの脱却、古代ギリシア・ローマの文化の再生、近代的思惟の誕生はこの時期になされたのだが、現代の政治社会の規範的枠組みが構想されるのは、もちろん、17〜18世紀のイギリスとフランスにおいてである。17世紀のイギリスは内乱に明け暮れ、混乱と危機のなかから真に人間的な秩序をつくり出そうとする近代政治哲学が生まれてくるのである。

　近代の政治哲学は、ホッブズ、ロック、ルソーによって代表され、思想的立場はそれぞれ異なるが、彼らの政治哲学は共通した思考様式によって特徴づけられている。端的に言うなら、絶体王政や封建的身分制度から人間を解放して、人びとが自由で平等な主体として生きることのできる政治社会を構想するということであった。

自然権思想

　近代政治哲学の特性の一つとして、自然権思想に基づく人権論があげられる。自然権（natural right）とは、人間が生まれながらにもつものであり、正当性の根拠である。自然法よりも自然権を先行させる思考はホッブズをもって嚆矢とし、ホッブズにおいて大転換を遂げることになる。ホッブズは、自己保存の権利を自然権として、そこから平和のための自然法を導き出した。ホッブズにおいて決定的に重要なのは、自然法が自然権から導き出されていく点である。「自然権の自然法に対する優位」にホッブズの近代性があると言える。[3]

　ロックにおいては、生命、自由、財産が自然権として捉えられている。財産が自然権とされるのは、自然は万人の共有物であり、共有物である自然を自己に固有（proper）な力である労働を加えて得たものだからである。ロックは、それらを総称してプロパティ（property：所有権、固有権）と呼び、各人のプロパティの確保のために政治権力を措定するのである。ルソーの場合も、人間を自由で平等と捉えている点では同じである。彼は私有財産を不平等の起原とした点で、ロックとは対立するが、社会秩序の形成自体を神聖な権利として道徳的な権利を保障しようとした点では彼らの延長線上に位置する。

人間の本性の把握

　近代の政治哲学は、人間の本性（human nature）についての深い洞察に基づいている。哲学がそうであるように、近代の政治哲学も人間についての洞察から始まっている。ホッブズは、『リヴァイアサン』の冒頭部分で「汝自身を知れ」ということばを「汝自身を読め」（Read thyself）という彼独自の表現に変えているように、自己への省察をとおして人間一般を知ろうとした。彼の理論の背景にあるのは、物理的・唯物論的世界観であり、人間は自己中心的（egocentric）な運動をするモナド（単子）のような存在と捉えられている。ホッブズは、人間本性を情念と理性から構成されると理解し、さらに情念を欲求と嫌悪に分けた。人間の生は、次から次へと欲求を求め、嫌悪を逃れていく、絶えざる過程と捉えられる。人間の本性に対する洞察は自然状態についての記述のなかでも示される。彼が自然状態を「万人の万人に対する闘い」（bellum omnium contra omnes）と捉えているのは、人間の本性のなかの①競争は獲物を求めて、②不

信は安全を求めて、③誇りは評判を求めて争いを生じさせるものだからである。ホッブズは、このような苦窮から逃れるためのすべも人間の本性のなかにあると考えた。つまり、彼は死への恐怖という情念と理性的推論を基底にして秩序原理を構築したのである。

　ロックの場合は、生得観念は否定するものの、感覚と内省の能力を人間に本性的に具わったものとみなしている。ロックの政治哲学は、「理性が築き上げ、天にまで昇るほどのすべての認識が依存する基礎は感覚的経験である[4]」という経験論に基礎づけられている。ロックは自然法の認識も感覚と理性によって可能だと考え、自然状態においても各人は自然法の範囲内で自分の行動を律し、自由で平等な状態にあると理解した。ルソーは、人間の本来的純粋さ、真正さを信じた。ルソーは、自己愛と憐れみの情を人間の本性として捉え、それが市民社会のなかで失われている状況を照射し、それを回復するために真正なる政治社会を構想した。

社会契約論

　近代政治哲学を特徴づけるのは、社会契約論である。これは、契約によって政治社会が形成されたという教説であり、基本的には論理的虚構である。近代の政治哲学者が社会契約論によって政治社会を構想したのは、その時代の政治秩序の正当性を否定・克服するためである。とくに中世の有機体的国家観が否定され、作為によって国家が形成されるとした点に、社会契約論の歴史的意義がある。ホッブズが直面していたのは、イギリスの内乱という混乱状態であり、そのような混乱に終止符を打つために、自然状態から社会状態への移行という論理構成をし、強大な主権をもつコモンウェルスの設立を導き出した。ホッブズにとっては、誰が主権者かという問いは表面に出てこず、主権者そのものの存在の必要性が論証されているのである。

　ロックは、『統治二論』の第一論文でロバート・フィルマーの君主父権論を徹底的に論駁し、第二論文ではそれに取って代わる市民的権力の形成の必要性を説いている。政治権力は、被治者の同意に基づき、各人が自然状態でもっていた自然権をよりよく保全する限りにおいて正当化されるのである。ルソーは、自然状態から全員一致の契約で社会を形成し、各人のあらゆる権利を共同体に

譲り渡すとした。ルソーが『社会契約論』（1762年）のなかで権利を形式的に譲渡しても実質的には譲渡したことにはならないという論理をとるのは、政治体という集合的身体をつくると想定するからである。この結合状態から各人は「共同の自我」（moi commun）を受け取り、主権は人民にあり、政治体は、共同の利益を目指しつねに正しい一般意志（volonté générale）によって動かされるとした。

3　ホッブズの政治哲学

　近代の政治哲学のパラダイムを最もよく表している政治哲学者と言えば、トマス・ホッブズである。ホッブズは、主権論の構築者であるとともに、自由主義や立憲主義の理念構築にも大きな足跡を残した、独創的な哲学者であった。何よりも人間本性についての理解から人間中心の秩序観、政治体を有機体ではなく機構と見る近代的な政治哲学の礎を形成した点で転換点をなしている。

人間の解剖学

　トマス・ホッブズが生きた時代は、イギリスが内乱に明け暮れた時代であった。それだけでなく、絶対主義王制の時代で国家間の戦争にも脅かされていた。シュトラウスが指摘しているように、ホッブズは、「暴力による死」（violent death）を逃れるために政治哲学を構築しようとしたのだが、それは彼の生きた時代の背景と深く関わっていた。ホッブズは、内乱の時代のイングランドに生き、平和をもたらす政治秩序のあり方を探究した政治哲学者であり、彼の政治哲学が、時代を超える普遍性をもちえたのは、人間についての深い洞察に裏打ちされていたからである。

　ホッブズは、「人間とは何か」という問題を「人間の本性」の探究に置き代えて考えた。『リヴァイアサン』はホッブズの主著であり、そこに円熟した彼の政治哲学が表現されている。『リヴァイアサン』におけるホッブズの方法は、「書物を読むことによってではなく、人間を読むこと」、すなわち、汝自身を知ることによって人間一般を知ることにあり、「全国民を統治しようというほどの人は、かれ自身のなかに、あれやこれやの個々の人間をではなく、全人類を

読みとらねばならない[6)]」という。

　ホッブズは、人間を自己中心的（egocentric）な運動をする物体とのアナロジーで捉える。「物体が、ひとたび運動しだすと、それは（なにか他のあるものがそれを阻止しないかぎり）、永遠に運動を続けるものである。もし、なにかがそれを阻止するならば、即時にではないが、やがてしだいに、運動をまったく終始させることができる。そして、われわれが、水について、風が止んでもなおその後、長いあいだうねりを止めないのをみるように、人間の内的部分に生じさられた運動についても、人間がみたり夢みたり等々するときにも、同じことが起こるのである[7)]」。

　このような人間観は、中世の有機体的秩序観とは正反対の機械的な秩序観であった。ホッブズは、科学的思考を哲学にも適用し、哲学を因果関係の知識と考えた。それを人間本性に適用して、人間本性を分解し、動的メカニズムとして素描した。ホッブズは、人間本性を情念と理性に、内的能力を肉体的諸能力（生命活動に関するもの。血行、脈拍、呼吸、消化、栄養、排泄など）と精神的諸能力（認識能力と動的能力もしくは意志をともなった運動）とに分けた。

　ホッブズは、人間自身の内部での運動が意志となり、熟慮を経て行為になると見る。「感覚器官によって受けとめられ、神経組織を通じて頭脳なり心臓に伝えられた外なる物体の運動は、そこにおいて感覚を生ぜしめるだけではない。それはまたそこにおいて必然的にいわゆる生命活動を助長したり、阻止したりする。したがってまたそれに応じて、そのような運動は〈欲求〉されたり〈嫌悪〉されたりする[8)]」と解説されるように、欲求と嫌悪が善と悪につながっていく。つまり、「人生とはつぎからつぎへ〈欲求〉を求め〈嫌悪〉を逃れていく絶え間なき運動である。ひとつの〈欲求〉充足は、つぎなるものへのひとつの運動のプロセスにすぎない。……人生はひとつの機械的な運動の過程であり、外的物体の刺激にたいして作用と反作用を重ねながら、それによってそれ自身の生命過程を維持していくのである[9)]」というように、ホッブズにおいて最高善・共通善の観念は否定されている。「熟慮において、行為あるいはそれの回避に継続する最後の欲求または嫌悪は、われわれが意志と呼ぶもの、すなわち意志するという行為（能力ではない）である[10)]」。

　ホッブズは、定義魔であり、たとえば、希望——獲得できるという意見をと

もなう欲求、絶望——同じものがかかる意見をともなわないとき、というように、さまざまな情念を定義している[11]。ホッブズが内乱のなかで求めたのは、心やすらかに暮らせる政治秩序であり、その解答を得ようとして、人間本性の解明に向かったのである。

　したがって、人間の情念のなかの何が人間を争いに向けるのかの探究が重要なことであった。ホッブズによれば、人間の本性のなかには、人を争いに向かわせる次の3つの主要な原因がある。「第一は競争であり、第二は不信であり、第三は誇りである。第一のものは、人びとをして獲物を求めて、第二のものは安全を求めて、第三のものは評判を求めて侵害させるのである。第一のものは、かれらを他の人びととの人格や妻子や家畜の支配者とするために、第二のものは、かれらを防衛するために、第三のものは、一語、一笑、意見の相違、その他の過小評価のしるしのような些細なことのために、暴力を用いるのであって、このばあい、それが直接自己の一身にかかわるものであると、間接に自己の親戚、友人、国民、職業、家門にたいするものであるとを問わないのである[12]」。

　重要なのは、そこから脱却する方途も人間の本性のなかにあるということである。一部は情念のなかに、一部は理性のなかに存する。ホッブズは、「人びとを平和に向かわせる諸情念は、死への恐怖であり、快適な生活に必要なものごとを求める意欲であり、かれらの勤労によってそれらを獲得しようという希望である。そして理性は、人びとが同意する気になれるような都合のよい平和の諸条項を示唆する[13]」と述べている。

自然権と自然法

　ホッブズは、自然状態を戦争状態と捉え、死への恐怖という情念と推論能力という理性にによって人間は平和のための自然法を認識できるとしたのだが、ホッブズの政治哲学の画期的な点は、「自己保存の権利」を自然権としてそこから自然法を導き出している点にある。ホッブズにとって「自然権は自然法の承認によって成り立つのではない」のであって、自己保存の手段として神の法であり「平和の道」である自然法が導き出されるのである[14]。

　ホッブズは、自然権を「一般に自然権と呼んでいる自然の権利とは、各人がかれ自身の自然すなわちかれ自身の生命を維持するために、かれの欲するまま

に自分の力を用いるという、各人の自由である」と、自然法を「自然の法 (Lex Naturalis) とは、理性によって発見された戒律または一般法則である。それによって人間は、自己の生命を破壊したり、あるいはその生命を維持する手段を奪い取るようなことを行なうのを禁じられ、またそれを維持するのにもっともよいと考えることを回避するのを禁じられるのである」と定義している[15]。ホッブズは、19の自然法をあげているが、その概要は以下のとおりである。

第1の基本的自然法——平和への努力。
「各人は平和を獲得する望みがかれにとって存在するかぎり、それへ向かって努力すべきであり、そしてかれが、それを獲得できないときには、戦争のあらゆる援助と利益を用いてよい[16]」。

第2の自然法——平和と自己防衛に必要だ思うかぎりでの自然権の放棄。
「人は、他の人びともまたそうあるばあいには、平和と自己防衛のためにそれが必要だとかれが思うかぎり、すすんですべてのものごとにたいするかれの権利を捨てるべきであり、そして、他人がかれに対してもつことをかれが許すような自由を、他人にたいして自分がもつことで満足すべきである[17]」。ただし、すべての自然権の放棄ではない。「人は、かれの生命を奪おうとして暴力でおそいかかってくる人びとにたいして、抵抗する権利は放棄することはできない[18]」。

第3の自然法——信約の遵守。「人びとは結ばれた信約を履行すべきだ[19]」。

第4～10までの自然法は、他人に対する態度に関わる。平和のために相互に協調すること、戦争の原因となる態度の禁止が命じられている。第11～14までの自然法は、事物の分配に関わる。各人の自然的平等を損なわないよう、戦争の原因にならないよう配慮することが命じられている。第15～19までの自然法は、平和のための機構に関わる。とくに裁判の公平が要求されている。

自然権を何よりも優位に立て、抵抗権を留保するなど、ホッブズの論理の徹底性は否定すべくもない。自然法は、神によって与えられたものでも、所与のものでもなく、人間が自然権保全の必要からつくり出したものである。ホッブズは、自然法の内容を定式化したが、それを理解しえない人には、「自分自身になされるのを欲しないようなものごとを、相手にたいしてもしてはならない」という戒律をわきまえるようにと述べている[20]。とはいえ、自己保存の権利を政治秩序の目的としたことは、シュトラウスのような古典古代の政治哲学に依拠

する思想家から見れば、政治の目的のレベルダウンであることは確かである。とはいえ、安全を確保することに政治的共同体（コモンウェルス）の目的を置くことによって、絶体王政から人間を解放して、立憲主義的で自由主義的な近代国家への再統合を可能にしたのである。

4　政治社会の組み替え

　ジャン・ボダン（Jean Bodin, 1530–1596）に見られるように、主権の理論はホッブズ以前からあり、また、君主主権、議会主権というように、誰が主権をもつのかという議論は、17世紀のイングランドで盛んに戦わされていた。しかし、ホッブズは、それまでの議論とは違った方向で、主権論の確立者となったのである。

ホッブズ主権論の特性
　ホッブズの画期的なところは、主権をもつのは誰かではなく、誰に主権があるにせよ、主権が必要だという認識にあった。というのも、自然状態における人間の生活はみじめで、薄汚く、短命だからであり、人間は自然状態から抜け出さねばならないからである。もし法の支配がなければ、人間はつねに殺人の恐怖に怯えてくらさなければならない。たとえ頑強な者であろうと、寝込みを襲われたり、拳銃で撃たれたら、命を落とすわけであり、ホッブズにとって、人間の平等は、「潜在的な殺人者」としての平等だからである。[21] したがって、君主制であれ共和制であれ、無政府状態よりはよいのであり、政治社会が無秩序状態に陥ることはなんとしても避けねばならない。ホッブズ研究者である田中浩が述べているように、「かれが、ピューリタン革命前後のイングランドにおける〈主権の欠如〉による国王と議会との間の果てしなき権限争いを目のあたりにみて、内乱の悲惨な状態を回復する道は、主権者が誰であれ——国王であれ議会であれ護国卿であれ—— 一国において主権者が必要だという結論に達したとき、そしてこの点がかれの政治論と他のたんなる党派理論家と異なるところだが、主権者への服従の論理を、人間の自己保存という普遍的原理からのみ導出するという方法をとったとき、かれの理論は、ここに近代全体に通じ

る思想原理を表現することになったのである[22]」。

　自然状態において社会契約によって政治社会を形成すること、すなわち、信約によるコモンウェルス（共同社会、国家社会）の設立は、主権者と人民との信約である統治契約とは違って、主権者はあくまで人民の代理人であり、君主と人民の関係は所与のものではない。政治的共同体の設立は作為によるものであり、契約によるものである。「人びとを、外敵やかれら相互間の侵害から守り、またそれによって、人びとが、自らの労働と土地からの収穫物でその生命を支え、快適な生活を送るように保護してやれる能力をもった共通の権力を樹立するための唯一の道は、かれらのあらゆる権力と力とを、多数決によって、すべての意志を、一つの意志とできるような一人の人あるいは合議体に与えることである[23]」。

　ホッブズは、主権者の権利として、(1)臣民は統治形態を変更できない、(2)主権は信約破棄によって喪失されることはない、(3)多数者側によって表明された主権の設立に対して抗議することできない、(4)主権者の行為を臣民は非難できない、(5)主権者の行為を臣民が処罰することはできない、(6)主権者は、臣民の平和と防衛に必要な事柄の判定者である、など12項目をあげている[24]。

　臣民が本人（Author）であり、代理人（Person）である主権者に権利を移譲したのだから、主権者はいかなることをしても、臣民に対する侵害にはなりえない、という論理である。ホッブズは、主権の不可分性、中間団体の排除を主張する一方、主権は強大だが、無限定ではないとしている。ホッブズにおいて、抵抗権、あるいは不服従の自由が導き出されている。「いかなる人も、言葉によって、自分や他のだれかを殺すようには拘束されていない。したがって、人がときどき、主権者の命令によって、ある危険なまたは不名誉な仕事を行なう義務を果たすようなばあいには、それを、服従の言葉からするのではなく、その目的を了解したうえで行なっているのである。それ故、われわれの服従拒否が、主権の設立した目的を破壊するのであれば、そのさいには拒否の自由はなく、そうでないときには、拒否の自由がある。〈かれらは、自発的に行なうのでなければ、戦争するようには拘束されない[25]〉」というように、兵役拒否は多くの場合不正ではないとみなされている。腕の立つ兵士を身代わりにするのは、コモンウェルスへの義務を果たしている。戦闘拒否は、不正ではなく臆病なので

ある。また、『リヴァイアサン』の第3部と第4部は神学的・教会的な問題を扱っている。教会は国家に従属し、主権者の権威のほうが上に立つとされ、国家の宗教的分裂を避けることが意図されている。

　ジャン・ボダンやトマス・ホッブズの主権論が内乱、宗教戦争の混乱からどのようにして秩序をつくり出すかという問題関心に触発されていたように、主権とは混乱のなかから秩序を生み出す概念として打ち出されてきた。主権概念は、大きな政治的共同体への統合と秩序維持のために必要とされたのである。ホッブズの場合に明らかなように、主権者自身も法の支配に服するのであり、主権概念自体、無制約ではなかった。しかし、主権概念は君主の意志であれ、人民の意志であれ、一つの意志を導出するという一元性によって特徴づけられ、そのような設定はジャン＝ジャック・ルソーの人民主権論に受け継がれていくのである。

近代民主主義原理の確立

　ロックは、『統治二論』の第二論文のなかで個人が自然状態でもつ固有の権利から出発して、政治社会を基礎づけ、多元的な市民社会の存在を認めたのに対し、ルソーは一般意志の観念を構築することによって集合的意思決定の重要性を喚起した。ロックの政治哲学は政治的自由主義を定礎するとともに、個人の人権に基づく民主体制の理論的源流となった。一方、ルソーの立場は、政治体への義務を強調し、民意（国民／住民の意志）に最終的決定権限を認める民主主義思想の源流となったと言えよう。

　このように、近代の政治哲学は、絶対主義的権力を打倒して政治社会を組み替えることに主眼を置いた。ホッブズの場合は、混乱から秩序を回復するには主権が必要だという前提のうえで立憲的秩序を構想した。ホッブズも人間の生存を最優先する自由主義的側面も併せもっていた。ロックの自由主義政治哲学は多元的社会の存在を肯定し、人間が市民社会のなかで対等で自由に暮らせるような諸原理の確立に多大な貢献をなし、他方、ルソーの一般意志論は民意によって政治体を動かす、民衆の自己決定としての民主主義の原理形成に多大の寄与をなした。これらの思想家の営為によって、現代にまで続く政治社会の基本的枠組みが提示されたのである。

1）　添谷育志「訳者あとがき」、レオ・シュトラウス『ホッブズの政治学』添谷育志、谷喬夫、飯島昇藏訳（みすず書房、1990年）所収、298頁。
2）　Eric Voegelin, *The New Science of Politics: An Introduction* (University of Chicago Press, 1952), p. 150参照。
3）　福田歓一『近代政治原理成立史序説』（岩波書店、1971年）43-69頁参照。
4）　John Locke, *Essays on the Law of Nature*, ed. by W. von Leyden (Oxford University Press, 1954) pp. 148-149.
5）　『ホッブズの政治学』22頁参照。
6）　ホッブズ『リヴァイアサン〈国家論〉』〔世界の大思想Ⅱ-6〕水田洋、田中浩訳（河出書房新社、1970年）12頁。
7）　同上、15頁。
8）　藤原保信、佐藤正志『ホッブズ　リヴァイアサン』〔有斐閣新書〕（有斐閣、1978年）45頁。
9）　藤原保信『近代政治哲学の形成——ホッブズの政治哲学』（早稲田大学出版部、1974年）132頁。
10）　『リヴァイアサン〈国家論〉』44頁。
11）　同上、40-46頁参照。
12）　同上、84-85頁。
13）　同上、87頁。
14）　『近代政治原理成立史序説』56-57頁参照。
15）　『リヴァイアサン〈国家論〉』87頁。
16）　同上、88頁。
17）　同上、88頁。
18）　同上、89頁。
19）　同上、97頁。
20）　同上、106頁参照。
21）　ハンナ・アレント「帝国主義について」寺島俊穂訳、『パーリアとしてのユダヤ人』寺島俊穂、藤原隆裕宜訳（未來社、1989年）所収、201頁参照。
22）　田中浩『ホッブズ研究序説』（御茶の水書房、1982年）29頁。
23）　『リヴァイアサン〈国家論〉』115頁。
24）　同上、116-123頁参照。
25）　同上、146頁。

【文献案内】

ホッブズ『リヴァイアサン』〔世界大思想13〕水田洋、田中浩訳（河出書房新社、1970年）〔Thomas Hobbes, *Leviathan*, edited with an introduction by J.C.A. Gaskin, The world's classic (Oxford University Press, 1996)〕は、近代政治哲学の金字塔とも言うべき著作。人間とは何か、自然状態、自然権の自然法に対する優位、主権の必要性について透徹した考察を展開した書である。ホッブズ『市民論』本田裕志訳（京都大学学術会、2008年）は、『リヴァ

イアサン』の前提となる、ホッブズの自然法論や宗教観を示している。

　ジョン・ロック『完訳　統治二論』〔岩波文庫〕加藤節訳（岩波書店、2010年）〔John Locke, *Two Treatises of Government*, a critical edition with an introduction and apparatus criticus by Peter Laslett（Cambridge University Press, 1963）〕は、ロック政治哲学の主著であるとともに、自由主義の政治哲学の要諦を明らかにしている。人権の思想や抵抗権、権力の分立や合意による政治の理論範型を形づくるとともに、現代の民主主義の制度の根幹を形成した。ジョン・ロック『人間知性論』（1-4）〔岩波文庫〕大槻春彦訳（岩波書店、1972-1977年）は、ロックの経験論哲学の全容を示す大著。生得観念を否定して、感覚能力と理性によっていかに事象を認識できるかを明らかにしている。ジョン・ロック『寛容についての書簡』生松敬三訳、『ロック、ヒューム』〔世界の名著27〕（中央公論社、1968年）所収は、ロック政治哲学の前提となる多元的社会、良心の自由、市民社会の意義について明らかにしている。John Locke, *Essays on the Law of Nature*, ed. by W. von Leyden（Oxford University Press, 1954）は、ロックの初期の自然法論である。中世的、神学的パラダイムのなかで自然法を理解しているが、自然法は感覚と理性によって捉えられるとしている。

　ジャン＝ジャック・ルソー『社会契約論』井上幸治訳、『ルソー』〔世界の名著30〕（中央公論社、1966年）所収〔Jean Jacques Rousseau, *Du Contrat Social ou Principes du Droit Politique*（Createspace Independent Pub, 2017）〕は、ルソーの政治哲学の主著であり、人民主権を明確化し、近代民主主義の古典となった。ジャン＝ジャック・ルソー『エミール』〔世界大思想17〕平岡昇訳（河出書房新社、1966年）は、子どものなかに人間を発見した、ルソーの人間論。自然的善性を伸ばして、人間形成をしていくエミールの物語であり、自律的判断力をどのように滋養するかという問題意識に貫かれている。ジャン＝ジャック・ルソー『人間不平等起原論』小林善彦訳、『ルソー』〔世界の名著30〕（中央公論社、1966年）所収は、人間間の不平等の起原を探究し、自然状態における人間のあり方から社会的不平等の非正当性を説いている。

　研究書としては、福田歓一『近代政治原理成立史序説』（岩波書店、1971年）は、戦後日本の西洋政治思想研究を方向づけた研究書。ホッブズ、ロック、ルソーのそれぞれの政治哲学についての深い分析から、近代政治原理を抽出している。藤原保信『近代政治哲学の形成――ホッブズの政治哲学』（早稲田大学出版部、1974年）は、ホッブズについての内在的研究を展開している。藤原保信、佐藤正志『ホッブズ　リヴァイアサン』〔有斐閣新書〕（有斐閣、1978年）は、ホッブズの主著『リヴァイアサン』をわかりやすく解説している。田中浩『ホッブズ研究序説』（御茶の水書房、1982年）は、ホッブズ主権論の画期的な意義を明確化している。P.C.マイヤー＝タッシュ『ホッブズと抵抗権』三吉敏博、初宿正典訳（木鐸社、1976年）は、ホッブズにおける抵抗権の問題を提起した書である。松下圭一『市民政治理論の形成』（岩波書店、1959年）は、戦後日本における本格的なロック研究の始まりを印すとともに、著者自身の政治理論の出発点となった書である。松下圭一『ロック『市民政府論』を読む』〔岩波現代文庫〕（岩波書店、2014年）は、セミナーでの講演原稿をもとにしているので、読みやすいだけでなく、ロックの市民政治理論を基底にして日本政治の変革を展望している。下川潔『ジョン・ロックの自由主義政治哲学』（名古屋大学出版会、2000年）は、ロックの政治哲学を自由主義の政治哲学として読み解いている。加藤節『ジョン・ロックの思想世界――神と人間との間』（岩波書店、1987年）は、「神と人間との間」をモティーフにして

ロックの人間観と政治論を分析・考察している。ジャン・スタロバンスキー『透明と障害
──ルソーの世界』山路昭訳（みすず書房、1973年）は、人間関係の透明さを求めたルソー
の思想の内的構造をテクストに依拠して読み解いた作品であり、思想解釈として傑出してい
る。小林善彦『誇り高き市民──ルソーになったジャン＝ジャック』（岩波書店、2001年）は、
評伝風にルソーの思想を辿り、ルソーの現代に通じる魅力を伝えている。

第4章

民主主義の思想原理——古代から現代へ

1　民主主義とは何か

　民主主義は、政治学のみならず社会諸科学の主要テーマであるとともに、日常世界でもよく使われることばである。政治学では、政治体制を表したり、政治原理を表すことが多いが、現代世界において民主主義は唯一の正統性原理を獲得した政治原理だとみなされ、その原理の正統性を否定的に問い返すことはほとんどなされていないようである。しかし、古代から近代までは、民主主義は批判されることのほうが多かったし、否定的に見られることもあった。政治思想史には、プラトンの哲人政治に始まり、カール・シュミット（Carl Schmitt, 1888-1985）の決断主義に至る反民主主義の強力な流れがある。

　とはいえ、近代が自由と平等を理念的に措定したため、古代ギリシアで開花した民主政再生の基盤が準備されたといってよい。というのも、民主主義というのは自由と平等という価値理念と密接に関連しているからである。政治哲学の立場から民主主義を捉えなおすとしたら、このような歴史的な現在という視点とともに、民主主義の根底に潜む思想原理を明らかにする必要がある。

民主主義の原義

　民主主義（democracy）ということばは、ギリシア語のデモクラティア（demokratia）に由来している。古代ギリシアでは、デモクラティア（demokratia：民主政）は、民衆（dēmos）の支配（kratia）を意味していた。デモクラティアは必ずしも良い意味で用いられていたわけではなく、ソクラテスが紀元前399年に民衆裁判で死刑に処せられたように、それを支えている民衆が理性的判断力

を失えば、すぐさま衆愚政治に堕す、と認識されていた。第2章で述べたように、古典的政治哲学の政体論では民主政は多数者支配の悪い形態であり、ソクラテスを死罪にした衆愚政治として批判克服されるべき対象であった。

　もとより民主主義とは多数者である市民大衆が直接政治に関わる政体を意味していた。原理的にいって、民主主義のもとでは、民衆が民衆を支配するのだから、支配関係は非実体化している。カール・シュミットが「支配者と被支配者の同一性」[1]と民主主義を定義したのは、この意味においてである。古代ギリシアにおいても、民主政は無支配、あるいは平等主義的政治理念であるイソノミア（isonomia）の蔑称でもあった。

無支配の追求

　ハンナ・アレントによれば、自由が出現したのは都市国家におけるイソノミアと関係していた。自由は、「市民が支配者と被支配者に分化せず、無支配関ノー・ルール係のもとに集団生活を送っているような政治組織の一形態を意味していた」[2]。ということは、自由は人びとのあいだに対等な関係がないと出現しえず、支配関係が決まっていたらその余地はないのである。「〈民主政〉という言葉は当時でも多数支配、多数者の支配を意味していたが、もともとはイソノミアに反対していた人びとがつくった言葉であった。彼らはこういおうとしたのである。〈諸君たちのいう《無支配》なるものは、実際は別の種類の支配関係にすぎない。それは最悪の支配形態、つまり、民衆による支配である〉」[3]。デーモス

　民主政は多数者支配であるのに対し、イソノミアは「イソス」（平等な：公平な）によって特徴づけられた政体である。この場合「平等」は人間を支配−服従の関係に置かないという意味であり、この「無支配」に民主政の根源的なかたちがある。エウノミア（善き秩序）に対する民主派のスローガンは「イソノミア」（法の下での平等、政治的平等）であった[4]。つまり、民主主義の根底にはイソノミアが隠されていたのであり、無支配の追求があったと言える。しかし、これは小規模な政治的共同体をモデルにしていたので、いかに民衆の自己決定、ひいては無支配に近づけていくかが民主主義にとって最重要な課題になる。

2　民主主義の原型

　民主主義は、理念、生活様式、運動、制度、政治体制という多面体として捉えられるが、そもそも民衆が自己統治する政体を表すことばであったことに留意する必要がある。非民主的な社会においては運動の側面が強調されるが、民主主義の諸制度が確立されると、民主主義が自分たちの決定の正当化のことばとして用いられ、手垢にまみれてくる。民主主義が標語やシンボルになっている側面もあるが、民主主義自体はポジティヴに受け止められていることに変わりはない。しかし、古代と近代の民主主義には大きな開きがあり、民主主義の原型と言っても一つに収斂するわけではない。

古代の民主主義

　古代ギリシアのアテナイにおいて前 6 世紀から前 4 世紀にかけて約200年にわたって民主政が開花し、現在までのところ、最も長期にわたった民主政であった。アテナイの民主政はすべての市民が生活の一部として政治に関わる政治形態であり、公共に尽くすことに至上の価値を認める文化に支えられていた。選挙は貴族政的原理であり、誰かを選ばざるをえないとしても輪番制やくじ引きが民主的だとされた。民主政とは、民衆が直接統治参加者となる政治形態であった。

　アテナイの民主政は「丘の上の民主政」と言われるように、民会（エクレシア）は野外で開かれる青空議会であり、雨の少ない地中海型気候という条件に恵まれていたから可能であった。アテナイの民主政の中心に位置するのは、民会であり、これは20歳以上の男子市民全員が参加することができる直接民主主義の制度であった。というよりも、民主政は、市民平等の政治を目指していたわけであり、市民なら誰でも討議決定の場に参加できることが重視された。民会は、年に40回開かれた。定例民会のうちの 1 回は主要民会であり、緊急時には特別民会が招集された。民会で審議し、議決されたのは、宣戦、講和、同盟、陸軍や艦隊の派遣、軍隊の規模、指揮官の任命、歳入の処分などである。[5]民会の権限は幅広いが、最も重要な課題は外交問題であり、他国に対する宣戦布告、和

平・同盟条約の締結、外交使節の派遣、戦時の財政などが審議事項とされ、主要民会においては陶片追放の発議が受けつけられたが、必ず話し合うべき議題は法によって決められていた。民会には定足数があり、前4世紀においては、厳正な審議を要する案件の決議には6000人の定足数が必要とされ、採決は挙手ではなく、無記名秘密投票によって行なわれた。民会で数千人が勝手に議題を提案したのでは議事が混乱するので、民会にかけられる議題は評議会が先議するという原則が決められていた[6]。

　アテナイでは民主政は、多数者による支配と理解され、多数の市民が政治的共同体の重要事項の決定に参与するということは不可欠なことであり、それなしには民主政とはみなされなかった。というのも、哲学者は民主政を批判したが、一般には、一人や少数の人間による決定よりも多数の人間による決定のほうが正しいと考えられたからである。たしかに、政治哲学の伝統はプラトン以来、民主政を扇動政治に陥りがちと見て否定的に評価してきたこと事実である。とはいえ、ポリスの現実をつぶさに観察し、政治学を構築したアリストテレスにしても、『政治学』のなかで民主政を最善政体とみなしてはいないが、「大量の水が少量の水より汚染されにくいように、多数者も少数者よりも堕落しにくい。また一人の人が、怒りかその他の似たような激情によってうち負かされると、判断を誤らざるをえないが、多数者の場合には全員が同時に怒りに駆られ、過失を犯すことはめったに起こることではない[7]」と、多数者による判断の相対的な正しさを主張している。

　古代ギリシアでは、人間の理性、集団の良識への信頼が長いあいだ民主政を支えていたのであり、討議決定に構成員資格をもった市民全員が参加することは当然視され、民会への直接参加が重要事項の決定の前提とされていたのである。民主主義を突き詰めていけば、誰でも討議・決定に参加できる制度が必要になり、古代ギリシアの民会は代表制議会とは別の合議体の源流となっていると言えよう。

　古代の民主政は、直接民主主義の原型となり、つねに参照されるべき、人類の遺産の一部になっている。しかし、政治的共同体の規模が古代とは比較にならないほど大きくなった現代において古代ポリスに戻ることができないことも確かである。それだけではなく、古代の民主主義には、①女性や奴隷、外国人

は政治から排除されていた、②民主主義は多数者支配であり、討論の過程や少数意見の尊重という視点が欠落していた、③煽動政治家がことば巧みに民衆を操っていた、という問題があった。市民平等といってもあくまで市民資格をもつ者の平等であり、人間の平等ではなかったし、すべての人間を市民にすることはヨーロッパ近代においてはじめて表明された価値理念であった。とはいえ、排除の問題は、現代においても外国人の人権制限として存在し、煽動政治は現代の民主政治においても大衆政治状況やポピュリズムというかたちで現れ、依然として克服を迫られている事柄である。

近代の民主主義

　近代の民主主義は、議会制民主主義として発達してきた。議会制民主主義とは、議会制度と人民主権という異なった起源をもつ二つの制度原理が結合してできたものである。近代において、政治的共同体の規模が古代のポリスやキウィタスとは比較にならないほど大きくなったので、民主主義といっても代表者を通じて決定に参加せざるをえないのである。

　議会制度は、人民主権論より歴史的には古い。ヨーロッパにおいて、議会制度は中世の身分制議会から発達した。13〜17世紀にかけて議会制度は西ヨーロッパ諸国で発達し、とくにイギリスにおいて典型的な発展を辿った。イギリスでは、11〜13世紀に封建制議会がすでに存在し、1295年には模範議会が開かれ、他国にも影響を及ぼした。また、1688年の名誉革命は、議会主権を確立したがゆえに、歴史的に画期をなす出来事であった。

　議会（Parliament）ということばは、フランス語の parler（話す）に由来し、11世紀のノルマン・コンクエスト以後約300年間、英語がフランス語の大きな影響を受け「話し合い」や「会議」を意味する parley ということばが造られ、13世紀なかごろからラテン語で、王とその官吏たちが多数の直属封臣たちと「話し合う」ために開いた会合はラテン語で parliamentum と呼ばれるようになったことにある[8]。つまり、議会はもともと「話し合い」「談判」「討議」の機関を意味していた。「話し合い」、あるいは「討議」の機関が、議会の原義であり、「理性的な討論による政治」という意味が民主主義に付け加わり、議会を基底にして国民の意思の集約を図るのが近代民主主義の原理になっていった。

　人民主権によって市民革命を起こす以前に、圧政に対する抵抗権の進展があった。16世紀の暴君放伐論（モナルコマキ）は暗殺など暴力をもってでも暴君を打ち倒すことを主張したが、17世紀のジョン・ロックは、暴力行使を否定したわけではなかったが、同意による統治を主張し、専制的政府の転覆を正当化する抵抗権（革命権）を定礎した。トマス・ホッブズ、ジョン・ロックに代表される自然権思想は、個人の人権の保全を統治の目的とし、自由主義・個人主義を民主主義の基底に置くことを可能にした。ソクラテスに見られるように、古代ギリシアでも個人の理性や良心は存在したが、近代の自然権思想は生命権や市民的自由を民主主義の基底に置く道を開いた。

　人民主権の原理は、18世紀にジャン＝ジャック・ルソーの『社会契約論』において確立されたものである。ルソーは、主権が人民にあることを明記し、つねに公共の利益を目指す一般意志を政治体の動態原理として理念的に措定した。彼の人民主権論は、フランス革命に多大の影響を与え、国民主権として確立されていったのである。ルソー自身は、民主主義を唱導したわけではなかったが、人民主権論は人民を最高の権力者としているがゆえに、民主主義的な理念と評価されることになったのである。

　議会制度と人民主権の結合は、大衆民主主義という形で現れることとなった。つまり、選挙権が次第に拡張されていき、政治から排除されていた無産者大衆も政治の舞台に登場するようになったのである。イギリスを例にとれば、1832年の選挙法の改正では、家屋所有者、土地所有者にのみ、選挙権が与えられていたが、19〜20世紀にかけて、数次にわたる改正で男女普通選挙制度が実施せられるに至り、「人民の支配」が制度化されたのである。

　こうして、古代ギリシアとは異なり、間接的形態の民主主義が成立したのである。民主主義が直接的でなければならないのだとしたら、議会制民主主義は形容矛盾ということになる。ルソーが「イギリス人民は自由だと自分では考えているが、それはとんでもない誤解である。彼らが自由なのも、議会の構成員を選挙する期間中だけのことで、選挙が終わってしまえばたちまち奴隷の身となり、なきに等しい存在となるのである」[9]と言って嫌悪した議会制度と、人民主権論が結びついたのは皮肉と言わねばなるまい。たしかに代表者が国民の意見を代表しているというのは、一つの擬制（フィクション）にすぎない。しかし、

政治的共同体の規模が大きくなっているなかで、政治的平等の理念を実現していくにはそのような擬制が必要だったのである。

　近代の民主政は、代表制議会と人民主権論を結合した形態である。代表の観念は、古代ギリシアには存在せず、古代ローマにある。代表制議会の起源は中世の身分制議会にあるが、近代になって身分制度自体が否定され、全国民を代表する国民議会によって民衆の意思形成をなすことになった。

　直接民主主義と間接民主主義の大きな違いは、前者が個々の意見は代表できないので、討議に参加する場が必要だと認識するのに対し、後者はすべての人の意見を表現（再現）できないとしても、地域や職域、専門や関心を共有する人びとの意見を代弁し、全体の利益のために議論し、理性的に立法し、政策を形成できると認識している点にある。その場合、代表者が選挙民を代表しているのか、代理しているのかということによって意味が異なってくる。[10]ここでいう代表とは、いったん選ばれたら、その人の意思で発言し、行動できるのに対し、代理とは選んだ人びとの意向に従って発言し、行動する点に違いがある。代表とは選挙民から独立しているのに対し、代理とは選挙民の利益や意見を代弁するよう委任されているという違いがある。どちらの機能をとるとしてもディレンマが生じるのは、代表の場合は、代表者しか立法に関与できないのに対し、代理の場合は、代表者は代理人としてロボットのような存在になってしまうからである。委任的代表[11]という概念も成り立つが、理念的には国民代表の原理がとられるのが通例である。というのも、代表者は理性的な自己統治に参加しているわけであり、選挙区の利害から独立し国民全体の利益を代表すべきだ考えられるからである。しかし現実には、代表者は、地域の利益や選挙人のニーズに応えている側面もあり、混成したかたちで機能していることは否定できない事実である。

　代表（representation）は「誰かのために行為する」、代議制は「代わりに議論する」という意味であり、選ばれた人びとに民主的決定の権限を与える仕組みである。したがって、代表制が市民平等とは違うことは確かであり、民衆は選挙や直接行動などで決定に影響を与えることはできるが、多数者が直接、決定に参加できないことは避けられない。そこで、大事なことは直接、国民投票や住民投票で決める直接民主主義で補強する形態が模索されてきたが、代表制

には理性的な討論による政治という積極的な意味もあった。

現代の民主政

　民主政治がポジティヴな意味に転化したのは、比較的新しいことである。つまり、19世紀に大衆が政治の舞台に登場するようになり、次第に民主主義が理念的に掲げられるようになっていくのである。そのような歴史的証言として、トクヴィルの『アメリカのデモクラシー』がある。トクヴィルは、そのなかでアメリカにおいて民主政治が息づいている実態を報告するとともに、貴族の目で民主化の進行が多数者専制をもたらしかねない、と警告している。[12)]そのような両義的な態度にもかかわらず、トクヴィルは民主化という歴史の流れを不可抗的なもの認めざるをえなかったのである。

　このような歴史の流れ、すなわち民衆が政治の主体となっていくことは、自由と平等を至上の理念として掲げた近代政治原理の必然的な帰結であった。制度的には、選挙法の改正によって選挙権が拡大し、長い時間をかけて大衆に参政権が与えられていった。そして、民主主義がポジティヴなシンボルとして使われ始めたのは、アメリカの大統領ウッドロウ・ウィルソン（Woodrow Wilson, 1856-1924）が議会に第一次世界大戦への参加を呼びかけたときからである。つまり、彼は「民主主義の大衆のために」といって協商国側への参戦を訴えたのである。第二次世界大戦になると、民主主義はより明確にプラスのシンボルとなる。連合国側は民主主義を守るための戦いとその戦争を自己規定し、国民の参戦を呼びかけたのである。デモクラシー対ファシズムの戦いというのがそれで、民主主義は反ファシズムのシンボルとなった。

　ところが、第二次世界大戦後、世界が共産主義対自由主義というように、米ソを中心とする二つの陣営に分かれると、民主主義は冷戦のシンボルに転化していった。西側では自分たちの政治体制を民主主義、東側の政治体制を全体主義と規定する論調が優勢になった。これに対し、ソヴィエトは、西欧民主主義をブルジョワ民主主義と批判し、自らの体制をプロレタリア民主主義と主張した。こうして、冷戦を背景として東西の間に民主主義をめぐる思想的競合状況が生じた。いずれの側も、デモクラシーを主張し、デモクラシーはプラスのシンボルとして固定化していった。

　1989年の東欧革命以後、旧ソ連型社会主義の国でもかつての共産党支配下の政治体制を全体主義と呼ぶ論調が出てきた。一党支配と秘密警察による統制は「民主的」でなかったことが認められたからである。また、自由民主主義の勝利を「歴史の終わり」と捉える見方も出てきたが、自由民主主義自体、歴史的形成物であり、不変のものではない。

3　民主主義の本質

　すでに述べたように、古代ギリシアの民主政は、市民が余暇にポリスの運営に直接参加し、公共の仕事を分担して行なうことを意味していた。一方、近代の議会制民主主義は、代議制民主主義と言われるように、代表者による権力行使を正当化している。これは、政治体の規模が大きくなり、物理的に直接民主主義が不可能になったことによる。J.S. ミルが『代議制統治論』（1861年）のなかで「理想的に最良の統治形態」は「国民全体が参加する統治である」が、小都市を超えた社会では公共の業務に全員が参加することはできないので、「完全な統治の理想的な型は、代議制的でなければならない」と述べているように[13]、むしろ理性的な自己統治を行なううえで代議政治のほうが理想的だと考えられたのである。もちろん、歴史的には、人民主権論と議会制度が結合して、国民の意思を代表・代弁する代表者による統治が正統性を得たのである。このように古代と近代の民主主義には大きな違いが存在するが、民主主義には一定の論理があるのだと思われる。

民主主義の論理

　第一に、民主主義とは政治的共同体の全成員の意思が決定において重んじられる政治原理だと言える。言い換えれば、全成員がなんらかの形で政治に参加し、参加者の意思が決定に反映されていくことが重要になる。民主政治において重大なのは、集団の意思決定に至るまでの過程（プロセス）だということである。構成員が直接、決定に参加するのが民主主義本来の姿だが、間接的な参加によってでも決定に影響を及ぼすことはできる。この意味では、民主主義はたんに頭数を数えるという問題ではなく、参加者全員が納得できる形で集団意

思を決定することを意味している。民主主義において少数意見の尊重ということがつねに求められるのは、少数の人びとの主張が正しいこともあり、数は正義の保証にはならないからである。多数決はあくまでも最終的な決定方法にすぎず、決定に至るまでの話し合い、討議の過程にこそ民主主義の本質があると言える。

　第二に、民主主義を支えていく人間の質の問題がある。政治制度が民主的でも、民主主義を否定する決定がなされることはありうる。そのことは、ワイマール・デモクラシーという当時ではきわめて民主的な制度のもとで、ナチスが台頭し、政権の座に就き、授権立法（全権委任法）のもとでアドルフ・ヒトラー（Adolf Hitler, 1889–1945）の独裁を現出させたことに端的に示される。ナチスを支持したのは多くのドイツ国民であった。大衆が理性を失い、正常な判断力を欠いたとき、民主体制は容易に崩壊の危機にさらされるのである。近代の民主政を支えたのは、自律した市民たちであった。彼らは、市民社会の成立にともなって現れた「財産と教養」のある人びとであった。しかし、上からの扇動や操作で動かされやすい大衆政治状況が現出した現代では、自律した市民の集合体である公衆のコントロールのもとで国民の代表者が議会において理性的に討論するという近代民主主義の原理は、つねに形骸化する危険性を含んでいる。公衆が大衆に転化すると、彼らは政治的な操作の対象になりやすく、民主主義を土台から揺るがすことになりかねないのである。しかし、いかに理性的な人間であっても大衆的要素は含んでおり、一人ひとりが批判的理性をつねに練磨していかねばならない。

民主主義の精神構造

　一人ひとりの人間が市民として生きていくというのは、民主主義を生活のなかで根づかせていくという問題と深く関係している。近代日本は天皇を頂点とする天皇主権の国家として構築されたので、共和主義はタブーであり、democracy が民本主義と訳されたように、民主主義も徹底し難い環境にあった。少なくとも制度のうえでの民主主義は、第二次世界大戦後の連合国軍総司令部による民主化によってもたらされることになった。このようなギャップがあったからこそ、民主的主体形成の必要が強く意識されるようになり、非民主的政

治文化とは対極にある民主的主体の理念は、戦後日本の代表的政治学者である丸山眞男によって敗戦直後に構想されていたのである。

　丸山眞男は、民主主義は制度の問題であるだけではなく、理念の問題や運動の問題でもあると考え、社会のなかに民主主義を根づかせることに一貫して関心を持ち続けた思想家であった。一高時代の治安維持法での特高警察による拘束、二度の軍隊体験などをとおして日本社会の権威主義や非民主性を身をもって知っていただけに、理念と現実との緊張のなかで現実を理論的に分析する論考も書いているが、その基底にあるのは民主的な主体についての理念的な措定であった。

　戦後日本の代表的知識人であった丸山眞男は、民主主義をたんに制度や運動の問題ではなく人間精神のあり方を含む問題だと認識した。敗戦直後に丸山が考えていたのは、民主主義を支える精神構造についてである。丸山は、①一人ひとりが独立した人間になることと、②他者を他在として尊重することを民主主義の精神構造と認識していた[14]。①は、一人ひとりが自律した判断力をもつこと、個人個人が正、不正を判断し、たとえ一人であっても「間違っていると思うことには、まっすぐにノーということ[15]」を意味している。②は他者感覚を表し、他者を尊重し、他者の立場に立って考えることの重要性を表している。丸山が示唆しているように、正義感覚と他者感覚は民主的人格の基軸をなすものであり、市民として身につけていくべき資質だと言えよう。丸山がジョン・ロックに依拠して述べているのは、自由は「理性的な自己決定の能力[16]」であり、「政治社会の多数決による意思決定はつねにそれに先立つ自由討議と慎重な熟慮[17]」を前提にしなければならないということである。

　もちろん、自由や平等がそうであるように、正義感覚や他者感覚というのも相対的なものであり、完璧なものではありえない。これらを理念とすることによって、少しずつでも目標に近づいていくことが重要なのである。しかも、主体形成の道はなだらかに続く道ではなく、なんらかの重要な契機（モーメント）があると考えられる。つまり、自分が置かれた状況のなかで起こった出来事への対応をとおして民主的な主体が形成されていくのだと思われる。

4　現代民主主義の課題

　1970年代以降、政治学においては、参加民主主義論、ラディカル・デモクラシー論、熟議民主主義論が、議会制民主主義の正統性に挑戦したり、補完しようとしたりしてきた。実際にも、住民投票や国民投票の制度化や市民の直接参加による異議申し立てに見られるように、直接民主主義的な観点から、代表者が権力を行使するという代表制議会の原理自体にさまざまな挑戦がなされてきたとも言えよう。とはいえ、議会の制度や思想には「討論による政治」というポジティヴな側面があるので、議会は、いかなる形態をとるにせよ、人びとが絶えざる意見交換と説得の過程によってよりよき決定に到達しうるのだという理性的自己統治に対する信頼に基づいていなければならない。

公共性と市民社会

　ワイマール期のドイツで青春時代を過ごしたアレントにとって、デモクラシーは独裁につながるものであり、近代性を批判し、古代ギリシアに遡って政治の原義を求める必要があった。アレントは、古代ギリシアの民主政に隠されたイソノミアという理念を探り出し、人びとが直接討議し、行為する空間である公的空間を復権させようとしたのだが、このようなアレントの問題関心は、ユルゲン・ハーバーマスに引き継がれ、ハーバーマスの社会理論は現代の公共性論や市民社会論の基礎となった。

　アレントやハーバーマスの思想は、現代における民主的な政治社会形成に大きな影響を与え続けている。たとえば、伝統的な政治概念のなかでとくに近年大きな転換を見せたのは、公共性の概念であり、この転換をなしたのが、ハーバーマスの『公共性の構造転換』（1962年）だったからである。日本国憲法においても日常語でも、公共性の概念は国家と結びつけられて理解されてきたが、1970年代以降、市民運動や市民活動の定着とともに公共性とは、市民がつくり出し、国家を突き抜けていく価値理念（環境、平和、人権）と深く結びついていることが次第に理解されるようになっていった。また、公共性は、公共圏、すなわち「公的な論議の圏」としても理解されるようになり、市民社会における

市民相互のコミュニケーションの空間として捉えられていくようになった。

　ハーバーマスの『公共性の構造転換』は、18世紀の市民社会に特有の「公共的コミュニケーション」を「市民的公共性」として概念化した書である。[18]ハーバーマスが Öffentlichkeit（公共圏、公共性）という用語で表したのは、空間的概念であり、公共圏と訳すほうが適切だということになってきたが、共和主義の視点から見れば、公共性とは公共精神をも指すことばであり、ハーバーマスの公共性概念にもそのような契機は内在していると言えよう。

　ハーバーマスは、公共性の構造転換を代表的公共性→文芸的公共圏→市民的公共圏→大衆社会における世論操作、というように理解しているのだが、絶対主義体制において国王が国民全体を代表するという意味での代表的公共性は精神的次元を含む概念である。文芸的公共圏とは、演劇や小説の内容について論議する公衆の圏であり、サロンやカフェがその舞台となるのである。人びとが分け隔てなく出会い、意見を交換する空間が形成され、次第に政治的な問題についても討議し、行動する市民がコミュニケーションの圏である公共圏を形成していくようになった。こうして市民的公共圏が下から形成されていくようになるが、20世紀になり、メディアが発達し、大衆社会化していくと、市民はメディアによって左右されやすい受動的な存在になっていく、という理解である。

　ハーバーマスの議論で重要なのは、「論議し行動する市民」が民主主義を下から支えていくという認識である。このような認識は、ハーバーマスがアレントから継承し、1990年代からの市民社会論の再興にもつながっていくのである。ハーバーマス自身も『公共性の構造転換［第 2 版］』（1990年）の序文で、自発的結社を基底にして市民社会を捉えなおしている。[19]脱経済化・脱国家化した第三の領域として形成されていく市民社会が多元的で民主的な政治社会を下から支えていくというハーバーマスの認識は、市民社会がもつ潜在可能性を明確化している。もう一つ重要な点として、対等な市民同士の意見交換や情報伝達というコミュニケーション機能がもつ意味である。民主主義において重要なのは、決定に至る過程だとしたら、対等な市民が自由にコミュニケーションできる空間を拡げていくことが、さまざまな重要問題を市民の側から創造的に解決していくことにつながるからである。

ポピュリズムに抗して

　1990年代以降の急速なグローバル化によって資本主義が世界的な規模で拡がり、市場化が起こり、従来は非市場的な領域であった福祉や教育の分野においても市場原理が浸透してくるようになった。その結果、社会の画一化・規格化が進み、民主的な社会の基底が揺るがされるような事態が生じている。つまり、新自由主義的改革のなかで民主政治自体も商業的なメカニズムによって動かされる傾向が強くなっているのであり、近年の日本政治において起こったのは、国民の支持を失った首相が目まぐるしく交代し、政治家はメディアを利用することによってポピュリズムとか劇場型政治と呼ばれる政治状況を現出したことである。

　ポピュリズムとは、民衆の不満や不安に応えようとする直接民主主義的な政治運動を指すことばであり、イギリスの政治理論家、マーガレット・カノヴァン（Margaret Canovan, 1939-2018）が「ポピュリズムはデモクラシーに影のようについてくる[20]」と表現したように、民主主義の一つの側面を表している。ポピュリズムは世界的な現象になっているが、小泉純一郎や橋下徹に見られた、日本のポピュリズム政治は「マスメディアによる世論の喚起・操作に大きく依存した政治」になっており、ポピュリスト的政治家は、自ら一般国民を代表する「善玉」を演じ、行政機構や官僚を「悪玉」として攻撃する「勧善懲悪的ドラマ」を演出するところに特徴があった[21]。

　現代の日本社会は、経営管理される傾向を強め、ポピュリズム的傾向に陥りやすい。政党は、あたかも商品のように政策や候補者を売り込み、耳触りのよい言葉で有権者のニーズに応えていくという手法をとり、有権者のほうも期待感で政党や政治家を選んでいる。さらには、ガバナンス（統治、管理）ということばがさまざまな分野で用いられているように、対決や異議申し立てによって問題を明るみに出すのではなく、協調・協働による包摂型の社会が目指され、市民活動やボランティア活動においても経営的視点が重視されるようになっている。このような状況のなかで、どのようにして理性的な判断力を具えた市民による民主政治を確立していくかが、課題になっている。

討議空間の創出

1990年代以降に使われるようになった熟議民主主義（deliberative democracy）という概念も、市民たちが相互尊重のもとで共通の問題について討議する空間を制度的につくり、政治的決定を理性的に行なっていくのに役立てようという思想であり、ハーバーマスのコミュニケーション理論の延長線上にある。

　自由民主主義が代議制民主主義という制度的な形態をとり、票や支持の獲得を重視し、集計主義的な量の原理で動かされていくのに対し、熟議民主主義とは、慎重に討議し、よりよい決定に到達するという質の問題を重視していると言える。レファレンダムも直接民主主義の一形態であり、住民投票は「諮問型」の住民投票としてであれ、近年、日本においても注目されるようになってきたが、討論の過程よりも民意の表出のほうに重きを置いた制度だと言えよう。これに対し熟議民主主義とは、共同で討議し、討議の過程をとおして討議に加わった人びとは熟慮し、そのような熟慮と熟議を行き来しながら、よりよき決定を導いていこうという考え方である。

　そのための討議空間は、直接民主主義においても間接民主主義においても、また制度的にも非制度的にも設定できる。熟議は国会などで代表者のあいだでもなされるが、熟議民主主義とは、市民のなかに「ミニ・パブリック」というようなランダムに選出された人びとによる討議空間をつくり、政治的重要課題について議論を交わさせ、マクロなレベルでの決定に反映させていこうという構想である。討議には対立や異議申し立ての要素も含まれ、何よりも討論の過程で互いに意見が変わりうる[22]ことが重要である。熟議民主主義の思想は、冷静な判断を市民レベルで形成していくことを重視しているのだと言える。熟議民主主義とは、大衆民主主義やレファレンダム民主主義に対立する概念であり、「熟議により聞こえてくる国民の声は、つねに賢く、傾聴に価するものなのである[23]」という考え方であり、討議の過程を重視している。熟議民主主義は重要な政治的問題の討議を職業政治家のみに委ねず、市民にも開いていこうとしており、世論調査や投票ではなく、「市民討議によって代表制民主主義の〈正統性〉を回復する[24]」ことを目指している。

非暴力民主主義への道

　ところで、民主主義とは、暴力を用いずに共同の決定をなしていく営みであり、その意味では暴力と無縁なはずであり、民主主義がシンボルとして用いられ、暴力や戦争を肯定することばとなることもあるので、戦後日本の民主主義思想の遺産である民主主義と平和主義の結合は、現代的には民主主義を、非暴力を徹底して追求する立場である非暴力主義と結びつけ、非暴力民主主義として展開していく必要がある。

　非暴力とは生活様式であるとともに闘争手段でもあるが、生活様式としての非暴力は、他者を意図的に傷つけないことを意味し、多様な思想を認め、生命を尊重し、簡素な生き方を実践する脱物質主義的な価値観にもつながっている。見知らぬ人びとと出会い、協力する場である市民社会を形成することによって人びとは、生活様式や態度としての非暴力を身につけていくことができる。そのような意味で、市民社会が体現してきた非暴力の文化が民主政治の基底に据えられなければならない。というのも、市民社会の非暴力的な生活様式を拡げていくことにより、暴力や戦争を抑制する力となりうるからである。

　一方、闘争手段としての非暴力は、非暴力を有効な闘争手段として計画的かつ有効に用いるべきだとする戦略的非暴力 (strategic nonviolence) の立場である。2003年に始まったイラク戦争のように、戦争という非民主的手段によって独裁体制を崩壊させ、民主体制を構築するという矛盾した事態が起こっているので、1980年代以降「独裁から民主主義へ」の転換が非暴力革命によってなされてきたことに注目すべきである。[25] 1991年のソ連におけるクーデター阻止のように、市民の連帯によってクーデターの試みを阻止することも可能である。実際に、非武装の市民たちは、非暴力闘争を組織することによって独裁体制を打倒し、民主化を実現してきたが、そのさい重要なのは、人びとの「団結した力」が非暴力革命を引き起こしてきたのであり、その根底には市民のつくり出す権力があるということである。

　戦後日本の民主主義思想の貢献として、民主主義と平和主義を結合したことがあげられる。[26] それは、民主主義を突き詰めていけば、反軍思想に至り、非暴力不服従の地平に至るはずだという認識からである。徹底した民主主義の実現は、憲法9条から引き出されうる非軍事的防衛の採用によって実現できる。[27] な

ぜなら、軍隊の組織原理は、命令－服従の関係に貫かれており、人間を友敵関係に分け、同盟国以外の外国人を潜在的に敵視する傾向があるからである。軍事的防衛を放棄してこそ、日本国憲法の前文にあるような、国境を越えた信頼関係を築くことができ、民主主義を徹底化していくことができるのである。つまり、平和主義を基底に据えて民主主義を徹底化し、非暴力民主主義の思想を構築し、練磨していくことが、戦後民主主義の思想から積極的に引き継ぐべき課題である。

民主主義と日本社会

　民主主義を社会に根づかせるためには、市民社会を強化し、市民間の連帯や協力の関係を強めていく必要がある。日本国憲法のもとで国民主権や地方自治が認められたが、これらの原理は、主権者である国民が「不断の努力」によって維持しないと容易に弱体化していくものである。国民は集合的概念なので、現代では「自立した個人」としての市民が自発的結社や民主的な市民文化を形成し、抵抗の基盤としていくことが求められている。民主主義にとって参加と抵抗という二つの契機が重要であり、その意味で一人ひとりの人間が独立した判断力をもち、正、不正の判断をしていかねばならないという丸山眞男の民主主義思想はいまだに色あせていない。

　もっとも、一人ひとりの抵抗の意思や行動が孤立していたのでは、大きな力を発揮することはできない。市民が協力して行為するときに権力が生まれ、市民が政府に不同意のときは不服従することによって、すなわち多元的に権力の基盤を形成していくことによって民主体制を支えていくことができる。現代日本にはそのような自発的な権力形成のための戦略や理論が欠けているので、欧米の共和主義的な権力論や制度論から学びつつ、市民的実践を積み重ねていく必要がある。参加と抵抗を軸として人びとの生きる場から民主主義を捉えなおすことが、民主主義を徹底化していく道になるに違いない。

　1）　カール・シュミット『憲法論』阿部照哉、村上義弘訳（みすず書房、1974年）272頁。
　2）　ハンナ・アレント『革命について』〔ちくま学芸文庫〕志水速雄訳（筑摩書房、1995年）
　　　40頁。
　3）　同上、40頁。

4 ）　M.I. フィンリー『民主主義——古代と現代』〔講談社現代文庫〕柴田平三郎訳（講談社、2007年）110頁参照。

5 ）　城戸由紀子『「参加の政治学」資料集』（かもがわ出版、2001年）18-19頁参照。

6 ）　橋場弦『丘のうえの民主政——古代アテネの実験』（東京大学出版会、1997年）87-91頁参照。

7 ）　アリストテレス『政治学』牛田徳子訳（京都大学学術出版会、2001年）165頁。

8 ）　中村英勝『イギリス議会史』（有斐閣、1959年）18-20頁参照。

9 ）　ジャン＝ジャック・ルソー『社会契約論』井上幸治訳、『ルソー』〔世界の名著30〕（中央公論社、1966年）所収、312頁。

10）　Hanna Fenichel Pitkin, *The Concept of Representation* (University of California Press, 1967), p. 59参照。

11）　A.H. バーチ『代表——その理論と歴史』河合秀和訳（福村出版、1972年）52-53頁参照。

12）　アレクシ・トクヴィル『アメリカのデモクラシー　第一巻（下）』〔岩波文庫〕松本礼二訳（岩波書店、2005年）139-165頁参照。

13）　J.S. ミル『代議制統治論』水田洋、田中浩訳、『ミル』〔世界の大思想Ⅱ‐6〕（河出書房新社、1967年）219-220頁。

14）　丸山眞男「デモクラシーの精神的構造」（1945年11月 4 日付）、『自己内対話——3 冊のノートから』（みすず書房、1998年）所収、10-11頁参照。

15）　同上、10頁（現代仮名遣いに変更した）。

16）　丸山眞男「日本における自由意識の形成と特質」（1947年）、『丸山眞男集　第三巻』（岩波書店、1995年）所収、154頁。

17）　丸山眞男「ジョン・ロックと近代政治原理」（1949年）、『丸山眞男集　第四巻』（岩波書店、1995年）所収、194頁。

18）　伊藤守「公共性の転換——J・ハーバーマス『公共性の構造転換』」、井上俊、伊藤公雄編『政治・権力・公共性』〔社会学ベーシックス　第九巻〕（世界思想社、2011年）178頁参照。

19）　ユルゲン・ハーバーマス『公共性の構造転換——市民社会の一カテゴリーについての探究［第 2 版］』細谷貞雄、山田正行訳（未來社、1994年）xxxviii 頁参照。

20）　Margaret Canovan, "Trust the People! Populism and Two Faces of Democracy," *Political Studies*, vol. 47, no. 1 (March 1999), p. 16.

21）　大嶽秀夫『小泉純一郎　ポピュリズムの研究——その戦略と手法』（東洋経済新報社、2006年） 2 頁参照。

22）　篠原一『市民の政治学——討議デモクラシーとは何か』（岩波新書、2004年）164-166頁参照。

23）　ジェームズ・S. フィシュキン『人々の声が響き合うとき——熟議空間と民主主義』岩木貴子訳（早川書房、2011年）10頁。

24）　篠原一「若干の理論的考察」、篠原一編『討議デモクラシーの挑戦——ミニ・パブリックスが拓く新しい政治』（岩波書店、2012年）所収、235頁。

25）　1989年の東欧革命、2010〜11年の中東諸国における非暴力革命の理論的支柱となったのは、ジーン・シャープの非暴力理論である（Gene Sharp, *From Dictatorship to De-*

mocracy: A Conceptual Framework for Liberation（Green Print Housmans, 2012）参照）。
26）　たとえば、丸山眞男「憲法第九条をめぐる若干の考察」（1965年）、『丸山眞男集　第九巻』（岩波書店、1996年）所収、251-286頁参照。
27）　久野収「憲法第九条と非武装的防衛力の原理」（1964年）、『平和の論理と戦争の論理』（岩波書店、1972年）所収、191頁参照。

【文献案内】

　橋場弦『丘のうえの民主政──古代アテネの実験』（東京大学出版会、1997年）は、古代ギリシアのアテナイの民会の様子と民主政の仕組みと実態を生きいきと概説している。M.I.フィンリー『民主主義──古代と現代』〔講談社学術文庫〕柴田平三郎訳（講談社、2007年）は、アテナイの民主政治の仕組みと問題点を分析し、その視点から現代民主主義の諸問題を考察している。Anthony Arblaster, *Democracy*, Third edition（Open University Press, 2002）〔『民主主義』澁谷浩、中金聡訳（昭和堂、1991年）：邦訳は第1版（1987年）から〕は、古代ギリシアの民主政と近代の民主政との連続面を明らかにするとともに、民主主義の本質を「人民の権力」に求め、民主主義の過去・現在・未来を概観している。Hanna Fenichel Pitkin, *The Concept of Representation*（University of California Press, 1967）〔ハンナ・ピトキン『代表の概念』早川誠訳（名古屋大学出版会、2017年）〕は、代表の概念についての政治理論的研究であり、ホッブズやバークの代表概念にも言及しつつ、言語分析の手法を用いて代表という行為の性格を考究している。
　中村英勝『イギリス議会史』（有斐閣、1959年）は、イギリス議会制度の歴史に関する精緻な研究である。イギリスの議会制度史を簡潔・明瞭にまとめている。A.D.リンゼイ『民主主義の本質──イギリス・デモクラシーとピュウリタニズム』永岡薫訳（未來社、1964年、増補版：1992年）は、ピューリタン革命当時の文献をとおして、近代民主主義の源流を指し示すとともに、討論の精神について省察している。エドマンド・バーク『アメリカ論　ブリストル演説』〔エドマンド・バーク著作集2〕（中野好之訳、みすず書房、1973年）は、国民代表の理念についてのバークの思想を表明した「ブリストル演説」を収めている。J.S.ミル『代議制統治論』水田洋、田中浩訳、『ミル』〔世界の大思想Ⅱ-6〕（河出書房新社、1967年）所収は、代議制民主主義について思想的考察をするとともに、自由主義、功利主義の立場から代議制民主主義の制度設計を行なっている。カール・シュミット『現代議会主義の精神史的地位』稲葉素之訳（みすず書房、1972年）は、議会主義批判として焦眉の一冊。議会制を批判し、独裁への道を開いた書である。丸山眞男『丸山眞男集』〔第1〜16巻、別巻〕（岩波書店、1995年）は、丸山眞男の論考を年代順に収録している。丸山の問題関心と思想展開を知ることができる。丸山眞男『自己内対話──3冊のノートから』（みすず書房、1998年）は、戦後日本を代表する政治学者が戦中から書きためていた未公刊のノート（覚え書）を死後、出版したものであり、丸山の民主主義思想の根底を知ることができる。
　Margaret Canovan, *Populism*（Harcourt Brace Jovanovich, 1981）は、歴史的事例に基づいてポピュリズムとデモクラシーとの密接なつながりを考察している。Margaret Canovan, "Trust the People! Populism and Two Faces of Democracy," *Political Studies*, vol.47, no.1（March 1999）は、デモクラシーを「実務型」と「救済型」という二つの型に分け、ポピュ

リズムを職業政治家、官僚、利益集団による実務型デモクラシーによって政治に疎外感を感じた民衆の不満を背景にした救済型デモクラシーの一側面として解釈している。カス・ミュデ、クリストバル・ロビラ・カルトワッセル『ポピュリズム——デモクラシーの友と敵』永井大輔、高山裕二訳（白水社、2018年）は、各国におけるポピュリズム台頭の分析をとおしてポピュリズムの性格を明らかにしている。ジェームズ・S. フィシュキン『人々の声が響き合うとき——熟議空間と民主主義』岩木貴子訳（早川書房、2011年）は、熟議によって意見が変わっていくなど、熟議の効果について啓発的な議論を展開している。ユルゲン・ハーバーマス『公共性の構造転換——市民社会の一カテゴリーについての探究［第2版］』細谷貞雄、山田正行訳（未來社、1994年）は、アレントの公的領域の再生にインスピレーションを受けて、公共圏の変容を歴史的に明らかにした書である。篠原一編『討議デモクラシーの挑戦——ミニ・パブリックスが拓く新しい政治』（岩波書店、2012年）は、討議空間への参加をとおして民主主義を活性化していく試みを紹介している。

第 II 部　近代国家の再検討

第 II 部のねらい

　現在、歴史的形成物である国民国家は変容を迫られている。経済と情報のグローバル化によって国境の意味は相対化しており、21世紀においてこの動きはいっそう加速されることが予想される。ここでは、国家の存在理由とその揺らぎを、主権、民族、言語、人間の移動という観点から考察する。近代国家は、国民国家、主権国家という性格をもち、ヨーロッパにおいてその範型が形づくられ、これらの原理は統合と秩序をもたらしたが、矛盾も含んでいた。主権国家相互の国家間システムとして国際秩序が形成され、また民族を基底にして国家形成がなされたが、そもそもこの前提自体、歴史的形成物であるなら、どのように向け変えていくかを構想していく必要があるのではないか。ここではその概要を示すことしかできないが、現実政治の歴史的・思想的分析をとおして政治的事象の本質をつかむという政治哲学の営みを実践していきたい。

　国民国家は中心‐周辺の構造を必然的につくり出してしまう。主権国家は対外的には戦争システムを構成し、いまだに自衛権を根拠にして戦争を合法化・正当化するとともに、国籍による差別を生み出している。このような構造的矛盾を克服していくためには、近代国家を超える世界秩序を構築していく必要があり、グローバル化によってもたらされる地球社会の地殻変動を見据えて、あるべき秩序原理について考究していきたい。

第5章

民族と国家──国民国家と民族問題

1   国家とは何か

　近代政治哲学において、望ましい政治秩序の探求は、国家論というかたちでは行なわれなかった。それは、一つには近代の大思想家が古代ギリシア・ローマに政治社会の理想を求めたからであり、もう一つには近代初期の政治秩序は絶対王制であり、王権神授説によって支えられており、これを打破して自由で平等な個人が政治社会を自由に創設でき、つくり変えることができる、という想定から出発する必要があったからである。社会契約論がそれであり、身分制的秩序から解放された個人が社会を形成するというのは、たんなる想定であるだけではなく、現実でもあったからである。

　もちろん、国家自体が可変なものであることは確かだが、現代において望ましい政治秩序を探究するさい、近代国家の枠組みを無視することができないこともまた確かである。もちろん、国家が恒久的な政治制度にとどまるわけではないが、国家を無視して政治秩序を構想しても砂上の楼閣に終わるおそれがある。もし政治哲学が現実政治の本質を把握することを重要な構成要件だとするなら、正しい政治秩序の探求は、近代国家という枠組みの解明と再検討をとおして行なっていかねばならない。

近代国家と近代政治原理

　近代国家は、国民国家、主権国家という性格をもち、ヨーロッパにおいてその範型が形づくられた。これらの原理は統合と秩序をもたらしたが、矛盾も含んでいた。主権国家相互の国家間システムとして国際秩序が形成され、民族を

基底にして国家形成がなされたが、そもそもこの前提自体が歴史的形成物であるなら、どこに問題があり、どのように向きを変えていくか構想していく必要があるのではないか。そのさい、とくに日本の政治社会における問題点を取り上げ、具体的に論じてみたい。というのも、自分たちが生きている場が最も重要な研究対象となりうるのであり、最も意味ある問いかけや方向づけができると考えられるからである。

　近代において国家のなかに人間は統合されてきたのであるから、近代国家の態様を思想的・歴史的に分析することは、依然として政治哲学の重要なテーマである。現代の国家は、古代や中世の都市国家、領邦国家とは違ってヨーロッパ近代にその範型が形成されたものである。それは、国民国家、主権国家という特質をもつ近代国家である。近代政治哲学は、人民という集合体を政治社会の基盤に置いたが、実際には言語も歴史も文化も異なる人間集団を一つの人民としてまとめあげることは至難なことであり、ある程度共通した特性をもつ人びとを民族として集団化し、政治的共同体をつくっていったのが、近代国家である。民族（nation）とは、多義的なことばだが、近代においては国家建設を志向する人間集団を意味した。

　近代政治哲学では、政治社会を構成するのは人間であって民族ではないが、実際には国家を形成しようとしたのは、言語や文化の共通性によって特徴づけられ、地理的にまとまって共住し、共通の歴史的記憶を有する人間集団である民族であった。近代政治哲学においては、民族や文化の占める場所がないのは、人間を基底にして普遍的な理論構築を目指したからである。人民を民族に置きかえないと、実際には国家は形成できなかったのだが、人民を表す英語の the people は民族や国民という意味でも用いられ、ドイツ語で Volk は国民や住民を意味するように、互換的に用いられたわけである。

　もちろん、移民国家に見られるように、民族原理だけによって形成されたのではない国家も存在するが、国民国家の場合、民族的同質性があることが条件になってきたのであり、ルソーの人民主権論の人民（peuple：プープル）も実際にはフランス革命において国民（nation：ナシオン）として定式化されたように、民族や言語が多様に分布するなかで、歴史的・文化的な共通性をもとに国家を形成するしかなかったのである。つまり、中心となる民族を軸に政治秩序が形

成されたのである。こうして、全員の合意による社会契約という近代政治原理と近代国家設立の歴史的現実とのあいだに齟齬が生じたのである。というのも、全員の合意によって政治社会を形成するとしても、言語や文化の共通性が基盤とならざるをえなかったからである。

国家の4要件

　戦前の国家学において国家の3要件としてあげられてきたのは、①領土、②国民、③主権である。これは、ドイツの国家学（ゲオルク・イェリネックの『一般国家学』など）に由来する概念であり[1]、国家の概念規定として長いあいだ用いられてきた。とくに、重要なのは、1648年のウェストファリア条約以降、南極を除く地球上の土地をいずれかの国家に領有させるという過程が続いてきたのであり、領土獲得や領土奪還がナショナリズムの培養器となってきたし、現在でもナショナルな感情を掻き立てている。主権とは、対内的には法の執行および政策の遂行をなすとともに、法律に基づいて物理的強制力も行使でき、対外的には領域内での強制力行使も含む最高の権限であり、それを所有しているのが統治機関としての国家だという観念である。主権の排他性は、普遍的な価値である人権と往々にして衝突しうるが、安全保障上の理由から正当化されてきた。

　このような観念のもとでは、国家とは、領域と人民を内外の干渉を許さず統治できる法人と捉えられている。国際法上は、これらの3要件を有するものは国家として認められ、満たさないものは国家として認められないが、そのさいたんにこれらの要件が具わっていたら、国家と認められるわけではなく、他国から承認されない場合もありうる。認めるか認めないかを判断するのは他の国家なのである。したがって、第4の要件として、他国からの承認も国家成立には不可欠である。台湾のように、国際社会が国民国家システムをとり、一つの中国しか認めていないため、認められなかったり（承認している国にとっては国家である）、一時期「イスラム国」（IS：Islamic State）を名乗って存在した過激派組織のように、国家を名乗り、一定の領域を支配したとしても、国際社会からは承認されておらず、国家とは言えない場合もある。

　人間集団が国家を形成するといっても、実際には同じ言語を話し、共通の地域に住む人間集団でないと国家を形成しえないということは明らかであった。

こうした言語・地域・歴史・文化の共通性に特徴づけられる人間集団が民族であり、人びとが政治社会を創設するというのは、実際には言語や歴史を共有する人間集団である民族が政治的共同体をつくるということを意味した。しかし、土地を基盤にする以上、言語が違う人びとが混住するということが通常であり、どうしても政治統合には少数民族を含まざるをえなかったということがあった。民族を原理とする国家建設にはこのような矛盾が内在していた。それだけではなく、民族というのは、敵の存在によってまとまる集団という側面もあり、原理的に排他性を有しているのである。

2　国民国家の構成原理

　ということは、民族が国家を形成するという国民国家の構成原理自体が問題をはらんでおり、民族の多様性を押さえ込んできた国民国家の枠組み自体に検討を加える必要があるということである。とはいえ、帝国からの独立を果たしていくさいに民族解放というかたちをとらざるをえなかったこと、「想像の共同体」としてのネイションが人びとを統合する凝集力をもちえたという現実があったことは確かである。もちろん、アメリカ、カナダ、オーストラリア、ニュージーランドのような「移民国家」は民族原理によって形成されたのではないが、それでもネイションを形成していくという歴史を辿る。また、スイスのような小国ながらも4言語を公用語とし、カントン（州）の自治を大幅に認めている連邦国家でもネイションは形成されている。

国民国家とは何か

　国民国家（nation-state）とは、国民的一体性の上に形成される近代国家と規定できよう。国民国家は、歴史的形成物であり、イタリア語の stato に由来し、物理的強制力を具えた統治機構を意味する state とラテン語の natio に由来し、生まれを同じくする人的結合体を意味する nation が組み合わさった概念である。西欧の国民国家の基本的前提となっていたのは「住民の同質性と土地との強固な結びつき」だが、そのような前提のない地域にも国民国家の原理が導入され、国家建設がなされたところに現代の民族紛争の根源がある。また、比較

的同質性の高かった地域においては、国家の中心民族への同化圧力が強く、民族的少数者に対する差別、少数民族の文化の否定ということが起こった。西欧の国民国家は、フランスを典型にして「一つの民族、一つの言語、一つの国家」(one nation, one language, one state) を志向したが[4]、実際にはこれは国家の中心民族（支配民族）の言語・文化への他民族の同化をとおして実現された。日本には、単一民族国家幻想が根深く存在していたが、民族の居住する境界と国境が完全に一致することはありえず、また国境を越える人間の移動もあるのだから、日本に限らず実際には単一民族国家というものは存在しない。日本は、有史以来他国からの侵略を受けず、長年の鎖国政策にもより、近代国家の出発時にすでに同質性の強い国だったが、アイヌ民族や在日コリアンら旧植民地民およびその子孫も在住している。

国民国家の根本問題

　西欧の国民国家をモデルにして国家建設することには、次のような根本的な問題があることに留意する必要がある。

　①民族の居住地域と国境線とは一致しないのが一般的である。国境線は人為的に策定されたものであり、また、人間は移動するものだから、民族の居場所を固定することはできない。とくに帝国の植民地から独立してできた国家の場合、たとえば、中東諸国やアフリカ諸国に見られるように、恣意的な国境線が引かれている場合が多い。

　②国家の中心民族（支配民族）、構成民族（国家を構成しているが、中心とはなっていない民族）、少数民族の三層構造になる傾向が生じてしまう（図3参照）。国民国家内部の中心−周辺の構造が、不可避的に生じてしまい、少数民族は抑圧されるか、排除される。中心民族の歴史、言語、文化を軸に国民形成がなされる。

　たとえば、1918年から92年まで存在した社会主義国家チェコスロヴァキアでは、中心民族はチェコ人で、構成民族はスロヴァキア人であった。それぞれの言語は公用語として使用され、多言語多民族国家であった。モラヴィア人、ハンガリー人、ロマ人などの少数民族は、周辺に押しやられ、それらの民族の言語は公用語として認められていなかった。こういった中心−周辺の構造は、多

かれ少なかれ、存在する。日本の場合、日本民族が中心民族であり、構成民族は存在しないが、アイヌ民族、在日コリアン、琉球民族のような少数民族（民族的マイノリティ）は存在している。国民国家システムは、中心民族の歴史、言語、文化を軸に国民形成がなされ、少数民族は抑圧されるか同化を強いられ、民族差別が構造的に醸成される枠組みだという問題を内蔵している。

民族と国民の違い

　民族と国民の違いはどこにあるのか。民族は歴史的に形成されてきたものであり、共通の言語、文化、歴

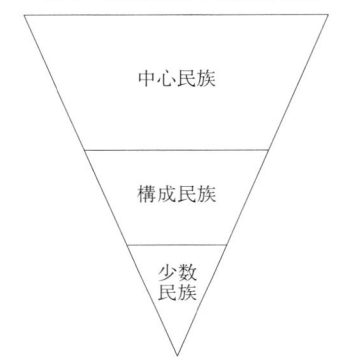

図3　国民国家の民族的構成

近代国家の民族的構成──中心−周辺の構造
例）チェコスロヴァキア（1918−92）
公用語──チェコ語、スロヴァキア語
中心民族──チェコ人 54.1%
構成民族──スロヴァキア人 31%
少数民族──モラヴィア人 8.7%、ハンガリー人 3.8%、ロマ人 0.7%ほか（1991年統計）

史を基盤にしていて、国民に比べ自然な存在である。国民とは、民族とは違って、人為的に作られたものである。国民とは、政治的に規定された共通の意識をもち、国家の構成員として生活を営んでいる人びとのことであり、国民が人為的につくられたというのは為政者、統治者の行為によって形成されたものだということを意味している[5]が、統治者の作為として大きな役割を果たすのは、政治的動員（戦争と軍隊、国家行事）と教育（歴史と国語）である。近代国家は国民形成なしには成り立ちえず、国民国家のなかに住んでいる人びとはいやおうなく国民としての意識を形成されていくのである。

　政治的動員について言えば、徴兵制の整備が近代国家の形成過程で重要な位置を占める。これは、フランス革命時の1790年に公力組織法で国民防衛軍が組織され、93年には国民皆兵の国民軍隊が作られたのを端緒とし、プロイセンではゲルハルト・フォン・シャルンホルスト（Gerhard von Scharnhorst, 1755–1813）によって始められた軍制改革の一環として1813年に一般兵役義務制が実施された[6]。シャルンホルストが軍隊を「国民の学校」と位置づけたのは、軍隊

は国民一人ひとりに国家の運命を共有しているのだという意識を与えるからである[7]。それだけではなく軍隊においては、命令の伝達のため共通語が不可欠であり、多数民族の言語を優位に立たせる。たとえば、多民族からなるソ連の混成部隊の場合、共通語は当然ロシア語となり、軍隊内でロシア語教育が徹底され、少数民族出身者でもいやおうなくロシア語を習得することになった[8]。

　戦争について言えば、戦争は「ナショナル・ショック」を引き起こし、国民としての一体感をつくり出す。日本の場合、黒船の到来により尊王攘夷の気運が生まれ、日露戦争が国民意識を飛躍的に高め[9]、次々と紛争や戦争を起こすことによって、国民に運命の共有感を強いた。敵の存在は国民をまとめる契機になりうるし、敵が存在しなければ、仮想敵をつくり出すことによってナショナリズムの高揚を図るということは、為政者によって頻繁に行なわれてきたことである。

　次に、教育は政治的社会化論でも政治的社会化の担い手の一つと認識されており[10]、とくに国語教育と歴史教育は国民意識形成に重要な役割を果たす。国語とは国家の中心民族の言語のことであり、言語の地域的多様性を否定した一律的な言語教育が施されることにより、国民文化の基盤が形成される。だいたいどの国においても、歴史教育で強調されるのは、国家創設の物語であり、それに力を尽くした英雄たちである。「ナショナリズムの価値観は、学校のカリキュラムに浸透して[11]」おり、国民的伝統、国民的神話が強調され、自国の誇るべきところを理解させるよう仕組まれている。

　ナショナルな感情は、生まれながらのものではないという点でそれは、自然な感情である郷土愛と区別されねばならない。「ナショナルな感情は〈世論の力や、教育や、文学作品や新聞雑誌や、唱歌や、史跡〉を通して教えこまれるのに対し、郷土愛は人間の成長そのものとともに自然に形成されるより根源的な感情である[12]」。同様に、ナショナリズムも国民国家の形成・発展期に現れるイデオロギーであり、古代から存在する祖国愛とは区別しなければならない。それは、19世紀ヨーロッパにおいて明確化された、民族の政治的独立、統一、発展を目指すイデオロギーおよび運動を意味し、今日でも被抑圧民族の分離独立、分断された民族の統一、アジア・アフリカ諸国の経済的自己主張を促進する機能を果たしてきた。

民族への再注目

　1990年代以降のグローバル化の急速な進行は、近代国家の範型である国民国家の枠組み自体を揺るがしている。1917年のロシア革命によって生まれた社会主義政権はその後、カール・マルクスの予測に反して、資本主義的発展の遅れた地域で成立した。世界システムのなかで先発産業諸国に伍していくために中央集権的な国家建設を必要とし、マルクス主義がそれに適していたからであり、ソ連・東欧圏では共産主義というイデオロギーによって国家統合をなしたわけで、西欧の国民国家のように民族原理によってではなかった。

　しかし、1989年の東欧革命、1991年のソヴィエト連邦の崩壊により、急激な政治変動が起こり、社会主義が求心力を失った結果、1990年代には旧ソ連・東欧圏において民族対立が激化し、戦争や地域紛争が頻発したのがその一つのアスペクトである。1991年以降、グローバル化のもとでアメリカ中心の軍事秩序・金融秩序が形成され、非対称的な軍事秩序のなかでテロが不安を煽っている状況が続いている。2014年には、ロシア語系住民とウクライナ語系住民のあいだでの民族紛争（内戦）、ロシア語を話す住民の多いクリミアのロシア併合が起こり、民族を軸にした紛争・独立・再統合の動きは終息していない。

　民族問題は何も旧社会主義国に限らず、1960年代以降西欧型の国民国家も抱える問題であった。民族間の紛争は、平和研究の重要なテーマにもなっており、民族間の対立や紛争を平和の対立物と見るのではなくて、望ましい統合をつくり出す過程として考える必要性があると言える[13]。そうだとしても、紛争が非暴力的に行なわれることが前提となっており、内戦や戦争にまで至った北アイルランドや旧ユーゴスラヴィアの状態は決して望ましいとは言えない。また、民族問題を他国の事柄と考えずに、日本の内なる民族問題にも目を据えることが必要である。なぜなら、平和を構造的暴力との関連で貧困や差別や抑圧のない状態と考えるのであれば、日本における民族差別は見過ごすことのできない問題だからである。

エスニシティの概念

　近代国家の形成過程がこのような国民形成を伴うものだとしても、そうして形成された国民国家が必ずしも一元的な構造を具えたわけではない。そのこと

は国民国家のなかに存在する人種的・民族的マイノリティが異議申し立てをし出した1950、60年代から明らかになった。50年代中頃からアメリカでアフリカ系住民による公民権運動が起こり、60年代からはフランス、イギリス、スペイン、カナダなど欧米の国民国家においても地域主義や分離主義の運動が起こった。従来のエスニック・グループ（民族集団）より広い意味でエスニシティ（ethnicity：民族集団、民族性）という概念が使われるようになったのは、このような背景のもとにおいてである。

　エスニシティとは、民族集団という意味もあるが、民族性や特定の民族への帰属意識をも表し、1970年代以降、人類学、社会学、政治学において使われてきた概念である。つまり、国民国家のなかにあって、固有の民族的、種族的背景をもつ人びとの集団ないしその集団のもつ特性を指している。エスニシティのカテゴリーには、①人種、肌の色、民族、出身国（ナショナル・オリジン）、宗教、言語、地域などに関係するカテゴリー、②社会学でいう第一次集団、③共通の歴史、共通の生活を経験した人びと、④業績主義（アチーブメント）に対する属性主義（アスクリプション）に関連するカテゴリー、が含まれると言われる。[14] エスニシティ研究は、国民国家自体が実際には決して単一の民族性によって成り立っているのではなく、民族的多様性によって構成されていることを明らかにするとともに、民族や人種に準拠した集団的アイデンティティの自己表出の動態を明確化している。

　しかし、差異を強調すると人間としての共通性を軽視するという現実の作用も生じてしまう。かつて人種概念が構築されたために排外主義や差別が生じたように、人種概念をエスニシティ概念に回収することは望ましくない。しかし、そのような用語が受け入れられる背景には、社会科学において人種概念は死語になり、その科学性が否定されているにもかかわらず、人びとの意識として外見上の違いから人間を差異化しようとする意識が存続しているということがある。人種差別（racism）という用語は日常言語のなかに残っており、人種概念が生物学的規定であるのに対し、民族とか民族性と訳されるエスニシティは言語、慣習、行動様式など文化的に規定された集団概念であるが、文化を規定する要因に人種主義的要素が入りこむ可能性は否定できない。つまり、エスニシティが「現実の人種主義・人種差別を隠蔽する婉曲的で洗練された〈代替語〉としての役割を果たしている」[15] ことには注意しなければならないのである。

　とはいえ、必ずしも国家形成を求めない多様な人間集団がいて、人間の帰属意識が重層化している現実があることにも注目しなければならない。現代において対等性と多様性は尊重されねばならないが、エスニシティは、民族的多様性・重層性を表している概念であり、民族集団への帰属意識が多様性維持の機能を果たしている側面も無視できず、分析概念として有用である。

3　国民国家の変容

　国家の枠のなかに人びとを押さえ込めないのが世界の現状であり、国境線で人びとの自由な移動を妨げていることの正当性自体が問われているが、エスニシティには、民族的に同質的な国家は少数であり、多民族・多文化を内包した[16]国家がほとんどである、という現実に気づかせてくれる機能もある。民族が複雑に入り込み、民族のモザイク状況を呈しているヨーロッパ、移民社会の南北アメリカ、オセアニア諸国、植民地時代に人為的に作られた国境で区切られた中東諸国やアフリカが示すように、多民族・多文化国家が一般的である[17]。また、現代世界において、大量の難民の流出、労働移動の増大、経済活動の世界化により、民族的に同質的な国家においても多民族社会化の圧力が強まっている。この意味で多民族社会化の圧力が日増しに増大し、国民国家の枠組み自体の変容が迫られているのが現状である。

民族問題の表出形態

　ソヴィエト連邦の崩壊以降旧ソ連および東欧圏において、民族問題が噴出し、旧ユーゴスラヴィアでは戦争状態に至った。民族自決は国家形成のいまだに有効な原理だが、一方で多民族が混住している地域にこの原理が適用されると深刻な紛争を引き起こすことが再認されたような形である。現代の民族問題は近代国家が民族を構成原理として行なわれたことの帰結であり、民族自決権はたしかに植民地解放のイデオロギーたりえたが、逆に国家をもてなかった民族、広域に離散して住む民族は固有の言語や文化を奪われ、政治的にも正当に代表されえないという状況が待っていた。それゆえ、民族の激動の底流にある諸問題に光を当て、欧米における国民国家変容の態様を明らかにしていかねばなら

ない。

　現代の民族問題は、①分離独立運動、②民族文化、非国家語の復権運動、③差別撤廃運動という形態で現れている。その背景として一つには、旧ソ連のように社会主義政権の崩壊によって、中央集権体制が崩れ、連邦共和国を構成していた15の共和国が独立したように、中央集権体制を支えていた社会主義というイデオロギーの求心力が喪失したことがあげられる。もう一つには、経済的理由がある。分離独立運動が現れている地域は、一般的に国内において周辺化し、相対的に貧しいと言える。ただ、スロヴェニア、クロアチアのように連邦内の他の相対的に貧しい共和国との関わりを忌避しオーストリアやEC（欧州共同体）諸国との結びつきを強化しようとして1991年に一方的に独立を宣言するに至った場合もある。より根源的には、国民国家形成の過程で、周辺化され自民族の文化を否定されてきたという文化的価値剥奪が民族問題の根底に横たわっている。これが、バルト三国、ベルギー（とくにフランドル地域）、ケベック、ウェールズ、コルシカ、カタルーニャ、バスクなどで分離運動や民族運動が起こった背景である。分離を求めるのではない地域主義の運動や差別撤廃運動も、社会経済的差別と文化的抑圧を背景としている。

　民族問題が国民国家の枠組みを揺るがすのは、何も多民族国家に限らず、伝統的な西欧型の国民国家にも当てはまる。1960年代から西欧の国民国家で民族主義や地域主義の運動が起こったのには、それなりの理由がある。つまり、アジア、アフリカにおける旧植民地が政治的独立を確保したのが第二次世界大戦後から50年代においてであり、アジア・アフリカにおける民族独立は西欧諸国における国内の少数民族や民族集団を刺激せずにはおかなかった。もちろん、それがフランスのように分離独立の方向をとらずに地域の経済的自立、地域言語の復権という地域主義の運動となる場合とウェールズやスコットランドのように分離運動が起こった場合とに分かれ、分離運動が起こった地域でも分離独立を綱領に掲げる政党の支持率は必ずしも高くはなかった。また、スコットランドの場合、植民地での勤務に経済的な不満のはけ口を見いだしていたのだが、植民地は徐々に独立し、60年代になってそのようなはけ口がなくなり、小さく貧しい植民地の独立がテレビその他で知られるようになり、独立への希求が明確化されたと言われる。スコットランドの場合、経済的条件も重要であり、

1973年に北海油田が発見されてから SNP（Scottish National Party：スコットランド国民党、1928年設立）の議席数、得票率が飛躍的に伸びたように、経済的自立が可能であるという認識が SNP にとって政治的に有利に作用してきたと見ることができよう[20]。このような構造はその後も変わらず、2014年には、離脱は否決されたが、スコットランドでイギリス離脱の是非を決める住民投票が行なわれる事態に至った。

多文化主義の定着

　国民国家の変容は、国民文化の揺らぎともなって現れている。国民国家の形成過程で地域、人種、民族、宗教などの多元性よりも国民としての一元性が優位に立ち、それらを基盤とした文化は国民文化のサブ・カルチャーとなってきた。国民文化の優位が変わったわけではないが、国民文化を作り出していたのが支配民族の文化であったことに反省を加え、国民国家の内部でも各民族の言語的・文化的権利を確保しようという動きが出てきた。サブ・カルチャーと国民文化との関係が変わり、国民文化自体が複合文化化、多文化化する傾向が見られるということである。

　国民国家のなかでも地域主義の高まりや外国人労働者の民族的主張が見られ、「今日では、先進諸国内のマイノリティの保護は一般化しており、同化主義はイデオロギーとしてほぼ破綻したといってよい[21]」と言われる。カナダやオーストラリアのように、多文化主義（multiculturalism）を提示し、国内に居住する少数民族の文化の尊重を積極的に打ち出してきた。そこまでいかなくとも1960年代以降の国民国家の変容は同化主義から多文化主義への移行をもたらし、サブ・カルチャーの自己表出は国民文化を変質させていると言えよう。

　西欧の国民国家の典型と見られるフランスは、伝統的に移民の多い国であり、亡命者を積極的に受け入れてきた国でもある。従来はイタリア、スペインといった近隣のヨーロッパ内の周辺諸国からの移民が多かったが、近年増大したのはアジア・アフリカ系やイスラム教徒（ムスリム）の移民・難民、外国人労働者である。フランスの文化に自ら同化してきた従来型の移民とは違って、これらの人びとは同化が困難であり、同化しようともせず、自分たちの文化を持ち込んでいる。代表的なのが、モスクの建設、街頭での集団礼拝、チャドル（ヴェー

ル）の着用といった、イスラム教徒の定住化に伴った現象である。フランスでは、地域的周辺者の言語的・文化的権利を擁護するために「相違への権利」(droit à la différence) が唱えられており、そういった脈絡で「同化なき統合」という観点から外来者の多様性を認めようという議論も強い。他方、国民戦線のように移民を排斥しようとする勢力も支持を増大させてきており、多文化化による摩擦も教育や家族制度などで生じている。

4　日本の民族問題

　日本は、長い鎖国の歴史をもち、地理的にはアジアの東の辺境に位置する島国であり、近代国家建設の出発点に当たって西欧型の国民国家をつくりやすい条件にあった。実際に、天皇制の伝統を利用しつつもヨーロッパ列強の国家体制を模倣して国民国家の形成をなした日本は、西欧諸国以上に国民国家の原理を徹底したという意味で「出藍の誉れ」であった。「和魂洋才」ということばに明らかなように、表面的には西欧文明を取り入れつつも、精神的には古来の精神文化を残存させようとした。実際には、自然村の閉ざされた意識も温存させられた。難民の受け入れ、外国人労働者や移民の受け入れが「第二の開国」の要請と言われるのは、そのような日本社会の閉鎖的な構成原理の変革を迫るものだからである。[22)]

アイヌ民族に対する侵略と同化政策

　日本政府は国内の民族問題の存在を認めようとしてこなかったが、北海道にはアイヌ民族という先住民がおり、近代以前に琉球が独自の文化を形成してきたことは歴然たる事実である。アイヌ民族は、日本の少数民族であり、同化政策により、言語を奪われ、日本人化されてきた、主として北海道、本州北部、サハリン南部、および千島列島にいた先住民である。アイヌ民族のほかにもウィルタ（オロッコ）、ニブヒ（ギリヤーク）という少数民族が北海道北部に在住しているが、地理的分布からいって重要なのはアイヌである。言語的にもアイヌ語は日本語とは違う言語であり、近代日本の徹底的な同化政策の結果、現在ではアイヌ語を日常的に話す人はほとんどいなくなった。[23)]アイヌ語には確立され

た表記体系がなく、それが言語の保存的機能を弱めているとも思われるが、アイヌ語の衰退は近代以降のことであり、それは、植民政策によって北海道を日本の一部とし、アイヌを日本国民とするために民族文化の独自の発展を徹底的に阻害してきた同化政策の帰結である。

　アイヌ民族の歴史は、和人（日本人）の侵略とアイヌの抵抗、植民化と同化の歴史だったと言える。アイヌと北進する和人とのあいだには断続的に構想があったが、それが顕著になるのは15世紀半ばごろからである。1457年に首長コシャマインの指導のもとで始まった戦いを嚆矢として、その後16世紀半ばごろまで北海道西部でたびたび蜂起したが、いずれも蠣崎家（のちの松前藩）によって制圧された。江戸時代、松前藩はアイヌとの交易権を独占し、北海道を蝦夷地と和人地に分け、アイヌを蝦夷地（アイヌ居住地）に封じ込めた。蝦夷地では、アイヌ民族は自分たちの生活を営むことを許されたが、日本語の学習は禁止された。一方、江戸幕府は、ロシアの南下政策に対抗して1799年から東蝦夷地（北海道太平洋側と千島）を直轄し、1855年からは蝦夷地を直轄し、直轄地においては一転して改俗政策をとった。つまり、アイヌ民族に日本語を教え、習俗を日本式に改めさせ、名前も日本式に変えさせ、農耕の仕方を教えた。

　近代以降は、天皇制中央集権国家の形成とともに、アイヌの全面的併合と植民化政策が推進された。明治政府は、1869（明治2）年に蝦夷地に開拓使を設置し、植民化政策を推進した。江戸時代までは北海道の内陸部はほとんど蝦夷地となっていたが、明治政府は1873（明治6）年に地租改正条例を発布するに当たって蝦夷地を無主地（持ち主のない土地）とし、1877（明治10）年の「北海道地券発行条例」では、蝦夷地を官有地に編入した。また、この条例では日本人には10万坪の土地を無償で与えたが、1899（明治32）年の「北海道旧土人保護法」はアイヌには一戸につき土地1万5千坪を貸し与えるというような内容になっていた。このような差別的な規定によって、狩猟民族であったアイヌの農耕民族化が図られるとともに、保護の名のもとに同化が強いられた。言語の禁止は、その最たるものである。義務教育では、「精神的および知的未熟さ」を理由に、歴史や地理、理科の学習が除外された（そのため、日本人の義務教育期間が6年であったのに対し、アイヌ民族は4年間であった）。また、アイヌを農耕民族化するために、授業科目に「農業」「裁縫」がとり入れられた。こうしてア

イヌ民族は、民族性を否定され、民族として生きられなくさせられた。[24]

　この「北海道旧土人保護法」は、1997年に「アイヌ文化の振興並びにアイヌ
の伝統等に関する知識の普及及び啓発に関する法律」（略称：アイヌ文化振興法）
の成立に伴って廃止されたが、新法においてもアイヌ民族は先住民とは認定さ
れなかった。2007年に国連総会でなされた「先住民族の権利に関する国際連合
宣言」を踏まえて、2008年にはアイヌを先住民族として認めることを政府に求
める国会決議が衆参両院において全会一致で可決され、政府もアイヌを少数民
族と認めるところまでには至っている。

在日コリアンに対する民族差別

　在日コリアンに対する民族差別は、これとは歴史的経緯を異にし、近代日本
の対外的な植民地政策に深く関わっている。1910年8月22日、日本は「韓国併
合に関する条約」を韓国政府に結ばせ（韓国併合）、その後1945年8月15日の
敗戦まで35年間朝鮮を植民地支配した。1937年7月7日の盧溝橋事件をきっか
けとして、日本は中国との全面戦争に入り、戦時産業を支える労働力を必要と
したため、1938年4月に「国家総動員法」を公布し、それと同時に内務・厚生
両次官通牒「朝鮮労務者内地移住に関する件」を朝鮮総督府に伝達し、炭鉱・
鉱山への強制連行が始まった。

　1941年12月に太平洋戦争が始まると、42年2月の閣議決定「半島労務者活用
に関する方策」により、鉄鋼、土木事業その他へも強制連行の範囲が拡大した。
内務省警保局統計で1939年ぐらいから在日朝鮮人人口が急速に増えているのは
そのためである。敗戦時には二百数十万人に達していた朝鮮出身者は、短期間
のうちにその多くが故国に戻った。終戦当時の本土にいた朝鮮人のほとんどは
1939年以降労働力として強制的に日本に連れてこられた人びとである。もっと
も、強制連行されてきた人びとはほとんど戦後いち早く母国に戻り、日本に残
留した人びとはそれ以前に仕事を求めて日本に来た人びとだと見られる。ただ、
彼らにしても1910年に始まる植民地支配によって土地を奪われ、生活苦から日
本に来た人びとがほとんどである。講和条約発効直前の1952年4月19日に法務
府（現・法務省）民事局長通達によって、一方的に日本国籍を奪われた。戦後、
国籍選択が検討されていたが、冷戦の激化という背景のもとこの方針は変えら

れ、日本国籍剥奪の「理由はもちろん、在日朝鮮人の日本国籍を剥奪し、外国人の国籍にしたほうが、日本から追い出しやすくなり、在日朝鮮人を管理しやすくなるからである[25]」。

在日コリアンの人権問題は、民族差別と外国人差別が合わさっており、さまざまな差別との闘いとして発現している。そのうち、1985年に「燎原の火」のように広がった指紋押捺拒否運動は、外国人登録法に違反する行為であった。在日外国人の指紋押捺が義務づけられたのは、この法律によってであり、その背景には朝鮮戦争当時の治安当局の意向があったとされる。指紋押捺制度の問題性は、制定の経緯や運用の実際から明らかなように、在日外国人を潜在的な犯罪者とみなすような仕方で管理していることと外国人だけに指紋を押させていたことにある。指紋押捺拒否は、外国人登録法という特定の法に自覚的に違反する行為であり、市民的不服従の事例だと言えよう。

在日コリアンは、このような歴史的経緯を無視した法的地位規定の問題に限らず、日常的な民族差別を受けてきた。彼らは、就職差別、民族教育に対する抑圧など、日常生活における差別に直面している。しかも、公務員への就職の場合、国籍条項という形で差別が合法化されているところに問題がある。在日二世、三世の人たちは、植民地時代の不幸な過去を背負った人びとの子女として日本で生まれ、日本語を母語としているにもかかわらず、日本国籍をもたぬがゆえに外国人として法的に不平等な状態に置かれている。帰化は同化を意味し、民族性の否定につながるので、多くの人のとる道とはなりえなかったのである。

在日コリアンによる差別撤廃運動が彼らの法的地位や社会的状況を改善したことは確かである。しかし、冷戦状況のなかで国際情勢によって国民意識が影響を受けてきたことも事実であり、在日コリアンがヘイトスピーチの標的にされるという現実もある。在日朝鮮人→在日韓国・朝鮮人→在日→在日コリアンというように呼称は変遷してきた（以前の呼称が使われなくなったわけではない）。在日韓朝鮮人という呼称の提案がなされたり、在日コリアンという呼称が使われるようになったのは、民族のなかでの分断を避けようという意図からである。氏名にせよ、民族名にせよ本人が使っている名称を尊重すべきであるが、歴史に翻弄されてきたという現実を直視することが不可欠である。

表 2　差別の重層性

・外国人差別——人間を内（自国民）と外（外国人）に分け、異（い）なるものを排除する
　　　　　　　意識、身内意識の裏返しとしての排外主義、法的には国籍による差別（国
　　　　　　　籍差別）として現れる。
・民　族　差　別——アジアの他民族に対する差別意識
・法　的　差　別——外国人登録法、出入国管理及び難民認定法
・社会的差別——就職差別、入居差別、結婚差別など

近代日本の構造的矛盾

　日本の民族問題は、日本の国家形成のあり方にその根がある。もとより近代
日本は、天皇を中心に据えた国家形成がなされたが、民族文化や地域文化の多
元性を否定しつつ、上からの作為によって国民を形成していったところに問題
が潜んでいる。国民は天皇の赤子として天皇制イデオロギーに教化されたので
ある。日本は西欧諸国以上に中央集権的で同質的な政治社会を形成した。近隣
諸国を植民地化し、植民地では皇民化政策を推し進め、軍事侵略へ突き進んで
いく戦前の日本は、近代国家形成の歪みを集約的に表していると言えよう。

　戦後においても、単一民族国家の言説が流布されたように、民族中心の歴史
意識、国家観は根強く、危機や脅威が煽られると、ナショナルな意識が高まる
という歴史を繰り返してきた。近代国家の根本的矛盾とは、民族を軸に国家を
構成しようとすると、必然的に少数民族を周辺化するところにある。そこから
差別・抑圧の構造が生まれるのだが、日本の場合、集権的な国家形成の歴史が長
かったため、多民族・多文化の社会をつくっていくには課題が多い。時間はか
かっても、同化主義政策や単一民族志向を克服し、分権型で自治型の社会を形
成していくなかで、個人個人が分け隔てなく交流できる社会を形成していく必
要がある。

1）　イェリネックは、『一般国家学』（1900年）のなかで国家の3要素として、領土、国民、
　　国家権力をあげ、国家権力の特性として主権をあげている（G. イェリネック『一般国家学』
　　芦部信喜ほか訳（学陽書房、1974年）323-409頁参照）。
2）　福田歓一「国民国家の諸問題——現代における政治社会論のために」（1976年）、福田
　　歓一『デモクラシーと国民国家』加藤節編〔岩波現代文庫〕（岩波書店、2009年）所収、
　　101-102頁参照。
3）　Hannah Arendt, *The Origins of Totalitarianism*, Third edition（Harcourt Brace &

World, 1966）, p. 270.

4）　福田歓一「民族問題の政治的文脈」(1988年)、『デモクラシーと国民国家』所収、182頁。

5）　伊東孝之「ソ連の民族と日本の民族（上）」『現代の理論』(1984年 5 月号) 33頁参照。

6）　大江志乃夫『徴兵令』〔岩波新書〕(岩波書店、1981年) 24-30頁参照。

7）　「ソ連の民族と日本の民族（上）」39頁参照。

8）　同上、41頁参照。

9）　色川大吉『明治の文化』（岩波書店、1970年）316-317頁参照。

10）　通常、政治的社会化の担い手とされるのは、家族、学校、同輩集団、マスメディアで
ある。

11）　R. ドーソン、K. プルウィット、K. ドーソン『政治的社会化』加藤秀治郎、中村昭雄
ほか訳（芦書房、1989年）209頁。

12）　橋川文三『ナショナリズム』〔紀伊國屋新書〕(紀伊國屋書店、1968年) 19頁。

13）　梶田孝道『エスニシティと社会変動』（有信堂、1988年）230-231頁参照。

14）　同上、19頁参照。

15）　竹沢泰子「人種概念の包括的理解に向けて」、竹沢泰子編『人種概念の普遍性を問う
──西洋的パラダイムを超えて』（人文書院、2005年）所収、17頁。

16）　浦野起央「世界165ヵ国のエスニック区分と紛争の事例」、ダブ・ローネン『自決とは
何か──ナショナリズムからエスニック紛争へ』浦野起央、信夫隆司訳（刀水書房、
1988年）付録、226-318頁参照。

17）　岡部一朗『多民族社会の到来』（御茶の水書房、1991年） 4 頁参照。

18）　本山美彦『豊かな国、貧しい圏──荒廃する大地』(岩波書店、1991年) 213-217頁参照。

19）　James G. Kellas, *The Politics of Nationalism and Ethnicity* (Macmillan, 1991), p. 70参
照。

20）　『自決とは何か──ナショナリズムからエスニック紛争へ』116-125頁参照。

21）　梶田孝道「「多文化主義」のジレンマ──選択肢は何か」『世界』(1992年 9 月号) 49頁。

22）　インドシナ難民の到来および1982年の難民条約加入が「黒船」となって、国民年金法
の国籍条項の撤廃など在日外国人の法的地位も向上した（田中宏『在日外国人──法の壁、
心の溝 ［第三版］』〔岩波新書〕(岩波書店、2013年) 161-186頁参照）。

23）　ジョン・マーハ「アイヌ語の復活」、ジョン・マーハ、八代京子編『日本のバイリンガ
リズム』（研究社出版、1991年）所収、149頁参照。

24）　新谷行『アイヌ民族抵抗史』（河出書房新社、2015年）168-192頁参照。

25）　金 太基『戦後日本政治と在日朝鮮人問題──SCAP の対在日朝鮮人政策1945〜1952年』
（勁草書房、1997年）728頁。

【文献案内】

福田歓一『デモクラシーと国民国家』〔岩波現代文庫〕加藤節編（岩波書店、2009年）は、
「国民国家の諸問題──現代における政治社会論のために」(1976年) など、同時代の政治現
象を原理的・歴史的に捉えた論考を収録している。著者は、国家論を政治社会論として再構
築することを試みている。ベネディクト・アンダーソン『想像の共同体──ナショナリズム

の起源と流行』〔増補〕白石さや、白石隆訳（NTT 出版、2001年）は、ネイションを「想像の共同体」（imagined community）と捉え、「想像の共同体」が形成されていく条件として出版資本主義（print capitalism）をあげるなど、ナショナリズムの起源について説得的な説明をしている。これとは対照的に、谷川稔『国民国家とナショナリズム』（山川出版社、1999年）は、歴史学者による国民国家論であり、アンダーソンの『想像の共同体』の批判的考察という側面を含んでいる。小熊英二『単一民族神話の起源──「日本人」の自画像の系譜』（新曜社、1995年）は、近現代の思想家の著述の読解をとおして日本は単一民族国家だという言説がどのように構築されていったかを丹念に辿っている。伊東孝之「ソ連の民族と日本の民族」（上）（下）『現代の理論』（1984年5月号、6月号）は、民族と国民の概念の違いを明確化している。

　Hannah Arendt, *The Origins of Totalitarianism*, Third edition（Harcourt Brace & World, 1966）は、政治現象を思想的に分析しうることを示した記念碑的著作であり、第2部「帝国主義」のなかで国民国家についての原理的考察を展開している。James G. Kellas, *The Politics of Nationalism and Ethnicity*（Macmillan, 1991）は、第二次大戦後の国民国家内での民族問題の背景について分析している。橋川文三『ナショナリズム』〔紀伊國屋新書〕（紀伊國屋書店、1968年）は、ナショナリズムについての古典的著作であり、愛国心と郷土愛の違いを明確化している。タブ・ローネン『自決とは何か──ナショナリズムからエスニック紛争へ』浦野起央、信夫隆司訳（刀水書房、1988年）は、現代の民族問題の基層を概説している。梶田孝道『エスニシティと社会変動』（有信堂、1988年）は、エスニシティの概念とその動態について、社会学の視点から明らかにしている。竹沢泰子「人種概念の包括的理解に向けて」、竹沢泰子編『人種概念の普遍性を問う──西洋的パラダイムを超えて』（人文書院、2005年）所収は、人種概念について社会科学の諸分野から検討を加え、人種概念が民族やエスニシティの概念によって置き代わった側面があることを明らかにしている。

　新谷行『アイヌ民族抵抗史』（河出書房新社、2015年）は、アイヌ民族の苦難の歴史を辿っている。『増補　アイヌ民族抵抗史』（三一書房、1977年、初版は1972年）を底本としている。上村英明『新・先住民族の「近代史」──植民地主義と新自由主義の起源を問う』（法律文化社、2015年）は、先住民の問題を植民地主義の視点から捉えなおしている。田中宏『在日外国人──法の壁、心の溝［第三版］』〔岩波新書〕（岩波書店、2013年）は、在日外国人の人権に関する実践活動をもとに日本の法制度や日本社会の問題を論じ、明確な主張を込めた記述をしている。金太基『戦後日本政治と在日朝鮮人問題──SCAP の対在日朝鮮人政策1945〜1952年』（勁草書房、1997年）は、占領期の日本の旧植民地民に対する政策を精査し、1952年に在日朝鮮人が国籍を一律に奪われた背景を明らかにしている。神奈川新聞社社会部編『日本の中の外国人──「人さし指の自由」を求めて』（神奈川新聞社出版局、1985年）は、指紋押捺制度と指紋押捺拒否運動の実態を伝えている。寺島俊穂『市民的不服従』（風行社、2004年）は、指紋押捺拒否運動を市民的不服従の事例として考察している。

第6章

主権と国家——国家主権と国籍条項

1　主権の概念

　主権概念は、絶対主義から近代国家が引き継いだものであるが、近代政治哲学の構築物の一つであることは間違いはない。主権は、近代国家建設に必要な概念であった。主権は、トマス・ホッブズに見られるように、混沌から秩序を導き出す概念であったが、政治が人間の作為の対象となることによって、国家は有機体から機構に変わり、人間が作り、作り変えることのできる装置になったのである。主権概念は、国家主権（対外主権）と国民主権（対内主権）に分化していくことになるが、双方に共通しているのは、一つの集合的意思によって政治体を動かしていくという動態原理としての主権概念である。国籍による差別はなぜ生じるのか。近代国家が重国籍を認めたがらないのはなぜか。本章では、これらの問題は、主権概念と密接に関わっている問題だということを明らかにしたい。

主権概念の二重性

　主権概念において、国民主権は国家主権と表裏一体となっていた。「主権概念は、近代中央集権国家がフランスではじめて成立する過程において、君主の権力が、国内的には封建領主・自由都市に対して最高性を有すること、国外的には神聖ローマ皇帝・ローマ法皇に対して独立性を有すること、を基礎づける政治理論として主張されたもので、この国家権力の最高独立性（主権性）が、主権概念の本来の意味であった[1]」。つまり、主権は、対外主権と対内主権という二つの意味をもち、対外主権は、他のいかなる権力主体からも意思形成にお

いて制限されず独立していることを意味し、対内主権は他のいかなる権力主体
にも優越して最高であることを意味する。主権の適用範囲は異なるが、「最高
独立性」という性格は同じである。基本的に「主権の観念は、政治的共同体に
おいて最終的で絶対的な政治的権威があるという観念」である。

　しかし、これはあくまで国内での秩序維持に関するものであり、主権が対外
的に果たしてきた機能というのは、国際社会において共通の政治的権威が存在
しないために、これと同じではない。国際社会には主権相互の尊重という原則
はあったが、一つの主権が存在しないので、戦争自体は正当化されてしまうこ
とになる。主権は内戦を終結させ、平和をもたらす原理であったが、それは一
国内に限られ、主権平等の原則によって成り立つ国際システムにおいて主権は
戦争を下支える原理として機能する。近代国家システムは戦争を合法化・正当
化する戦争システムだということが、克服すべき問題である。

　実際には、対外主権の意味での主権である国家主権は、地球社会が相互依存
を増すなかで、条約、国連、国際世論などさまざまな制約を受ける度合いが強
まっており、主権の機能自体相互依存的になっており、戦争も国際世論、国内
世論の支持なしに継続することは難しくなっている。移民や難民の受け入れ、
人道的介入などに見られるのは、国家主権が体現する共同体的価値と人権の尊
重という普遍的な価値との衝突であり、地球社会が相互連関を増すなかで、国
家主権自体が制約されてきている。

国民主権の概念

　一方で、国民主権というのは、対内主権の一つのヴァリエーションにすぎな
い。というのは、主権とはある一定の領域内に最高絶対の権限の基盤として想
定されたものであり、国民主権とは国内的には国民が主権者だと言っているの
にすぎないからである。

　国内的に言えば、たとえば17世紀イギリスの市民革命期に主権が問題になっ
たコンテクストは、誰が主権者か、つまり、最高絶対の権威の保持者は誰かと
いうことであった。君主主権、議会主権、人民主権という議論は、主権者に関
する議論である。国内では民主主義を採用することによって、誰が主権者であ
るかという議論は意味がなくなった。つまり、理念的には民衆が民衆を支配す

るのが民主主義であり、そこでは主権者は民衆としての国民自体だからである。国民主権が君主主権と人民主権の中間的形態として措定された妥協的概念だとしても、ここで見落としてならないのは、国民ということばを使うことによって自国以外のすべての国を意識していくことになるという側面である。というのも、国民形成は、国家間システムの形成との相互作用のなかでなされていくのだからである。

　近代国家システムは、戦争システム（戦争を前提とするシステム）であり、国民形成に大きな役割を果たしてきたのが戦争である。戦争は国民を一つにまとめあげ、戦場へと動員する。銃後にいる者も、戦争遂行の義務を果たす。イギリスで女性に選挙権が与えられたのが、第一次世界大戦後で、大戦中の徴用というかたちで戦争協力したことへの見返りだったことが示すように、市民権の獲得は国家への貢献と交換関係にあった。「市民」とは「ナショナルな市民」として形成されてきたのであり、「市民的諸権利の獲得が同時に、国家の支配領域の拡大であった点」が、決定的に重要である。[4] 国家は国民を保護し、その保護は国外にも及ぶが、この場合、国民が国籍保持者であることは言うまでもない。外国に在住する自国民を保護することが、武力介入の正当化理由になることもありうる。人権自体は普遍性をもつわけだが、戦争や国益追求においては国家と精神的に一体化し、進んで奉仕する国家構成員としての国民が必要となる。そのさい国家に個人を結びつけておく絆が国籍なのである。

2　外国人の人権制限

　主権概念と人権概念が衝突する一つの側面に外国人の人権がある。外国人の人権が制限されているのは、どのような理由によるのか、また、それは正当なのか。通常、外国人は国籍所有者としての国民に入らないからと考えられているが、国家主権にこそその根本的理由があるとことを論証したい。

国籍条項とは何か

　国籍条項とは、「日本国籍でないことを理由に在日外国人をいろいろな権利から締め出す制度」[5] のことであり、公務員試験の受験要項に「日本国籍を有し

ない者」は除外すると明記されている場合と法律の条文上「国民」と書かれているところを日本国籍保持者に解釈することによって実質的に外国人を除外する場合とがある。では、外国人の人権はなぜ制限されているのだろうか。

　外国人の人権に関しては憲法や行政法で取り扱われてきたが、ここでは近代国家の構成原理との関わりのなかで論じてみたい。国民概念自体も見直しが図られており、公法上の定義にまでは及ばぬものの、1982年に難民条約に加入したことを契機に国民年金法などでは「国籍条項」から「居住条項」への転換が見られた。おそらく、国民一般の意識でも、日本で生まれた人、日本に定住している人を日本人と意識することは多いと思われる。しかし、依然として法律上は国籍によって国民と外国人を分けることが多いのは事実である。

人権制限の理由

　基本的人権は、「権利の性質上日本国民のみを対象としていると解されるものを除き」外国人に対しても等しく及ぶとされる。(マクリーン事件最高裁判決、1978年10月4日)。外国人の人権が制限されているのは、主として、①入国、再入国の自由、②公務就任権、③参政権、④社会権である。それぞれの理由としては次のような事柄があげられている。

　①入国、再入国の自由は、国際慣習法上、国家の自由裁量によって決定しうるというのがその根拠になっている。ただし、この場合、入国と再入国が同等に制限されるわけではない。在留資格が認められている期間は、再入国できるのが通例である。その場合でも、すべてが認められるわけではないが、学説では、再入国の入国は在留地(居住国)への入国であり、新規の入国とは異なるので、「著しくかつ直接にわが国の利益を害することのない限り、再入国が許可されるべき」という見解が有力になってきた。

　②公務就任権は、特別職公務員である国および地方公共団体の議員および長、外務公務員については法律で外国人の公務就任権を制限している(公職選挙法第10条、外務公務員法第7条など)。一般公務員については、1953年に示された「当然の法理」(「公権力の行使」や「国家意思の形成」には外国人は携われないとする内閣法制局見解)によって制約されているが、国公立大学においては外国人教員の採用が「国公立大学における外国人教員の任用等に関する特別措置法」(略

称：外国人教員任用法）によって1982年から可能になり、地方公務員については1973年に兵庫県、阪神間の芦屋、西宮、尼崎、川西など６市１町が一般事務職・技術職の国籍条項を撤廃し、1979年に大阪府の八尾市で一般事務・技術職の国籍条項を撤廃するなど、市町村レベルでは70年代から一般職での国籍条項撤廃が始まった。1991年には兵庫県、神奈川県、大阪府、東京都において都府県および政令指定都市以外のすべての市町村で国籍条項が全廃された。1992年には大阪市、神戸市、横浜市、川崎市が一般職に「国際」「経営情報」などの新しい職種を設置し、外国人の任用可能な職域を拡大した（大阪方式）。1996年５月に川崎市が政令指定都市でははじめて、昇進のうえでの制限は設けたものの消防職を除く全職種で国籍条項の撤廃を決めた（川崎方式）。国籍条項撤廃の動きは広まっており、1997年には、都道府県政令指定で都市でも、新たに神奈川県、高知県、横浜市、大阪市、神戸市が一般事務職の国籍条項撤廃を表明した。

　③参政権については、公職選挙法第９条、地方自治法第11条などで、「日本国民」であることが参政権者の要件とされ、外国人は制限されている。「国民主権原理」から参政権は認められないのが当然というのが学界の大勢だったが、近年定住外国人にも選挙権を認めるべきだという主張が強まっている。とくに地方参政権については、憲法で住民自治の原則が定められている（憲法第93条２項）ので、定住外国人にも認めてもよいのではないかという説が強まり、最高裁も定住外国人の地方参政権について「憲法上禁止されて」おらず、「専ら国の立法政策に関わる事柄」だという判断を示して注目された[9]（1995年２月28日、金 正 圭地方選挙権訴訟判決）。

　④社会権については、国籍条項によってさまざまな社会保障から在日外国人は除外されたが、1965年の日韓条約締結に伴う法的地位協定によって協定永住資格をもった人は生活保護が受けられるようになり、国民健康保険にも入れるようになった。70年代には、市民運動の高まりのなかで児童手当の支給、公営住宅への入居の権利を勝ち取り、75年には日本育英会の国籍条項が取り消され、1979年に国際人権規約を批准したことにより住宅金融公庫、公団住宅などの国籍条項も解除された。1982年に難民条約が発効したことから、児童扶養手当、特別児童扶養手当、児童手当などの国籍条項も取り払われた。国民年金にも入れるようになった（加入のための経過措置をとらなかったために適用除外という

ことが起こり、地方自治体が独自の救済制度を作った）。戦後補償に関しても、在日外国人は被爆者関係二法を除いて国籍を理由に一切の援助から締め出されているのが現状である。

　外国人の人権制限は、各国に共通する問題でもあるが、日本に特有なかたちで現れているものもある。本章では、そのうち参政権と公務就任権を取り上げ、それらの人権がなぜ外国人に対して制限されているのかについて考察していきたい。そのさい、日本に特異な問題と各国に共通の近代国家システムに関わる問題という二つの側面からアプローチしていきたい。日本に特異な問題としては、旧植民地出身者に対する処遇、日本の行政権力の特性、政府および社会の同化主義があげられる。

3　国籍による差別

　日本において在日コリアンという民族的マイノリティが存在し、戦後70年以上が過ぎ、日本に生まれ、育った二世以降がほとんどを占めるようになっても、その多くが日本国籍を取得せずに在住するという特異な現象は、戦後日本の旧植民地出身者に対する立法、行政上の措置と密接に絡んでおり、歴史的考察を抜きにしては理解しえない問題である。近代国家システムに関わる共通の問題としては、国家主権、国民主権、国籍があげられ、これらの連関のなかで理解していく必要がある。

国民主権と国家主権

　選挙権および被選挙権が外国人に認められないのは、現行の公職選挙法および地方自治法が「日本国民」であることを要件とし、「日本国民」たる要件は国籍法で「日本国籍保持者」とされるからである。その理由としては、外国人に選挙権を認めることは国民主権原理に反するということがあげられているが、ここでは国民主権よりもむしろ国家主権にこそ外国人の権利制限の決定的理由が潜んでいることを論証していきたい。

　従来、憲法学においては憲法９条に比べて外国人の人権については関心が希薄で、「公務員の選定・罷免権に至っては、国民主権の原理の帰結であり、そ

うした参政権の保障がもっぱら日本国民に対してなされるべきことは、ことの性質上、きわめて当然である[10]」というのが通説になっていた。しかし近年、定住外国人にも選挙権を認めるべきだという主張が強まり、地方参政権については認めるべきだという見解が学界でも有力説になりつつあるが、いまだに国政レベルでは選挙権を認める学説は少数説である。

　判例でも、参政権を保障されるには「国家を構成する一員であることが必要」であり、「国家を構成する者」を国民とみなし、憲法第10条の「日本国民たる要件は、法律でこれを定める」という規定から、日本国民を国籍法における「日本国籍を有する者」に限り、日本国籍を有しない外国人については地方公共団体についての「選挙権を憲法が保障していると認めることはできない」（1993年6月29日、地方参政権訴訟大阪地裁判決[11]）となっていた。その後、先に述べたように、1995年2月28日の最高裁判決では「永住者等」の地方参政権は、憲法が保障しないものの、立法政策の問題とし、法律改正により地方選挙権の導入が可能だということを示唆して注目された。しかし、依然として国政参政権からは在日外国人は排除される論理に変わりはなく、地方参政権を定住外国人に認めるか否かの議論も、住民自治を規定した憲法第93条2項の「住民」が国籍保持者に限られるのかどうかという点にあるのだから、国民＝国家構成者＝国籍保持者という等式がどのように形成されたのかを検討する必要がある。

　国家を構成するという行為は、社会契約論的発想である。国民主権という概念自体はフランス革命の過程で出てきた概念である。ルソーの『社会契約論』では人民主権が唱えられていたにもかかわらず、フランス革命の過程で国民主権となったのは、人民（le peuple）には下層の民という意味が含意されておりそれを避けたかったのではないかということと、国民代表というかたちでの「代表制」の導入と「国民」を形成しようという政治的意志による。ここで人民と国民の違いに触れておけば、人民が「一定時点における〈市民〉の総体を意味する。したがって、人民の意志は全市民によってしか確定されないし、主権が人民に帰属している場合には、主権は全市民の参加によってしか行使されないことになる」のに対し、国民（nation）は「一つの抽象的存在」である。1791年フランス憲法第3篇前文第1条では、「主権は国民に属する。人民のいかなる部分も、またいかなる個人も、主権の行使を簒奪することができない」とさ

れるが、ここでいう国民は、国籍保持者のすべてを含み、過去・現在・未来の国民を含む存在と考えられた[12]。そのような存在としての国民は観念的なものである。この「国民」に外国人を含ませることは困難だというのは、国籍によって国家とその構成員との紐帯を確保しようとしているからであり、国籍自体、近代以前ではほとんど重要性をもたず、「近代国家が誕生した18世紀末から19世紀にかけて成立したものである[13]」。

　ところで、封建社会は基本的には地縁的共同体であった。近代国家は、「民族共同体を中核とするという点において、血縁共同体としての性格をもっている」とされ、また、「国土を基礎とするという点で地縁共同体としての性格をもっている」とされる[14]。封建国家では生地主義がとられていたが、「18世紀末から19世紀初頭のヨーロッパにおける、民族主義的思想は、封建社会を支えた地縁的つながりよりも、〈民族〉としての血縁的つながりを重視する血統主義の国籍法制を生み出すことになったのである（逆に、移民社会のアメリカでは出生地主義が採用されることになった）[15]」。

　ナショナリズムが国家と個人とのつながりを強固にしたという点では、生地主義をとる「移民国家」のアメリカも同じである。アメリカでは、アフリカ系住民や女性に対してよりも外国人の人権に対して寛容であり、外国人の参政権を認める州も多かった。植民地時代から外国人に一定の要件を充たせば選挙権が認められ、独立後も外国人の選挙権は存続した。外国人の選挙権の承認は州レベルにとどまらず、連邦レベルにまで及んでいた。しかし、1812年からの米英戦争でナショナリズムが高揚すると、外国人の選挙権を認めなくなる州が多くなった。しかし、ウィスコンシン州で1848年の憲法で「帰化を宣言した外国人」（ただし白人男性）に選挙権を認めたのを皮切りに、移民誘致のため他州でも帰化を宣言した外国人に選挙権を認めるところが出た。19世紀終わりまでには、「州または連邦領のおよそ半分が外国人の選挙権を認めたことがあり、そのうちいくつかは半世紀以上も認め続けていた[16]」が、移民の規制が強くなるにつれて外国人の選挙権も減少していき、外国人の選挙権を禁止する州も出、第一次世界大戦の勃発によって「対外的には孤立主義が消滅し、国際社会の一員としての認識が強くなる一方、外国人に対する選挙権の承認は急速に廃止され、とうとう1928年以降は地方レベルにおいてさえも外国人の選挙権は認められな

くなっている[17]」というように、外国人選挙権の廃止はナショナルな意識の高揚によるのである。

国民概念の揺らぎ

　国民＝国籍保持者という観念自体、歴史的形成物であり、また、常識的に考えても国籍保持者の総体よりも国境で区切られた一定の領域に居住する人びとの総体として国民を定義した方が論理的だと思われる。そのような意味で、憲法学において国民概念に検討を加える学説も出てきたことは注目に値する。それは、「〈国民主権〉という場合の〈国民〉が、はたして日本国籍保持者という意味での〈国民〉に限られるのかどうか、ということである[18]」という視点からの検討である。「法律上の用語としての〈国民〉は、日本国籍保持者を意味する場合もあれば、広く日本の統治権に服する者、日本に住む者を意味する場合もあるのであって、憲法でも法律でも、〈国民〉と書いてあるからそれは日本国籍を有する者のことであって外国人を含まない、と簡単に言ってしまうわけにはいかないのである。とすれば、〈国民主権〉だから当然外国人を含まない、という論理も、そう簡単には成り立つものではないはずである[19]」。たしかに、たとえば、行政不服審査法第1条の不服申し立ての権利を与えられている「国民」や、大気汚染防止法第1条の「国民の健康を保護する」というときの「国民」が日本国籍保持者に限らないように、法律の条文によっては、外国籍の者も国民に含めて使われる場合があることは事実である。しかし、「国民」概念の幅は認められるものの、法的に国民を定義する場合、国籍保持者と定義するかどうかは別にして、その中核には自分が構成員となっている国家への帰属があるのと思われる。したがって、問題はむしろ、なぜ国家が二重国籍を認めたがらないのか、そもそも国籍にはどのような機能があるのかということにある。

国家への忠誠の有無

　このような問いに答えるには、国籍概念の本質に迫らなければならない。「国籍は、最も一般的な関係において、人を特定の国家に属せしめる法的な紐帯であり、人は国籍によって特定の国家に所属し、その国家の構成員となる[20]」と定義される。国籍という概念に隠されているのは「忠誠義務」であり、これこそ

近代国家が封建君主国から継承したものである。国王に忠誠を誓う者が国王の臣民（subject）であり、近代国家において臣民は国民に置き換えられ、忠誠の対象は抽象的な国家に置き換わった。国家が国民に最も忠誠を要求するのは戦争のときである。近代国家システムは戦争システム——国家間の戦争が合法化、正当化されるシステム——として形成されたのであり、国籍概念は主権概念と結びついているのである。

　したがって、なぜ外国人には国政レベルでの参政権が認められないのか、国家はなぜ重国籍を認めようとしないのかということは、国民主権よりむしろ国家主権に関わる問題である。ヨーロッパにおける議論で、国政参政権の付与で一番問題になったのは、「安全保障上のリスク」（security risks）であり、議会の構成員として「機密情報にアクセスでき、国家の安全と防衛にとって重大な審議や決定に参加すること[21]」である。二重国籍を認めるかということに関して最も問題になったのは、兵役義務の問題である。「市民は〈国家〉への〈忠誠〉義務（Treuepflicht）を負う。二重国籍はふつう、誰も二人の主人に仕えることはできないといって批判されてきた。このことは、どの主人も絶対的服従を要求するということを意味している[22]」という問題状況である。

　つまり、忠誠と服従を要求する主権国家の論理によって、定住外国人、二重国籍者は、忠誠において自国民より一段劣ると見られ、国民と外国人という二分法的な扱いを生み出すこととなったということである。国民と外国人を分ける決定的な理由は、戦争システムとしての近代国家システムにある。外国人の人権がとくに国家統治に関する事柄で制限されているのは、このような事情による。

主権概念の意義と限界

　主権論は宗教戦争や内乱の混乱のなかからどのように秩序をつくり出すかという問題関心に触発されて構想され、主権とは、無秩序から秩序を生み出す原理として考案された概念であり、もともと無制約的なものではなかった。むしろ、多元的な権力主体による暴力行使を、暴力手段を統治機構に一極集中させ、主権者自体を法によって統制するという二重の仕組みによって国民の安全を確保しようというのが、主権論が目指したことである。たしかに、「この概念が

本来意味しているのは、およそ社会が存在しまた少なくとも効果的に機能するためには、政治社会において究極的な権威が存在しなければならないということ[23]」であり、国家の行動の無条件的肯定ではない。

　しかし、これはあくまで国内での秩序維持に関するものであり、主権が対外的に果たしてきた機能というのは、国際社会において共通の政治的権威が存在しないために、これと同じではない。国際社会には、主権相互の尊重という原則はあるが、一つの主権が存在しないので、戦争自体は正当化されてしまうことになるからである。戦争を合法化・正当化している戦争システムは人類社会の最大の矛盾であり、根本的に克服していかねばならない。条約や協定による平和は、永続的なものではないことは確かであり、近代国家が確立していくにつれ、平和の課題は、むしろ主権国家システムの矛盾を克服して戦争のない世界をどのように実現していくかに移っていった。

4　外国人の人権制限撤廃への道

　日本政府が公務就任権で持ち出してきた「当然の法理」も、結局のところ主権国家の論理に支えられており、主権国家を支えているのは国家官僚の意識である。というのも、占領期の国家官僚の公務員観に見られたのは、「これらの者は国家に対し忠誠を誓い一身を捧げて無定量の義務に服し得るものであることを要すること[24]」という滅私奉公の要請であり、「天皇の官吏」であった戦前と実質的に変わらない意識である。もちろん、日本国憲法のうえでは、公務員は「全体の奉仕者」（第15条）になったわけだが、戦後も一貫して法務担当官僚に見られたのは、主権国家、国民国家という近代国家の構成原理を価値のうえでの暗黙の前提とする姿勢だった。

国籍に潜む問題

　近代国家の論理からすれば、国家に対する忠誠の度合いで外国人と自国民を分ける発想は厳然として存在し、外国人は戦争のときには忠誠を期待できず、日常的にも潜在的な敵国人であるから自国民よりも一段と厳しく管理する必要があるということになる。日本に限らず一般的に、こうした主権国家の論理に

包摂されるかたちで国民が形成され、国家への帰属、すなわち国籍によって法的に外国人を差別するシステムが形成されたのだと言えよう。

　しかし、日本の場合、憲法で国家主権の行使である交戦権を否定しているわけだから、論理的に言えば、ほかの国においても外国人の公法上の権利が制限されているからといって、制限できることにはならない。近代の主権国家とは違った国家のかたちを目指すべきであった。しかし、現実には行政と司法はともに、主権国家の発想から抜け出すことができず、「国家への忠誠義務」を当然のこととしている。国家への忠誠が最も要求される戦争を放棄する憲法上の規定があるにもかかわらず、主権国家の論理に固執するのは、明らかに矛盾している。

　近代国家の構成原理のうち国民国家は人口移動の増加による多民族社会化の圧力によって、国家主権は EU に見られるようなブロック化による主権の共有によって挑戦を受けている。このような変動の最先端にあるのがヨーロッパである。EU ではヨーロッパ市民権という共通の市民権が実現途上にあり、二重の市民権や二重国籍が拡大傾向にある。また、永住市民権と訳されるデニズンシップという概念[25]が打ち出され、定住外国人に地方参政権など市民権を与える動きが広がっている。もちろん、域外の外国人に対する排外主義的傾向も出てきているが、ヨーロッパのなかにおいて国境の壁が取り外され、定住外国人の市民権も拡大してきたことは事実である。

　西ヨーロッパ諸国では、移民労働者の増加によって定住外国人が増え、これらの人びとにも地方参政権などを与える国が出てきた（アイルランドは半年、スウェーデンは3年の滞在期間で）。ハンマーは、このような現象を「3つのゲートの理論」で説

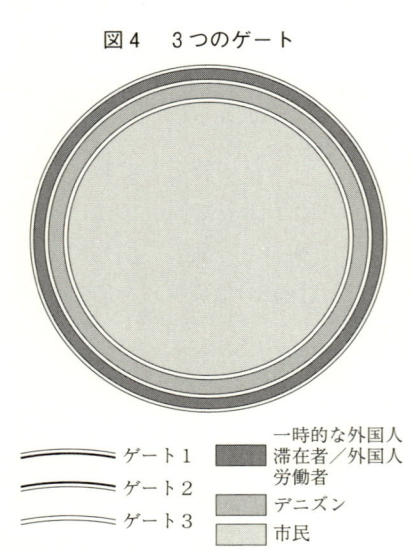

図4　3つのゲート

ゲート1
ゲート2
ゲート3

■ 一時的な外国人滞在者／外国人労働者
▓ デニズン
□ 市民

出所）Tomas Hammar, *Democracy and Nation State*
　　　(Avebury, 1990), p.17.

明している。第1のゲートは、短期滞在を許可するゲートで、季節労働者や外国人労働者はこのゲートを通過する。第2のゲートは長期滞在を認可するゲートであり、このゲートを通過すれば、かなりの程度、社会経済的諸権利が認められる。この部分の定住外国人をデニズン（イギリスで、国王に長期滞在を許され、種々の特権や市民権の一部が与えられた外国人を denizen と呼んだことに由来する）と呼ぶようになっている。第3のゲートは市民（国民）になるゲートであり、市民権を獲得（国籍を取得）すれば、国民国家のフルメンバーになる。[26]

　しかし、このようなヨーロッパの状況は、必ずしもそのまま日本に当てはまるわけではない。日本の場合、在日外国人の数において、2008年に在日中国人に抜かれるまで最多であった韓国・朝鮮籍の在日コリアンは、移民労働者としてやって来たわけではなく、アジア太平洋戦争期に強制連行されて来た旧植民地民の子孫も含まれ、二世以降になると日本で生まれ、日本での生活にもなじんでいるにもかかわらず、国籍を奪われ、国籍をもたないがゆえに法的にも差別されてきたからである。また、デニズンとしての市民権の付与が定住外国人の状況を改善するものだということは確かだとしても、デニズンシップの議論で問題なのは、デニズンには国政レベルでの選挙権、被選挙権が与えられていないことなど、デニズンと市民との間に市民権享受で差が出ることを認めてしまうのではないかということである。つまり、デニズンは二級市民になってしまうのではないかというおそれである。この点に関して、デニズンシップによって外国人の人権の実質的な拡大が果たされてきたことは意義はあるが、市民権の享有主体を分化していくことは理論的には適当ではないと思われる。

日本の問題状況

　日本の場合、1984年に改正された国籍法では、国際結婚で生まれた子どもの国籍に関して第12条で従来からの国籍留保制度（外国で生まれた子どもは生地主義の国であれば、国籍留保の届け出を行なわなければ日本国籍を失う）を強化するとともに、第14条から16条にかけて新たに「国籍選択制度」（重国籍の子どもはすべて22歳までに国籍選択を行なわなければならない）を設けることによって重国籍を防止しようとしている。[27]　そうまでして二重国籍を防止しようとしたのは、法務官僚が暗黙裏に主権国家の枠組みで考えているからであり、また国籍法に関

する市民の関心が低いからである。1992年からオランダ、スイス、イタリアで「以前の国籍を放棄することなく、帰化により二重国籍を取得することを認めはじめた[28]」のとは対照的である。国籍取得に関しては、「今日、一定期間の居住により国籍を取得する居住主義の要素[29]」も付け加えられおり、居住期間で本人が望めば国籍を二重、三重にも取得しうる居住主義の原則は市民権保障の観点からは望ましいと思われる。ヨーロッパでは実際に血統主義→生地主義→居住主義という移行が起こっていることに注目すべきである。

　ヨーロッパでは、国家レベルでは制限される職務もあるが、地方公務員にはなれる場合が多い。日本でも、地方公務員について国籍条項の撤廃が進んでいるが、自治省の指導、地方議会の保守系代議士の反対などがその流れを遅らせている。例えば、1995年1月1日に高知県の橋本大二郎知事（当時）が都道府県ではじめて国籍条項撤廃の意向を表明したが自治省の反対などで先送りにし、96年1月31日に一般事務職の受験資格から国籍条項を撤廃することを表明したが人事委員会の反対で次年度に持ち越しとなったり、同年3月27日に大阪市の磯村隆文市長が課長以上に任用しないという制限つきで国籍条項の撤廃を表明したが、議会の保守派の反対により翌年度に持ち越された。

　とくに日本の場合、障害となっているのは、行政権力の管理主義的性格である。中央－地方関係で言えば、中央の行政権力による指導によって自治体の政策も左右されてきた。日本で国籍取得をせずに60万前後の在日コリアンが戦後70年以上にわたって生活してきたということは、日本社会の閉鎖性、祖国分断の状況、過去の歴史の記憶もあるが、日本の行政政策も一因となっている。日本の帰化行政は同化主義的傾向が強いのが特徴である。帰化申請に必要とされる煩瑣で大量の書類、素行調査も含むプライバシーの侵害、申請から許可までにかかる長い審査時間に加えて、日本人的な名前に変えるようにとの同化主義的帰化行政が行なわれてきたのである。この点に関しては、日本社会の同化圧力の強さも問題であり、在日コリアンが本名で生きることを妨げている。

国籍条項撤廃への道
　日本ほど同化主義は強くないが、他国においても自由裁量の余地はあり、外国人の退去強制、永住許可は国際法上、主権国家に認められた権限とされてい

る。したがって、国籍による外国人差別は、主権国家システムという共通の要因と各国特有の要因との複合作用として理解していく必要がある。日本の場合、前者に関しては、憲法 9 条の戦争放棄の規定によって従来型の主権国家を超えることを憲法原理に内在させておきながら、依然として近代国家の原理に固執しているのは矛盾しており、規範的には憲法 9 条との関わりから、外国人の国政選挙権、国家レベルでの公務就任権を制限する理由はないと思われる。

　日本の場合、「当然の法理」が内閣法制局の見解にすぎないにもかかわらず、法原則のような力をもっていることに示されるように、制定法よりも広い意味で規範的拘束力を及ぼす法文化や国民意識が、障壁となっている面が強い。国家主権と国籍条項の関連から見れば、「当然の法理」の「当然」の背景にある主権国家システムと憲法の平和主義との矛盾は明らかであろう。国籍条項に関しては、治安管理的性格の強い外国人管理システムがあげられる。とくに、法律よりも通達や口頭でなされる行政指導が強い権力をもつ日本の行政権力の構造が、大きな障壁となっている。

　もっとも、いますぐ出入国管理制度がなくなると考えるのは非現実的であろう。EU のようにブロック化のなかで国境の壁が一歩一歩取り外されていくというのが、現実に起こっていることである。国際社会自体が相互依存を深め、とくに経済と情報ではグローバル化が進んでいる。国境の壁自体も、人間の移動の自由と背反し、長期的に見れば取り外されていく可能性が強い。外国人といっても、旅行者など短期滞在者と長期滞在者では参政権の有無の差が出ることは合理的であるが、ある程度の居住歴を要件にして参政権、公務就任権を有するという方向性は見えてきたと思われる。国籍は忠誠と、国家主権は戦争システムと結びついているので、その連鎖構造を克服していくなかで外国人の人権制限は撤廃されていくものと思われる。

1）　芦部信喜「国民主権（一）」『法学教室』No.54（1985 年 3 月号）16 頁。
2）　同上、15 頁参照。
3）　F.H. Hinsley, *Sovereignty*（Cambridge University Press, 1986）, p. 26.
4）　李 光一「いまなぜ市民権か？」『現代思想』第 23 巻第 12 号（1995 年）76 頁参照。
5）　中井清美『定住外国人と公務就任権』（柘植書房、1989 年）4 頁。
6）　難民条約が社会保障に関し外国人に対しても「自国民に与える待遇と同一の待遇を与える」（第 24 条）と規定しているため、その批准に当たって国民年金法、児童扶養手当法、

特別児童扶養手当法、児童手当法の国籍条項が撤廃された。国籍条項撤廃は、対象者を「日本国民」から「日本住民」へ、すなわち「日本に住所を有する日本国民」から「日本に住所を有する〔すべての〕者」への転換に転換することによってなされた（田中宏『在日外国人――法の壁、心の溝［第三版］』〔岩波新書〕（岩波書店、2013年）171-174頁参照）。

7）　マクリーン事件とは、アメリカ国籍のマクリーンが日本で英語教師をしていたとき、「ベ平連」に所属してベトナム反戦運動の参加したために、在留期間更新の申請をしたが拒否され、その処分取り消しを求めて国を訴えた事件である。第一審では、訴えが認められたが、第二審の東京高裁と第三審の最高裁では処分が肯定された。最高裁の判決自体は「外国人に対する憲法の基本的人権の保障は、外国人在留制度のわく内で与えられているにすぎない」と国家の裁量権を認めており、「〈入管法〉が憲法を上回る効力をもってい」ることを認めた不当な判決と評される（萩原重夫『人権法入門――国境をなくす「人権」』（明石書店、1996年）88頁参照）。

8）　芦部信喜『憲法［新版　補訂版］』（岩波書店、1999年）、92頁。

9）　定住外国人選挙権訴訟最高裁判決では、憲法第93条第2項の「住民」は「地方公共団体の区域内に住所を有する日本国民を意味すると解するのが相当であり、右規定は、我が国に在留する外国人に対して、地方自治団体の長、その議会の議員等の選挙の権利を保障したものということはできない」としながらも、「法律をもって、地方公共団体の長、その議会の議員等に対する選挙権を付与する措置を講ずることは、憲法上禁止されているものではないと解するのが相当である」としている（『判例時報』No.1523、1995年5月21日、52頁）。

10）　宮沢俊義『憲法Ⅱ』〔法律学全集4〕（有斐閣、1959年）236頁。

11）　李英和『在日韓国・朝鮮人と参政権』（明石書店、1993年）96-97頁。

12）　杉原泰雄『国民主権の研究』（岩波書店、1971年）297頁参照。

13）　江川英文、山田鐐一、早田芳郎『国籍法［新版］』（有斐閣、1989年）3頁。

14）　同上、55頁。

15）　浦部法穂「日本国憲法と外国人の参政権」、徐龍達編『共生社会への地方参政権』（日本評論社、1995年）所収、99頁。

16）　高佐智美『アメリカにおける市民権――歴史に揺らぐ「国籍」概念』（勁草書房、2003年）293頁。

17）　同上、312頁。

18）　「日本国憲法と外国人の参政権」94頁。

19）　同上、96頁。

20）　『国籍法［新版］』3頁。

21）　Tomas Hammar, *Democracy and the Nation State*（Avebury, 1990）, p. 185.

22）　Helmut Rittstieg, "Dual Citizenship: Legal and Political Aspects in the German Context," in Rainer Bauböck（ed.）, *From Aliens to Citizens: Redefining the Status of Immigrants in Europe*（Avebury, 1994）, p. 113.

23）　藤原修「主権について――平和研究の視点から」『東京経大学会誌』第183号（1993年）19頁。

24）　仲原良二『在日韓国・朝鮮人の就職差別と国籍条項』（明石書店、1993年）111-112頁。

25）　近藤敦『外国人の参政権——デニズンシップの比較研究』（明石書店、1996年）12頁。

26）　*Democracy and the Nation State*, pp. 12–25参照。

27）　奥田安弘『家族と国籍——国際化の進むなかで』〔有斐閣選書〕（有斐閣、1996年）91–108頁参照。

28）　近藤敦『外国人参政権と国籍』（明石書店、1996年）14頁。

29）　同上、15頁。

【文献案内】

　主権概念については、芦部信喜「国民主権（一）」『法学教室』No.54（1985年3月号）が明確な説明をしている。芦部信喜「外国人の人権」、芦部信喜編『憲法Ⅱ人権（1）』（有斐閣、1978年）所収は、外国人の人権制限の根拠について概説している。杉原泰雄『国民主権の研究』（岩波書店、1971年）は、フランス革命における民主権から国民主権への移行を歴史的・思想的に考察している。藤原修「主権について——平和研究の視点から」『東京経大学会誌』第183号（1993年）は、平和研究者による主権論であり、主権概念の成立理由を明確化している。F.H.Hinsley, *Sovereignty*（Cambridge University Press, 1986）は、ボダン、グロチウス、ホッブズ、ルソーらの主権論と近代国家の成立状況を検討することによって政治的共同体がなぜ主権を必要としてきたのかを解き明かしている。

　外国人の人権制限については、中井清美『定住外国人と公務就任権』（柘植書房、1989年）が、日本における定住外国人が国籍条項によって制限されている実態を概説している。国籍概念について、江川英文、山田鐐一、早田芳郎『国籍法［新版］』（有斐閣、1989年）は、国籍概念について明快に概説し、とくに、国籍に隠されているのが「忠誠」だということを明らかにした点で注目される。高佐智美『アメリカにおける市民権——歴史に揺らぐ「国籍」概念』（勁草書房、2003年）は、アメリカにおける定住外国人の参政権を歴史的に考察している。浦部法穂「日本国憲法と外国人の参政権」、徐龍達編『共生社会への地方参政権』（日本評論社、1995年）所収は、国民概念を国籍保持者から解き放つための視点を提示している。田中宏『在日外国人——法の壁、心の溝［第三版］』〔岩波新書〕（岩波書店、2013年）は、国民年金法などにおける国籍条項の撤廃が「居住」を基準とすることによってなされたことを明らかにしている。松田利彦『戦前期の在日朝鮮人と参政権』（明石書店、1995年）は、戦前の日本の在日朝鮮人の参政権の実態を明らかにしている。Tomas Hammar, *Democracy and the Nation State*（Avebury, 1990）〔トマス・ハンマー『永住市民（デニズン）と国民国家——定住外国人の政治参加』近藤敦監訳（明石書店、1999年）〕は、北欧諸国での永住市民権の拡充などについて理論的に考察している。定住外国人の政治参加を拡げていくための先駆的研究である。近藤敦『外国人参政権と国籍』（明石書店、1996年）は、外国人の参政権の拡大動向を分析している。

第7章

言語と国家——民族語と国際語

1　言語の人為性

　言語は一見すると、人間社会の自然な営みであって、政治権力と無縁のように見える。しかし、宗教と政治との関係がそうであるように、言語は政治と密接なつながりがある。言語は、自然なものというより、つくられた側面が強い。公用語、標準語の制定に見られるように、「国家が言語をつくる」というのが近代国家の政治力学である。

母語と国家語

　母語（Muttersprache）とは、「はじめてことばを学ぶのは母からである」というように、生まれてはじめて身につけ、無自覚のうちに学習していくことばを指す。日本では母国語と訳されてきたが、最近は母語と正しく呼ばれるようになってきた。もちろん、「母から」というのは、エスペラントでは母語のことを「父母語」（gepatra lingvo）というように、「父母から」といったほうが正確なのかもしれないし、「育ての親から」と言ったほうがもっと正確なのかもしれないが、象徴的な意味で母語という表現が定着している。母国語という表現が適切でないのは、はじめて学ぶ言語は必ずしも国語ではないからである。

　これに対し、国家語（Staatssprache）とは、国家によって共通語、標準語として承認された言語である。国家の後ろ楯のある言語は発展し、国家によって認められない非国家語は厳しい条件のもとに置かれる。世界には国家に承認されていない言語（非国家語）も多数存在するのだから、すべての言語が国家語であるわけではない。「あなたは何ヵ国語話せますか」ときくことがあるが、

アイヌ語、バスク語、エスペラントのように、どの国家の公用語にもなっていない言語が存在するのだから、このような問いも適切ではない。

逆に言えば、国家の後ろ盾のない言語は滅ぼされてきたし、滅ぼされつつあるというのが実態である。もし、種の多様性の保存をいうなら、それと論理的に通底する事柄として、言語的多様性の保存ということも唱えられねばならないはずである。EUのように多言語主義がとり入れられ、日本のように単一言語主義の国でも多言語社会化が進んでいる現状があるが、種の多様性と同じレベルでは、言語的多様性は保護の対象とはなっていない。

民族語と計画言語

人間に言語能力が生得的にあること、生まれたときからすでになんらかの言語世界にいることから、言語が人間的自然の一部と感じられるのも無理はないが、言語学の発展によって、文法にせよ、正書法にせよ、国家によってつくられた要素が大きいことが明らかにされ、文字や単語についてはその人為性は一般的に了解されている。言語の人為性に注目するなら、自然語と言われてきた民族語にも人為的な側面が多く、自然語 – 人工語という従来の区別も変更すべきということになってきた。自然語→民族語、人工語→計画言語と言い換えるべきだということである。

民族語は、歴史的言語でもあり、歴史的に継承してきた豊饒な文化の培養器になっている。言語は、継承していく部分が大きいが歴史的に変化していく性格をもっている。また、新しい事態に対応する用語がつくられたり、政府機関が翻訳語をつくったりするように、「書きことば」は国家などによってつくられていくことが明らかにされてきた。それは、民衆操作の手段としてことばを使おうとする権力現象の側面である。「国家が言語をつくる」と言われる所以はそこにある。

これに対し、計画言語は、一人の人間または少数の人間によって創造された言語であり、国際コミュニケーションの必要から生み出されたものである。それは、どの民族語にも属さず、基本的には、自分の意志で学ぶ言語なので、国際計画言語は、国際コミュニケーションの「平等化」の機能をもつと考えられる。

2　国民国家の言語問題

　国民国家システムにおいて、言語的な中心 – 周辺の構造が作られてきた。インドやインドネシアやフィリピンなど多言語国家では、100以上の言語があり、コミュニケーションの必要から既存の言語をもとに国家語を造る場合もあるが、一般的には、中心民族の言語が公用語になり、国語として整備される。インドやスイス、ベルギーや旧ユーゴスラヴィアのように多言語環境のもとで形成された国家では、複数の言語を公用語化するのが通例である。しかし、フランスやイギリス、スペインや日本のような国民国家では単一言語主義がとられてきた。それは、国家のなかでのコミュニケーションには好都合であったかもしれないが、少数言語の衰退をもたらしてきた。西欧型の国民国家という枠組みが揺らぐなかで図られてきたのが、虐げられた言語の復権である。

単一言語主義の揺らぎ

　国民国家の民族的中心 – 周辺構造は、言語的には国家語と地方言語、標準語と方言という関係になって現われていく。多言語国家では、複数の言語を公用語としているが、現実にはすべての言語を公用語とすることはできず、法的文書、官庁の書類で使われる言語、初等教育で使われる言語と家庭など親密圏でのみ使用可能な言語という違いが生じている。もちろん、経済や軍事では共通語が必要になるのだが、同一言語においても、年代や性別、地域や職業などで言語の分岐が生じるのは避けられない。

　欧米における国民国家の変容は、単一言語主義の揺らぎともなって現れている。国民国家が「一つの言語」を志向したのは、中央集権的国家建設、国民経済の形成において一つの共通語が存在した方が効率的だからである。しかし、政治的近代化を遂げ、また国際環境も変化して近隣諸国との武力衝突の可能性がほとんどなくなると、中央に反発するかたちでの地域化の動きが起こってきた。これは、国民国家の形成過程で、独自の文化を奪われてきた少数民族が文化的価値剥奪から自己回復をしようとする動きと捉えなおすことができる。このような動きは、虐げられてきた諸言語を復権させようという運動に象徴的に

現れている。

フランスにおける地方言語の復権

　この意味で注目されるのは、「国語の祖国」と呼ばれ、単一言語主義を推し進めてきたフランスでこのような動きが見られることである。フランスは国家と言語の関係を最初にはっきりと法律の上で規定した国であり[2]、単一言語主義はフランス革命のさなかに生まれた。単一言語主義とは、フランス語の特権的位置を明記したのみならず、他の言語の使用を一切排除することを目的としていた。フランス革命当時、2300万の推定人口のうち、600万はフランス語をまったく理解せず、ほかの600万も流暢に話すことはできなかったと言われるが、中央集権的な国家建設を目指すなかで、①フランス語の国語としての美化と規範化、②他の言語への「反動」、「封建主義」、「迷蒙」などのスティグマの刻印、③（義務）教育をとおしての民衆レベルにまでのフランス語化の徹底などの言語政策がとられてきた[3]。

　第二次世界大戦後、非フランス語少数民族への抑圧が知られるようになり、1951年のディクソンヌ法では、ブルトン、バスク、カタロニア、オクシタンの４つの言語が地域語（地方言語）として認められる。1968年に発足した「フランス諸語の防衛と地位向上委員会」とその地域組織の活動が五月革命、ベトナム戦争などの時代の空気の下で活発化し、70年には教育相の通達により地域語がバカロレアの選択科目になる。71年には一定の条件のもとでだが、学校で地域語の授業ができるようになり、74年には地域語はコルシカ語にまで拡げられた。履修状況は決して高いとはいえず、生活者としての話者の減少に歯止めがかかったわけではない[4]。しかし、フランス語と地域語のバイリンガリズムの要求として地域語の復権運動が進んでいくわけである[5]。

カナダの二言語・多文化主義

　民衆の運動によってではなく、政府の融和策として単一言語主義が崩されたのが、カナダの場合である。カナダでケベック州の分離・独立運動が盛んだったのは1960〜70年代である。カナダは国家崩壊という危機に見舞われたが、連邦政府は二言語・多文化主義を採用することによってこの危機を乗り切ったと

される。

　二言語・多文化主義とは、英語だけでなくフランス語も公用語として認め、フランス系住民、その他少数民族や先住民の文化も尊重する政策のことである。1969年、ケベックの分離運動に対する融和策として、ピエール・E.トルドー首相は、「公用語法」を制定し、多くのフランス系カナダ人も連邦政府の公務員に採用した。1980年5月20日、ケベックの州民投票では、主権国家としての独立の構想は否決されたが、そうなったのは連邦政府が二言語主義を採用したことが大きくあずかっていると言われる。もちろん、分離独立の失敗は、独立案が主権を獲得したうえで共通通貨など経済連合は維持するという、虫のよい「主権−連合」の構想であり、経済連合を連邦政府が拒否したことから州民が将来に不安をもったことにもよる。ともあれ、カナダはケベック州の分離運動を乗り切ることによって、国家自体を変質していった。そのことは、1982年の憲法にも現れている。それは英仏両言語で書かれ、第16条には「英語及びフランス語はカナダの公用語であり、連邦議会及び連邦政府のすべての機関における使用に関し、同等の地位と同等の権利及び同等の特権を有するものとする」と明記されている。[6]

3　国際語の理念と現実

　人びとは、ことばによって分断され、言語を軸にして民族や国家にまとめられている側面があるが、市民同士が直接交流し、国際世論の形成をとおして世界政治にも影響を及ぼしうる現代世界において、ことばの壁は克服すべき問題の一つである。その場合、現在、世界で話されていると推定される7000以上の言語[7]を一つにするのではなく、母語とは別に世界共通語を身につけることが想定されている。なぜなら、言語の多様性は人類の多様性を維持し保証するものとして、ポジティヴに捉えられるようになってきたからである。もっとも、コミュニケーションの必要だけなら、単一言語に収斂するのが都合がよいと言えるが、言語はそれぞれ一つの体系であり、文化を蓄積させており、過去と対話しながら、多様な文化が織り成す複合体として人類文化が発展してきた歴史は、維持する必要があるし、今後も維持すべきだと考えられる。

国際語の概念

　国境を越えると相互に意思疎通できなくなることは不自由であり、科学の進展や国際的な商取引を阻害することは明らかである。そこで、共通語が必要とされ、中世ではラテン語、現在では英語が国際的な媒介言語として最も広範に用いられている。このことは、ラテン語や英語が使いやすいからではなく、ラテン語の場合は、キリスト教世界がバックにあり、英語の場合は、現代のグローバル化のもとでのアメリカの経済・軍事・科学・通信技術の先進性に支えられているからである。一方で、特定の民族語を国際共通語とすることは、言語差別、言語的不平等を固定化してしまうことになり、決して望ましいことではないと考え、対等な立場でコミュニケーションできる言語を構築しようという試みもなされてきた。

　国際（共通）語とは、①国家、民族を異にする人びとの間で共通に用いられる言語、②全世界の人びとにとって共通の言語となることを目指して計画的につくられた言語、と定義することができる。①の意味での国際語は、英語、フランス語などであるが、政治的、経済的、文化的影響力によって決まり、歴史的には変遷がある。②の意味での国際語は、国際計画言語（人工語）のことであり、17世紀のルネ・デカルト（René Descartes, 1596-1650）、ゴットフリート・ヴィルヘルム・ライプニッツ（Gottfried Wilhelm Leibniz, 1646-1716）以来、数多く考案されたが、実際に話しことばとして使用できるものは1879年につくられたヴォラピュク（Volapük は「世界語」を意味する）、1887年に発表されたエスペラント（Esperanto は「希望する者」を意味する）、エスペラントを改造したイード（Ido は「子孫」を意味する）など数言語だけであり、そのうち運動として発展したのは、エスペラントだけである。

国際語の歴史

　アレクサンドロス大王（Aléxandros ho Mégas, B.C.356-B.C.323）支配下においてアッティカ方言とイオニア方言をもとにしたギリシア語が全ギリシアおよびギリシア占領下の地域の共通語（コイネー）となり、その帝国が滅びたのちもギリシア語は数世紀にわたって東地中海南北沿岸、オリエント世界、黒海沿岸一帯の共通語として残った。中世ヨーロッパにおける国際語はラテン語であり、

これはキリスト教会の公用語がラテン語であり、またラテン語が学問や外交の
言語の共通語として用いられたということであり、民衆がラテン語を習得して
いたということではない。

1）国際語としてのラテン語

　西ヨーロッパでは、ローマ帝国の時代から、支配階級は共通語としてのラテ
ン語を話し、民衆はラテン語の強い影響を受けた土着語を話すという二重構造
が続いたが、この二重構造は西ローマ帝国が滅びたのちも、西ヨーロッパで続
いた。というものも、フランス語、スペイン語、ポルトガル語、イタリア語、
ルーマニア語などロマンス諸語は、まだ文章語として確立していず、学ぶべき
文化的遺産もなかったからである。

　学問する者は、文化的遺産をもったラテン語を学ぶしかなかった。また、キ
リスト教会が超国家的に勢力をもっていたが、キリスト教会の公用語がラテン
語であり、中世の学問は聖職者が行なっており、学問する者もラテン語を学ば
ねばならなかった。外交や交易のためにも共通語を必要としたが、交渉や契約
文書・外交文書はラテン語で書かれた。ラテン語は共通語として機能したので
ある。しかし、注意しなければならないのは、ラテン語は学問や外交の言語の
共通語として用いられたということであり、民衆がラテン語を習得していたわ
けではない。「程度の差こそあれ、ラテン語に続くフランス語支配、その後の
英語支配にも当てはまる」ことだが、一般民衆は国際語を必要とせず、それを
必要とするエリート層が使いこなせればよく、国際語は民衆にとって「使いや
すいもの」である必要はなかったのである。

　ラテン語が民衆の言語にならなかったのは難しすぎたからだとされるが、少
なくともローマ帝国の時代にはラテン語が共通語になっていたのであり、話し
ことばであった。その後も聖職者や研究者のあいだではラテン語が話されてい
たわけであり、学問に適した言語だった。中世のラテン語は十分に生きた言語
であり、「人々はラテン語で商取引をしたり、雑談をしたり、冗談を言ったり、
喧嘩をしたり、捨てぜりふを吐いたりすることもできた」し、ラテン語は西洋
において最も広く使われた文語であり、「最も役に立つ国際語であった」と言
われる。

　重要なのは、たんにラテン語で書かれた文化的遺産があるだけではなく、ラ

テン語で新しい文献を持続的につくり出していくことができた点である。これは、基本的にはローマ人が大帝国をつくったことと、ローマ帝国以外の地でもカトリック教会が勢力を拡大していたという下部構造があったからである。「言語とは無関係な政治的軍事的理由があってラテン語が広い地域に広まったのである」が、ラテン語自体に国際語となるにふさわしい条件がそなわっていたと考えられる[10]。

　現代の言語学は、言語相対主義という立場をとり、言語に優越をつけないことになっているが、母語の異なる多くの人びとに共通に用いられる言語というのは、すべての言語に移し変えやすい言語でなければならず、ラテン語の場合、一字一音素であり、発音と文字が単純でわかりやすい点が国際語として適していたのではないかと思われる。また、ラテン語には、接尾辞や接頭辞、複合することによって新語を造りやすいという利点がある。「いわば、ラテン語は自己増殖能力を備えた永久機械で、外部からの補給なしで増えつづけることが可能なのだ[11]」と言われる。もっとも、格変化など屈折語として複雑であり、話しことばとして民衆に使われなくなり、時代の変化に適応して語彙を富ましてきたわけではないから、ラテン語を国際語として復活することは不可能に近いことである。

　とはいえ、中世のラテン語とその後の事実上の国際語とのあいだには大きな違いがある。中世のラテン語は、5世紀の西ローマ帝国の崩壊によって書きことばとして残ったが、日常言語としてはロマンス諸語に分化した。もっとも、教会の公用語であり、聖職者はラテン語で意思疎通を図っていた。また、学問の分野ではラテン語で著作が17世紀ごろまで執筆されていた。ラテン語の場合、民衆の話しことばではなかったから、誰にせよ俗語、すなわち、住んでいる土地の言語のほかにラテン語を学ばねばならなかった点が、英語やフランス語など特定の民族語を国際語として使う場合との決定的な違いである。

　ラテン語が国際語であったことが示唆するのは、①ラテン語は基本的には、書きことばとして学ばれ、文献をとおして習得した者同士がラテン語で話し合うことはあっても、日常的に使われる言語ではなかったからこそ、何世紀にもわたって基本構造が変化せずに維持され、媒介言語として機能しえたこと、②ラテン語は、母語のほかに学び、誰しも努力して身につけていくことばであっ

たことである。これら二つの点は、国際語のあるべきかたちを考えるうえで無視できない要素になっている。

2）フランス語の盛衰

　中世末期からラテン語の国際支配が揺らぎ始め、17〜18世紀においてフランス語がドイツ、ロシア、ポーランド、スカンジナヴィア諸国、ハンガリーなど非ラテン系圏で覇権を握り始めた。ラテン語が衰退したのには、① ルネサンスの時期に古典時代のラテン語に戻ろうとしたため高尚なものになってしまったラテン語は、新興階級の実用や新しい文化の要求に対応しにくいものとなり、近代的な世界から切り離されてしまったこと、② 印刷術の発明によって、印刷業者や著述業者はできるだけ多くの読者を手に入れようとして俗語、すなわち民族語によって出版するようになったこと、③ 宗教改革が「カトリックの言語」であるラテン語に打撃を与え、民衆は民族語に訳された聖書にじかに触れることができるようになったこと、などの理由があげられる。

　ラテン語が衰退し始めると、ラテン語に取って代わって15世紀末からフランス語が台頭していった。これは、もちろん相対的にフランスの国力が大きかったことが、政治的・軍事的な力を背景にした言語帝国主義によるのではなく、文化的優越性によるものであった。17世紀には、フランス語がドイツ、イギリス、オランダ、北欧三国とポーランドを席巻した。各地にフランス語の学校が設立され、外国人同士のあいだでのフランス語での文通、フランス語の新聞雑誌の創刊、数多くのフランス語の出版物と翻訳がフランス語を母語としない地域で行なわれた。18世紀には、フランス語は「王侯貴族のことば」として機能し、パリを訪れることは、いわばメッカへの巡礼になった。とくにロシアはそうであり、スウェーデン、デンマーク、ポーランド、ハンガリー、ルーマニアの各国でもフランス語は普及した。ドイツでもフランス語学習熱は根強く、多数のフランス語単語がドイツ語にとり入れられた。こうして、フランス語は国際語としてのピークに達したが、これも上流階級だけの現象で、宮廷間の共通語でしかなかった。[12]

3）英語の覇権言語化

　19世紀になると各国はナショナリズムの傾向が強まり、自国語の使用への主張が強くなるとともに、イギリスの世界帝国としての覇権とアメリカ合衆国の

抬頭により、フランス語の衰退、英語優位の兆しが現れた。19〜20世紀にかけて国際語はフランス語から英語に変わっていった。英語は、それ以前から広がっていたが、それは、アメリカ合衆国の建国によって英語が新大陸にも広がっていったからでもあるが、初期近代からのイギリスの科学的・思想的先進性によるところも大きい。

　英語は、17世紀以降の植民の時代から世界各地で使われるようになったため、国家権力によって文字が変えられたり、正書法が変えられたりすることがなく、慣用を重視した発展がなされたこと、英語自体にもフランス語やラテン語の影響を受けて発展してきたというクレオール性があった。英語は慣用的表現が多く、発音も不規則だが、広く受け入れられるようになったのは、英語を第一言語として使用する国の政治力・軍事力・経済力や科学技術の先進性による。第一次世界大戦後、イギリスの国力は衰えるが、これに代わってアメリカが経済力、軍事力、政治力をつけ、英語の主要基盤としての役割を担い始める。第二次世界大戦後は、アメリカが超大国として自由主義的資本主義陣営の中心になることにより、英語支配の構造が強まっていった。

国際語の創案

　19世紀後半から20世紀前半にかけて、国際語としてのフランス語の衰退が起こり、国際語の地位をめぐってフランス語、英語、ドイツ語、ロシア語など大国の言語が拮抗する状況が生まれた。そのような状況のなかで19世紀後半にヴォラピュクやエスペラントという計画言語（発表当時は人工語と呼ばれていた）が発表され注目を集めた。というのも、この時期は、国民国家の形成発展期であり、言語問題が解決すべき問題として認識されたという背景がある。

　19世紀後半になると、地球的な規模での接触が頻繁になり、「ことばの壁」が切実に感じられるようになる一方で、ヨーロッパ諸国が独立に伴い、大国の言語に依存せず自国語を整備するような状況のなかで、新しく生まれた言語のあいだの橋渡し言語、それらを媒介する共通語を求める声が高まり、「これまでのできあいの、いわば確立されたことばをたよりにするのではなく、もっと対等な意識にめざめた、新しい国際共用語」への期待が広がっていた。国民国家の発展期にあって、科学技術の発展も、政治経済の発展も均衡するようにな

り、一極集中の構造が崩れていた時期である。言い換えれば、勢力均衡によって平和が維持されている時代状況で、特定の国の言語に特権的な地位を与えることはできない状況があったのである。1860年頃から「国境を越えて交信が頻繁になるにしたがって、言語の障壁が有効な交信を妨げていることが明白になった。英語が世界中で広く使われるようになるのは、まだ先のことで、さしあたってこの障壁を打破する解決策は人工言語にあると思われた[14]」からである。

　国際語が考案されただけでなく運動として広がっていったのは、人類の相互依存・相互理解を促進することによって平和を実現しようという意識が高まっていたからである。とりわけエスペラントは、ユダヤ人として差別と迫害に苦しんだラザロ・ルドヴィーコ・ザメンホフ（Lazaro Ludoviko Zamenhof, 1859-1917）が民族間の相互理解のための「中立的な基盤」となることを願ってつくった言語であり、国境を越えて友情と連帯を築こうという理想主義をともなった言語運動として展開していくことになった。

　これまでに1000以上考案された国際語案のなかで持続的に発展してきたのはエスペラントだけだが、なぜエスペラントだけが発展しえたのかと言えば、エスペラントの創始者ザメンホフの民主的性格、時代背景、言語構造によるところが大きいと思われる。エスペラントは、その創始者ザメンホフが徹底して民主的に振るまった点が、ほかの計画言語の創始者とは違っていた。ヴォラピュクの創始者、ヨハン・マルティン・シュライヤー（Johann Martin Schleyer, 1831-1912）が作者としての権利を主張したのとは対照的に、ザメンホフがエスペラントに関する「あらゆる個人的権利を放棄する[15]」と宣言し、言語の発展を使用者大衆に委ねたことが、エスペラントの発展に大いに役立った。「エスペラント運動におけるザメンホフの人間的な権威の意義はほとんど否定しえないであろう[16]」というように、エスペラント運動を社会運動として見た場合、創始者の民主的な性格や権威的役割と、言語の基本構造を「不可侵」にしたこと[17]が、言語の発展に安定性を与えたと言える。

　エスペラントによって文学作品を生み出せるだけでなく、国境を越えたコミュニケーションが容易になることは、エスペラント運動の初期の段階から確認されてきた。エスペラントは、社会主義者、平和主義者、アナーキストらによって社会運動のなかで活用され、同志的連帯のための言語として用いられて

きた。とくに両大戦間において労働者運動が国際的に連帯するためにエスペラントを用いたことが、エスペラントへの社会的注目を拡げた。エスペラントは、130年をこえる歴史のなかで、国境を越えた友情や連帯を形成してきただけでなく、さまざまな社会運動に活用されたり、地球的諸問題に関する情報交換・意見交換にも重要な役割を果たしてきたりしてきた。エスペラント運動は、市民レベルで、原爆の被害をいち早く世界に知らせたり、環境問題・住宅問題などについての国境を越えた調査や情報交換・意見交換などを行なったりするためにも活用され、平和運動の一翼を担ってきたのである。[18]

　しかし、エスペラントは、ユダヤ人がつくった言語、共産主義者の使う言語という理由で、ナチズムをはじめとする排外主義的な体制下で禁止されたり、迫害されたりすることになった。スターリニズムのもとでもエスペランチストは危険分子として迫害され、多くのエスペランチストが殺害された。国家主義的になっていく政治状況のなかでは、民族や国家を突き抜けようとする内在的論理をもつエスペラントは「危険な言語」とみなされたからである。[19]

4　対等なコミュニケーションを求めて

　ヴォラピュクやエスペラントのような計画言語が創案され、受け入れられた19世紀後半は、国民国家がしのぎを削る時代だったように、国際秩序の動向によっては、現在の英語支配も変わっていくであろう。現代の英語の覇権言語化は、アメリカの軍事的・経済的・科学的優位に支えられているのであり、英語支配を下支えしている条件が変われば、変わっていくのではないか、ということである。とはいえ、規範的政治理論の立場からは、言語権や言語民主主義に注目して、理念によって現実を変えていく方向に注目すべきである。

国際コミュニケーションのあり方
　公正な国際コミュニケーションのあり方は、言語学においてだけでなく、政治理論においても探究されるようになってきた。現代においてあるべき国際コミュニケーション手段としては、次の3つが考えられる。
　①英語を国際語として推進する——現代世界で最も普及しているのは英語だ

から、英語を国際語として普及するのが現実的だという立場。現代世界では英語を無視するわけにはいかないが、アメリカ英語やイギリス英語を規範化せず、各地域で使いやすい国際英語を使うべきだという国際英語推進論も含む。

　②母語尊重主義——生まれてから最初に覚えたことばをコミュニケーションの手段として用いる可能性を追求する立場。外国に住む場合は住んでいる土地の話しことば（vernacular：土着語、現地のことば）を積極的に習得しようと努力する。自国内でのコミュニケーションでは自分の住んでいる土地のことばを使い、そのことばができない外国人とは自動翻訳機械、公式の国際会議では同時通訳システムの導入を目指す。その全面的実現までは通訳をまじえてでも互いの母語によるコミュニケーションを理想とする立場。

　③エスペラント——「中立」「合理的」「学びやすい」という国際共通語の3要件からは民族語はどれも失格であり、エスペラントによって異言語話者間の対等なコミュニケーションを図ろうとする立場。

　これらどれにも利点があるが、難点もある。①は、生まれながらの言語的不平等を解消できないし、国際英語もネイティヴ（母語話者）の用法が規範化していくことが避けられず、言語的不平等を根本的には解決できない。いちばん有用な言語である英語を使うことは、英語圏中心の支配文化をつくることにつながるという問題もある。②では、すべての状況に対応できないし、すべての人間と深いコミュニケーションや討論は望めない。③については、異言語習得は必要によって行なうのであり、ビジネスや科学技術の面でのエスペラントの実用性は英語に比べてかなり低いと言える。

　現実の必要から言語を使うという面からは、コミュニケーションできることは最重要なことである。たとえば、異なった母語の者同士が結婚したら、最初はコミュニケーション可能な言語で生活し、次第に住んでいる土地の言語でコミュニケーションをとるようになることは、一般的なことである。土地のことばは、その土地に住む人びとの共通語として尊重すべきであろう。母語を異にする人びとの媒介言語は、さまざまに存在しうるのであり、必要に応じて通訳を介する場合も多いことは、今後も変わらないであろう。

多言語主義と計画言語

　規範的政治理論の立場からは、多言語主義と計画言語が最も望ましい組み合わせだと言える。多言語主義（multilingvalism）とは、「言葉の多様性に意義を認め、互いに相手の言葉を学びあうことで意思の疎通をはかろうという態度」[20]である。それは、人間の言語を一つにしてコミュニケーションの効率を図ろうとする単一言語主義とは対立する考え方だが、単一言語主義は近代の国民国家形成のなかでは実際に、国家の中心民族の言語を国家語として特権化して、他民族にも強制することによって実践されてきた。しかし、地球社会のなかでは単一言語主義を実現することは困難だし、望ましくもない。グローバル化が進んできているとはいえ、国民国家におけるような権力の中心は地球社会には存在しないのだから、一つの言語を強制することは不可能である。また言語は、たんにコミュニケーションの手段であるだけでなく、文化の基盤でもあり、それこそ世界が一つのことばで統一されたら、文化的多様性は破壊され、人類の豊かな発展は決定的に損なわれてしまうであろう。

　しかし、多言語主義は理想だが、世界中のすべての言語を習得することは不可能なので、多言語主義では対応できない状況があることに注目することも必要である。母語が通じない外国に居住する場合はその土地のことばを習得することは必要だが、旅行する場合でも、旅先の人びとと深く、親密なコミュニケーションをもちたいと思った場合、民際語（民衆の交流言語）が必要になってくる。逆に、自国に短期間やって来る外国人と交流する場合でも、同じである。

　また、母語の違うふつうの人びとが一堂に介する国際会議では、何十もの言語が介在したら、同時通訳システムでは対応できないし、通訳を介することにも限界がある。NGO の国際会議や科学者の国際会議では、いまのところ英語が事実上の公用語として使用される傾向があるが、そのような場合でもたんに英語国民に生まれなかったという言語的不平等（国際語における「中心－周辺」の構造）や本人の努力の問題もちろんあるが、教育機会の不平等に影響される言語習得の不足のために、自分の意見を言えなかったり、ほかの人の発言を理解できなかったりすることが日常的に起こっている。こういった状況に対処するのに英語学習の強化が唱えられることが多いが、国際コミュニケーションの公正化という立場からは、これを言語差別として捉えて、是正していく必要が

ある。

　翻訳機械の発達が旅行者には恩恵をもたらすことは確かだとしても、地球民主主義が成立するためにはふつうの市民が自由に意見交換、情報交換し、対等な立場で討議できる地球市民社会が必要である。国境を越えて市民社会を形成していくためには、多言語主義だけでは十分でなく、対等の意識に基づく共通語が重要になってくるに違いない。そのことは、情報技術の発達によってたやすく人びとのつながりが国境を越えて広がっていくようになると、もっと強く実感されるようになるであろう。この面ではエスペラントのような、どの民族にも属さないという意味での中立的な計画言語の意義を見直す必要があると言えよう。

言語民主主義から地球民主主義へ

　市民を基底に地球民主主義を構想するとしたら、国際的な言語民主主義の確立が地球民主主義の条件になっていると思われる。国際的な言語民主主義とは、多言語主義と計画言語によるコミュニケーションを目指す立場である。国際コミュニケーションの民主化のためには、次のような条件が必要である。①言語権（とくにコミュニケーション権）を確立する必要がある。コミュニケーション権とは、世界中のすべての人とコミュニケーションできる権利であり、言語政策をとおして保障されねばならない。ことばが通じない場合は、通訳を用いてでも母語で話す権利が保障されねばならない。②民衆の交流言語、民際語が必要である。それは、言語エリートでなくとも習得でき、表現力が豊かな計画言語であるべきである。③市民レベルでの情報交換と意見交換が必要である。つまり、市民がイニシアティヴをとって、世界公共圏を形成し、環境、平和、人権に関わる諸問題についての討議空間を創出していく必要がある。もちろん何語で議論してもよいのだが、特定の民族語を優越的地位に立たせることが言語差別を生み出すことに敏感でなければならない。

　実際には、グローバル化のなかで英語が覇権的な勢いをつけ、英語圏の文化が優位に立って地球文化が形成されていくという現実があることは否定できないが、地球文化が一極中心に形成されるとしたら、特定の言語を母語とする人びとを優位に立てる不平等なコミュニケーション構造をつくっていくことにな

るだろう。このような状況に対抗していくには、経済的な尺度とは違った尺度が必要であり、市場化に対する対抗軸を打ち立てていく必要がある。

　そのような前提のもとで、言語民主主義→世界公共圏（地球市民社会）→地球民主主義と進むと仮定してみると、地球民主主義の成立には、共通の言語的基盤が不可欠だということになる。実際には英語が使われる割合が大きくなっているが、規範的政治理論の観点からは、多言語主義を前提にどの民族にも属さない共通語を探求していく必要があるとともに、状況に応じて民族語を媒介言語として使うことが望ましいと言える。

1 ）　田中克彦『ことばと国家』〔岩波新書〕（岩波書店、1991年）19頁。

2 ）　同上、79頁参照。

3 ）　宮島喬「「単一言語」国家の変容——70年代フランスの言語状況と言語政策」、宮島喬、梶田孝道編『現代ヨーロッパの地域と国家——変容する〈中心‐周辺〉問題への視角』（有信堂高文社、1988年）所収、169頁参照。

4 ）　同上、171-184頁参照。

5 ）　アンリ・ジオルダン『虐げられた言語の復権』原聖訳（批評社、1987年）24-27頁参照。

6 ）　馬場伸也『カナダ』〔中公新書〕（中央公論社、1989年）71-86頁参照。

7 ）　エスノローグ（Ethnologue: Languages of the World）のウェブサイト参照（https://www.ethnologue.com/　2018年 7 月30日アクセス）。

8 ）　二木紘三『国際語の歴史と思想』（毎日新聞社、1981年）16-18頁参照。

9 ）　ピエール・ビュルネー『国際語概説』〔文庫クセジュ〕和田祐一訳（白水社、1964年）17頁参照。

10）　小林標『ラテン語の世界——ローマが残した無限の遺産』〔中公新書〕（中央公論新社、2006年）21-22頁参照。

11）　同上、114頁。

12）　『国際語概説』17-23頁参照。

13）　田中克彦『ことばとは何か——言語学という冒険』〔ちくま新書〕（筑摩書房、2004年）73頁。

14）　アンドリュー・ラージ『国際共通語の探究——歴史・現状・展望』水野義明訳（大村書店、1995年）127-128頁。

15）　L.L.Zamenhof, *Unua etapo de Esperanto: 1878-1895* (*Iom reviziita plena verkaro de L.L. Zamenhof, originalaro* ; 1), (Ludovikito, 1989), p. 82.

16）　Peter G. Forster, *The Esperanto Movement* (Mouton, 1982), p. 146.

17）　*Idid.,* p. 112参照。ザメンホフは、「16か条の文法」と「基本語彙集」と「練習文例」を合わせて『エスペラントの基礎』として、1905年に仏・英・独・露・ポーランド語の 5 言語で出版し、その序文のなかで「エスペラントの基礎」が不可侵とされていることがエスペラントの発展を保証してきたし、「これからも順調・平穏に前進していくための

最大の条件」になると述べている（L.L. ザメンホフ「『エスペラントの基礎』への序文」、『国際共通語の思想──エスペラントの創始者ザメンホフ論説集』水野義明編・訳（新泉社、1997年）所収、149頁）。

18)　「日本エスペラント運動史年表」、柴田巌、後藤斉編、峰芳隆監修『日本エスペラント運動人名事典』（ひつじ書房、2013年）566-589頁参照。

19)　Ulrich Lins, *La dangera lingvo: studo pri la persekutoj kontraŭ Esperanto*（Bleicher, 1988）参照。

20)　三浦信孝「はじめに──いま、なぜ多言語主義なのか」、三浦信孝編『多言語主義とは何か』（藤原書店、1997年）所収、12頁。

【文献案内】

　田中克彦『ことばと国家』〔岩波新書〕（岩波書店、1991年）は、社会言語学の視点から国家がことばをつくるという権力現象を明らかにした古典的著作。亀井孝、大藤時彦、山田俊雄編集委員『民族のことばの誕生』〔平凡社ライブラリー、日本語の歴史1〕（平凡社、2006年）は、言語とは何かを探究した、日本の言語学者の共同研究の成果である。馬場伸也『カナダ』〔中公新書〕（中央公論社、1989年）は、カナダのケベック州の分離独立の背景にある言語問題とカナダがケベック州の分離運動を乗り切るために二言語・多文化主義を採用していった経緯について論述している。アンリ・ジオルダン『虐げられた言語の復権』原聖訳（批評社、1987年）は、フランスの少数言語の復権について論じた先駆的研究である。ダニエル・ネトル、スザンヌ・ロメイン『消えゆく言語たち──失われることば、失われる世界』島村宣男訳（新曜社、2001年）は、少数言語が置かれている現状を明らかにしている。Will Kymlicka, *Politics in the Vernacular : Nationalism, Multiculturalism and Citizenship*（Oxford University Press, 2001）〔ウィル・キムリッカ『土着語の政治──ナショナリズム・多文化主義・シティズンシップ』岡崎晴輝ほか訳（法政大学出版局、2012年)〕は、多言語的な政治環境での討議は「エリート支配的」になりがちで、一人ひとりがレトリックもまじえて議論できる空間でのみ民主的決定は十全なものとなることを論証している。英語支配がもたらす「コミュニケーションの不平等と差別」については、津田幸男『英語支配とことばの平等』（慶應義塾大学出版会、2006年）、本多勝一『「英語」という"差別"「原発」という"犯罪"』〔貧困なる精神24集〕（金曜日、2011年）が説得的な議論を展開している。言語権研究会編『ことばへの権利──言語権とはなにか』（三元社、1999年）は、日本ではじめて言語権の内容を検討した先駆的な著作である。

　国際語の歴史については、ピエール・ビュルネー『国際語概説』〔文庫クセジュ〕和田祐一訳（白水社、1964年）が古代ギリシアのコイネー（共通語）、中世ヨーロッパのラテン語、近代のフランス語、19世紀以降の英語など、国際語の歴史について概説している。二木紘三『国際語の歴史と思想』（毎日新聞社、1981年）；『国際共通語の夢』〔ちくまプリマーブックス〕（筑摩書房、1994年）は、国際共通語をつくろうとしてきた近現代の歴史と言語案を概説している。L.L. ザメンホフ『国際共通語の思想──エスペラントの創始者ザメンホフ論説集』水野義明編・訳（新泉社、1997年）は、著者の論文「国際語思想の本質と将来」（1900年）や1905年から1910年までの世界エスペラント大会で行なった演説など国際語思想を示す著作

を収録している。木村護郎クリストフ、渡辺克義編『媒介言語論を学ぶ人のために』（世界思想社、2009年）は、現代世界における媒介言語の実態を多面的に取り上げ、分析している。田中克彦『エスペラント――異端の言語』〔岩波新書〕（岩波書店、2007年）は、言語学の立場からエスペラントを考察し、エスペラント運動の歴史や思想の考察をとおして、言語の本質に迫っている。Detlve Blanke, *Internationale Plansprachen: Eine Einführung*（Akademie-Verlag, 1985）は、社会言語学の視点から国際計画言語について理論的に考察している。自然言語、人工言語という区別に代えて、民族言語と計画言語という概念区分を提唱した先駆的研究である。Ulrich Lins, *La danĝera lingvo: studo pri la persekutoj kontraŭ Esperanto*（Bleicher, 1988）［ウルリッヒ・リンス『危険な言語――迫害のなかのエスペラント』〔岩波新書〕栗栖継訳（岩波書店、1975年）の原著の増補版］は、エスペラント運動の歴史を詳述している。エスペラント運動がナチス政権下のドイツで迫害されただけでなく、スターリン政権下のソ連でも弾圧された事実を明らかにしている。

　政治理論における言語的公正（正義）に関する議論として、Philippe Van Parijs, *Linguistic Justice for Europe and for the World*（Oxford University Press, 2015）は、母語の違いによるコミュニケーション問題を解消するために媒介言語としての英語の推進を提唱している。これに対し、Nicholas Ostler, *The Last Lingua Franca: The Rise and Fall of World Languages*（Penguin, 2011）は、グローバル化とともに覇権言語化した英語の没落を予測している。

第8章

世界秩序の形成原理——近代国家を超えて

1 地球社会の地殻変動

　地球社会のあり方を構想するさいに、近代国家のなかに人間を押し込めておけないことは自明であり、社会が急速に変動している現実から出発する必要がある。多言語・多文化の地球社会という条件のもとで、近代国家の枠組みを変える動きを見定めていかねばならない。世界秩序形成は、イマヌエル・カントが『永遠平和のために』（1795年）で述べた、国家連合と世界市民法という二つの方向で進んでいるように見える。前者は、国連のように世界的な規模での協調を目指したり、EUのように地域統合を目指す動きであり、後者は、環境問題、平和構築、人権を軸にした地球市民社会の形成という動態である。

国家はどこへゆくのか

　近代国家の枠組みが急速に進むグローバル化のなかで揺るがされざるをえなくなっていることは、移民問題、環境問題、貧困問題、核拡散の問題などをとおして明らかになってはいるが、だからといって近代国家が簡単に消滅していくとも考えづらい。近代において主権や民族という概念は国家統一を成し遂げるのに適合した概念であり、一定の領域に安定した秩序と法の秩序をもたらしてきたことは事実である。一方で、主権国家は、領域内では最高絶対の権限をもつがゆえに、ふだんは殺人が禁止されているのに戦争では肯定されるという二重道徳基準を生み出す源になってきた。この事態を克服するには、単純に考えれば、国家主権を移譲して主権の統一が必要だということになる。国家連合や世界連邦の思想がそれである。

　しかし、国家連合にせよ、世界連邦にせよ、大きな関心事になっているわけではない。むしろ、国家が依然として大きな存在感を示していることは確かである。というのも、戦争・紛争、移民問題がクローズアップされるにともない、安全保障や国境管理の機能が重視されてきたからである。また、理論的にも世界政府への道筋が立てられないことと、世界国家が世界的専制（圧政）になるという批判が根強く存在するからである。国家連合にしても、欧州連合（EU）が実現し、ヨーロッパでは「不戦共同体」が実現したと思えるが、それは域内に限られるし、またヨーロッパ統合も、ギリシアの財政危機、イギリスの EU 離脱決定などに見られるように、強固になっているとは言い難く、逆に問題点を露呈させている現状がある。

　ヨーロッパ統合が目指していたのは、仏独の「恒久和解」から始めて、「脅しの体系」（threat system）に基づく権力政治を、政治協調を基本にしたシステムへと根本的に転換すること、すなわち、国境を越えてサービス、資本の移動が起こることから生じる利害対立を、経済制裁や軍事力の脅しではなく対話や交渉によって解決していく「戦争の非制度化」であったが、そのためには主権の共有を図る必要があった[1]。第二次世界大戦までのヨーロッパでは戦争がたびたび起こり、多大の惨禍を及ぼしてきたが、現在では、少なくとも域内では戦争の起こらない「平和なヨーロッパ」が実現し、この意味でヨーロッパ統合が近代国家を超える一つの道を指し示していることは明らかだが、EU のモデルがほかの地域に適用されてこなかったことも事実である。

　世界連邦や地域統合が世界秩序形成の方向性を指し示していることに変わりはないが、こういった制度論的アプローチではなく、グローバル・ガバナンスというように機能で捉えることのほうが重要性を増していることも事実である。現代においても、国家は依然として主要なアクターであるが、NGO や自治体、多国籍企業や市民など非国家アクターの市民活動に注目して、世界秩序形成がなされていくと考えるほうが合理的であろう。当面、国家は消え去ることはないだろうが、国家を相対化していく、もろもろのアクターや思想原理に注目していく必要があると思われる。

国際立憲主義と地球市民社会

　世界秩序の形成原理として注目しておくべきなのは、国際立憲主義と地球市民社会である。国際立憲主義というのは、さまざまな論じ方をされるが、国連システムの多国間主義と法の支配によって主権国家の絶対性を乗り越える原理[2]であって、世界法、すなわち世界憲法を創出しようとする立場ではない。後者は世界連邦主義者がとる立場で、国際立憲主義とは、国連を中心とした国家間の法規によって国際的な次元における法の支配を貫徹していこうという立場である。

　国連憲章や世界人権宣言、国際人権規約は、国内法と同じ拘束力をもつものではないが、それらに準拠して国内法を整備していけば、法の支配は実効的になる。しかし、主権国家システムが続いている限り、主権相互の尊重という原則が働き、人権侵害に対して有効な介入ができないとか、自衛権のもとで武力行使を肯定しているという現状を打破できないという点に難点がある。近年は、「対テロ戦争」の名のもとに国連の安全保障理事会で武力行使の正当化が図られてきた。国連決議がなされれば、一定の拘束力をもつことは確かであり、安全保障理事会は、安全保障の面に限れば、世界政府的な機能を果たしつつあると言えるのかもしれない。

　しかし、実態としては安全保障理事会は常任理事国である大国の多国間中心の機関であり、また、安全保障以外の諸問題は他機関に委ねられ、各国政府と比べれば、決定権限は限定されている。かりに条約が締結されても、各国は加入しないこともできるし、留保条件をつけて加入することもできる。とはいえ、宣言や憲章も理念の表明という側面もあるが、フランス革命における人権宣言がそうであったように、人びとに受け入れられることによって長い時間をかけてじわじわと実現していくと見ることができる。

　地球市民社会の形成が重要なのは、民衆の連帯による地球社会が地球民主主義の基盤になるからである。地球民主主義はたんに制度の問題と考えるべきではないが、制度の問題で言えば、大国中心の常任理事国が拒否権をもつ国連の安全保障理事会は民主的な機構でないことは確かである。分権型システムとして世界秩序は構成されていかねばならないし、下からの民主主義に支えられねばならない。

　現実には、地球的な規模で形成されつつある地球市民社会が基盤に据えられねばならない。国境を越えて市民団体、自治体、個人が連携・協力して、環境問題、人権保障、平和構築など地球的次元で解決すべき諸問題に取り組んでいくことが望ましいからである。そのような脱国家的な協力関係によって人類的な意識を形成し、地球的諸問題を解決していく動態として地球民主主義は捉えられ、それが新しい世界秩序形成の担い手になるという見通しをもつことができる。

2　グローバル化と移民社会

　グローバル化とは、世界が緊密化していき、距離感が縮まっていくことである。経済、情報、運輸技術の発達によって、経済や文化が融合していく動態を表すことばである。グローバル化により、相互依存は高まっているが、摩擦も生じている。自由貿易は国際相互依存を高め、平和を推進する反面、画一化や規格化、競争の激化によって格差を拡大させている。物のグローバル化に比べ、人の移動は遮られている度合いが大きい。現代の国際システムは国境によって人間の出入りを制限しているからである。

グローバル化の諸相

　グローバル化は、経済や情報が先導するかたちで進んできた。具体的に言えば、多国籍企業が国境を越えて経済活動し、巨大な金融資本によって経済が動かされている。情報面でも、政治権力がインターネットやメールのプロバイダーをとおして個人データを閲覧し、民衆を監視しているという状況が明るみになっている反面、ウィキリークス、スノーデン事件に見るように、個人が政治権力の不正を暴露することも可能になっている。情報機器によって個人が世界に向けて発信できる一方で、デマや嘘の情報が流布しやすくなっている。とはいうものの、経済、文化の分野でのグローバル化と並行して、1980年代以来、民主化が世界レベルで進み、非暴力民主化運動が独裁体制を打倒し、民主体制を樹立してきた。また、個人や市民団体が国境を越えたつながりをもちやすくなったことも事実である。

　このように、グローバル化には「上からのグローバル化」と「下からのグロー
バル化」という両側面があり、「上からのグローバル化」の生み出す格差や貧
困に対抗する意味で反グローバリズムという動きもある。移民や難民の流入を
バネにして排外主義の傾向も広まっている。

越境のカテゴリー

　物のグローバル化に比べ、人の移動は遮られている度合が大きい。現代の国
際システムは国境によって人間の出入りを制限している。国境を越える人びと
には、①移民、②難民、③外国人労働者、④留学生、⑤旅行者があり、それぞ
れ、はじめは外国人として入国して来る。①～④は長期滞在者となり、定住外
国人である。⑤は短期滞在者であり、基本的には非定住外国人となる。形式的
には旅行者として入ってきても、実際は移民だったり、難民だったりする場合
もあるので、実態に即して見ていく必要がある。

　2016年には、イギリスのEU離脱とトランプ大統領の誕生という現象が起こ
り、嘘によって民衆を操作するポピュリズムが先進産業諸国で強まっていると
いう傾向がある。これは、移民社会化というグローバル化の底流に対する反応
という側面もあるので、地球社会の地殻変動の重要な側面として国境を越える
移動の問題がある。

　人の移動とともに重要なのは、コンピューターや携帯電話など情報機器の発
達によってたやすく国境を越えて人と人とがつながることが可能になったこと
である。ユーチューブやスカイプを使って個人個人が情報発信することもでき
るようになった。農業社会では一言語でも生きていけたが、地球社会は多言語
社会として発展していくべきだとしたら、また、誰しも世界中の人びとと意思
疎通できる潜在可能性をもつべきだとしたら、民衆が学びやすい共通語が必要
になっていくであろう。対等の意識に基づくことばによって地球市民社会を支
える地球文化を創造していくこと、交流圏を拡げていくことも、世界秩序の基
底に据えられるべき地球社会の形成にとって重要な意味をもつことになる。

移民・難民の概念

　移民は国境の存在を前提としており、国境を越えて出ることを禁止していた

鎖国状態においては移民というカテゴリーは存在しなかった（漂流民のような例も存在するので、他国で生活した人がいないわけではなかった）。現代世界では、出入国を制限はしているものの、運輸交通手段の飛躍的発展によって、人間の自由な移動を妨げることができなり、移民社会化は避けられない現象である。

1）移民概念の転換

　英語には、移民を表す二つの単語があり、emigrant は「他国への移民」、immigrant は「自国への移民」を表している。immigrant とは1789年にはじめてアメリカで使用されたアメリカ英語における造語であり、他国から流入してくる人びとに対して、これを受け入れる国民の立場から呼んだことばである（それ以前は settler（入植者、移住者）ということばが使われていた[3]）。興味深いことに、日本では移民ということばは一つしかないが、そのことは近代以降「エミグラント」は多数いたが、「イミグラント」はいたとしても移民として認識されていなかったという現実を投映している。もっとも、日本においても古代から中世にかけては「イミグラント」はいた（日本の歴史教科書ではかつては「帰化人」、現在は「渡来人」と書かれている）。アメリカでは、外国人には「移民」（immigrants）と「非移民」（nonimmigrants）の二つのカテゴリーがある。アメリカで「移民」といった場合、「原則として永住のために入国を求める外国人である[4]」と規定されていたように、永住目的でやってきた人びとのことであり、「非移民」とは一定の期間、一定の目的でやって来た人びとのことである。

　L.A. コーザーによれば、移民とは、大部分は自分の意志で自国を離れて、居住を変えようとして来た人びとのことであり、政治的亡命者（exiles）とは、強制的に出国させられ、政治体制が変わり次第、生まれた国に戻ろうとしている人びとのことである。亡命知識人（refugee intellectuals）とは、アメリカでは大部分はユダヤ人から成り、はじめからアメリカをついの住みかにするつもりであったので、移民に近い[5]。

　しかし、移民の概念はグローバル化のなかで、一定期間他国に居住する人びとを指すように変化してきている。国連人口部では、移民（migrants）を「出生あるいは市民権のある国の外に12カ月以上いる人[6]」と定義しているように、移民の定義自体が広がり、難民や出稼ぎ労働者、留学生や不法入国者も含むようになってきている現状がある。英語でいう、emigrants（出国移民）、immigrants（入国移民）、migrants（国境を越えて移り住む人びと）は、日本語ではいずれも「移民」となるが、国際的には移民の概念が変化してきたことに注意する必要がある。基本的に移動の自由は人間の根源的自由の一つであり、産業構造の変化やグローバル化のなかで移動することが不可避的になっている現実に対応している。

　移民の発生理由としては通常、プッシュ要因——本国における戦争、革命、災害、不況、貧困などと、プル要因——移民国における労働力需要、移民国への憧れなどがあげられる。これに、その他の要因——交通運輸手段の発達などを付け加えて、移民という現象を理解することができる。もとより、国境線で人間の自由な移動を妨げていること自体に矛盾があり、国家は人間の容器として変容を迫られざるをえない。

２）難民概念の転換

　移民が自発的に国境を越えて行く人びとだとしたら、難民とはさまざまな理由で移住せざるをえなくなり、他国に移り住む人びとである。移民と難民の区別について言えば、自発的に国外に出ていく／国外から入ってくる人びとを移民と呼び、非自発的に流入（流出）していく人びとを難民と呼ぶという区別はできるが、客観的には見分けがつかず、また、概念として両者を区別することはできても、実態としては区別できない場合も多い。

　難民の概念について、1951年の「難民の地位に関する条約」（略称：難民条約。日本は1981年に国会承認）では、難民とは人種、宗教、国籍、特定の社会的集団への帰属、政治的意見の相違などの事情により、本国において迫害を受け、または迫害を受けるおそれがあるために外国に逃れ、本国の保護を受けることができないか、またはそれを望まない者と規定されている。

　しかし、この定義のなかには、いわゆる経済難民、飢餓難民が含まれておらず、現伏にそぐわなくなってきている。そこで、たとえば、「自国において、あるいは住み慣れた定住地において自己の生存を確保する条件がなくなるか、なくなる可能性があると思い込んだ人々が大量に未知の他所へ移動する場合、それらの人びとを難民と定義する[7]」というように定義しなおされている。

　難民（refugees）は、亡命者（refugee）から派生したことばであり、英語では単数・複数の違いがあるだけで、同じ単語が当てられている。西洋では古代か

ら庇護権の伝統があったが、庇護権とは、国家が自国の領土内、あるいは外国にある大公使館に逃れてきた者を保護し、その引き渡しの請求を拒絶できる国際法上の権利である。国内法では、1793年のフランス憲法で「自由のために逃亡した者に庇護を与える」と庇護権が認められた。1949年の西ドイツの基本法でも、第16条第2項で「いかなるドイツ人も、外国に引き渡されてはならない。政治的に迫害された者は庇護権を有する」と規定された。亡命者と難民の区別は、前者が政治的迫害を受けて、外国に逃れる人であり、個人的色彩が濃いのに対し、後者は自国において生存の条件が失われたか失われる可能性があると思い込み、大量に他国に移動する人びとのことであり、亡命者に比べて集団的色彩が濃い。亡命者は難民のなかに含まれ、狭い意味での難民と判断される。政治亡命（political exile）は個人の政治的信条によってなされるのが通例だが、ナチスの弾圧によるユダヤ人、社会主義者、自由主義者の大量亡命という言い方もなされる。これに対し、難民は亡命者よりも広い概念であり、集団をなし、大量に発生するという意味が含まれている。[8] これとともに、戦争や災害などで「住み慣れた土地を追い立てられた人びと」という意味で避難民（displaced people）という用語も用いられている。避難民の場合は、国内での移動についても用いられる点が難民との違いだが、非自発的移動という点では同じである。

　難民の発生理由は、①人種的、民族的追害――少数民族。中心民族、支配民族による抑圧、②政治的理由――国内反体制派（革命後の旧支配層、旧支配階級）、③経済的理由――飢餓難民や経済的によりよい生活を求めて他国に移る人びと、④自然災害や戦争――災禍を逃れて他国に移る人びと、⑤環境破壊――開発や焼き畑によって故郷を逃れる入びと（環境難民と呼ばれる）があげられる。

　このうち①〜④は、国民国家の構成原理と関わっている。これらは直接的理由だが、アジア・アフリカでは帝国主義列強がそこに住む民族の分布を考慮することなく、恣意的に線を引いて植民地を定め、第二次世界大戦後、宗主国が去ったあと、大国の利害に左右されながら国民国家を形成しなければならなかったところに根本原因が横たわっている。また、関接的にはメディアの発達により他国との比較が容易にできるようになり、自国での生活に希望がもてなくなった場合他国に逃れたいという欲求が生じることも難民発生の理由になっている。難民の置かれた状況は国民国家の原理的破綻を表すものであり、世界

が経済的に一つになり、運輸・情報手段の飛躍的発展により地球社会が形成されつつある現在、難民の人権も保障する新しい政治原理が求められている。

越境することの意味

　重要なのは、国境によって人びとの行き来が制約されているにもかかわらず、いずれは、国境が現在の州や県の境のように容易に乗り越えられるようになっていくと思われるし、その方向は不可逆的だということである。というのも、交通運輸手段、情報通信技術の発達が加速度的に進んでいるグローバル化のなかで、協力し合わないと人間活動は成り立たなくなるとともに、個人がさまざまなかたちで越境していく可能性が広がっているからである。移民だけではなく、留学や国外赴任も頻繁に行なわれ、短期だとしても観光目的で国境を越えて大量の人びとが移動する実態がある。移動の自由は、人間の根源的な自由であり、職業生活が第三次産業化するなかでの人口移動は不可避的だということである。もちろん、政治・経済体制の違い、ことばの壁、文化の違いが移動を妨げているが、国家に閉じ込めておくことはできないし、長期的に見れば、自由移動の時代が来ると思われるし、来るべきだと考えられる。こうした人間の移動によって、主権国家、国民国家として特徴づけられる近代国家は変容を迫られていくことになる。

　移民社会化がもたらしているのは、多文化化、多言語社会化である。とくに大都市においては移民社会が現実のものとなっていることから、多民族・多言語社会が急速に現実化している。世界が多民族、多言語によってモザイク状に構成されているように、都市もモザイク化していくという現実がある。そのことによって、短期的には文化衝突も起こるが、長期的には人類全体に共通の価値観や行動様式が形成されていくことが期待できる。

3　地球社会の形成原理

　地球社会の秩序形成は、強大国中心のグローバル・ガバナンスという方向と地域統合を基盤にした各国間の連携強化という二つの方向で進んでいる。その根底には、主権国家、国民国家という近代国家の暴力性・排他性をどのように

克服していくかという問題が横たわっている。制度的には、国連（国際連合）とEU（欧州連合）が注目されるが、地球社会の底流で起こっている動きに注目する必要がある。

地球文化の形成

越境は、人類社会の共通性と多様性を高めるという効果を生み出す。そのさい重要なのは、個人として越境していくことである。地球文化はさまざまな文化の混成体として形成されていくであろう。普遍的に受け入れられた文化が地球文化の構成要素となるはずである。そのさい重要なのは、他者を尊重することであり、他者の立場に立って考える習慣である他者感覚を培うことである。人びとが互いに寛容で、個人個人が違う価値観や感覚をもっていることを肯定する行動様式を育んでいく必要がある。

地球文化は、対等で非暴力的な行動様式によって規定されていく、と思われる。また、自然環境によって人間が生かされていることを自覚し、地球上の資源の有限性を顧慮して、自然と共生する、循環型社会の形成を目指すものになるべきである。いかなる民族も自民族中心主義に陥ることなく、他文化から学び絶えず自己変革していく、開かれた社会の構築を目指すものでなけれならないだろう。越境することに意味があるのは、地球的なつながりのなかで生きていることを自覚できる点にある。

移民社会化が表しているのは、徐々に地球社会が形成されていくという動態である。「移動の自由」とともに「職業選択の自由」は、人間の根源的な権利であり、憲法に書かれる以前から存在するのであり、近代以降の社会において身分や土地の拘束から解放された個人は就業機会が得られれば、移住するのは国内では当たり前のことになっているが、国外への移住を国内での移住と同じレベルで捉えることはできないのは、言語や文化が違うからだが、国境が人間の移動を遮っているという側面もある。越境とは、一人ひとりの人間が国境という壁に穴を開けていくのが行為であり、移民社会化は近代国家システムを下から切り崩していく現象と捉えることができる。

地球社会は多様な文化から成り立っているのであり、多様性なしには人類の豊かな発展はありえない。1960年代以降、国民国家のなかでも多文化主義政策

がとられ、同化主義を表立って主張することは難しくなってきている。EUで
は多文化主義政策だけではなく多言語主義政策もとられ、すべての加盟国の公
用語がEUの公用語になっている。文化は言語と切り離すことができないので
あり、国家の後ろ盾のない言語は衰退を余儀なくされているという状況のなか
で、多言語主義の言語政策が追求されている。

　地球民主主義をグローバルな民主的な制度の構築として考える議論もある。
デイヴィッド・ヘルド（David Held, 1951-）は、コスモポリタンな民主主義を実
現するためには、「民主的な諸人民から直接選挙され、人民に責任を負うような、
人民の独立した議会を創設することは、不可避の制度的必要条件である[9]」と述
べているが、その道筋は明らかではない。世界連邦運動でもさまざまな国連改
組案が提出されてきたが、現実性があるとは言えない。というのも、国連自体
が権力政治の縮図になっているからである。

地球市民社会の形成主体

　軍事中心の秩序形成に対抗しうるのは、地球市民社会の反発力である。地球
市民社会というのは、動態的概念であって完成態ではない。地球市民社会を形
成していくのは、民衆が国境を越えて対等に交流する民際交流であり、民際交
流の担い手は、市民団体、自治体、個人である。国境を越えて市民団体が協力
し、自治体が連携を深め、個人個人が交流していくなかで地球市民的意識が定
着していくと考えられる。市民社会は、大国政府の暴走を抑制する力になりう
るし、グローバル・ガバナンスを下支えることができる。地球民主主義が成
立するためには民衆の意見交換・情報交換が必要であり、多言語主義と計画言
語による言語民主主義の確立が望ましい。

　また、地球市民社会を形成するには、市民の交流圏を拡げていく必要がある。
コスモポリタニズムは、個人と世界（人類社会）とを直接結びつけて世界の諸
問題を解決しようという立場であり、それだけでは直接、政治に影響を及ぼす
ことはできないが、個人が自由に行き来する場として地球市民社会を形成して
いくと捉えられる。とはいえ、地球的諸問題の解決にとって重要なのは、特定
の問題関心ごとに結成された市民団体である。市民団体は、人びとが自由に加
入・脱退することができる自発的結社である。

　市民団体の目指す公益は、国益（ナショナル・インタレスト）ではなく人類益である。実際に、NGOとして国連をとおして条約作成に影響力を及ぼすことも可能だが、人類的な視点に立って世界世論を形成していくための媒体になることが地球民主主義の観点からは重要である。環境、平和、人権に関する問題は、市民が身近な生活圏から問題を提起し、国境を越えたネットワークを形成することのなかでよりよい解決策、創造的な方策が見いだされていく可能性が高い。これらは、総合的な視野を必要とし、生活に根ざした市民の協力が最も必要とされる問題群である。将来世代をも考慮した持続可能な社会づくりには広範な合意が見られるのだから、市民団体がイニシアティヴをとって国境を越えた協力や連帯によって公正な地球社会を構築していく必要がある。

　自治体は、市民が最も影響を及ぼせる政治的共同体であり、自治体を「市民の政府」と考え、対等な立場で自国の中央政府や他国政府や国際機構と政府間関係を構築していくことが必要である。「市民の政府」とは、自治体は市民活動の事務局、専門的支援機関という意味であり、あくまで市民が主体の捉え方である。10) こういった「市民の政府」としての自治体は、民際外交の担い手であり、市民間の交流・友好・連携を深めていくための推進力にもなりうる。また、市民が設立した自発的結社としての市民団体も「市民の政府」と考えることができ、政策提言し、政策形成に影響力を及ぼすことができる。地球民主主義は、このような媒体をとおして形成される地球市民社会を基盤にして、専門家ならざる市民が参加と討議によって影響を及ぼす政治形態として捉えなおすべきである。

4　世界統合の可能性

　世界統合は、制度的にはEUのような地域統合と国連のような超国家的国際機構の強化という二つの方向で考えるしかないが、世界連邦への道筋が明確にできないのは、国際社会を構成している諸国家が自らの権益を放棄することは考えづらいからである。とくに国連の安全保障理事会の常任理事国である大国が覇権的地位から自ら降りることは想定し難いからである。国連が権力政治の舞台になっているとしても、常任理事国に拒否権があったから国連は維持され

たという、現実主義的な側面も踏まえねばならない。権力政治状況はすぐには変わらないが、グローバル化のなかで相互依存関係は格段と進んでいることもまた事実であり、その点に注目していきたい。

世界政府の利点

国家間のアナーキーを抜け出し、統合していくほうが合理的だということは言えても、そうなるかどうかは確定的ではない。国家主権をもつ近代国家が形成されえたのは、外部が存在したから統一できたのであり、外国の侵略や脅威から自らを守るために主権国家化を必要としたのであり、世界統合によって脅威がなくなるなら、主権の統一は必要でないという議論も成り立つからである。

世界政府の利点としてあげられるのは、戦争システムを終わらせ、戦争を非合法化・非正当化できること、環境問題や人権問題に人類的視点から取り組んでいくことができること、富と公平な再配分が可能になることなどがある。というのも、国民国家を基底にする国際システムでは、国家はどうしても国益を優先して、人類的な視点から世界の諸問題に取り組めない、という弊害が付きまとっているからである。両大戦間の平和主義が見抜いたように、戦争とは集団殺人を正当化するシステムにほかならないのであり、罪のない者同士が殺し合うシステム自体が廃絶されねばならないからである。世界政府の樹立というのは、世界法が実効的に支配する世界の創出ということであり、当然のこととして戦争は非合法化されるだろう。そればかりではなく、世界政府が樹立されれば、富の配分をより公正に行なっていくことができるようになり、著しい人権侵害に対して人類の責任として対処していくことも容易になるであろう。

国際立憲主義の進展

一気に世界政府や世界法は実現できなくとも、より現実的な途として、国境を越えた市民活動によって条約をつくったり、人権憲章を制定したりすることによって規範的な統制力を増していくことはできるはずである。

前者の例としては、1997年に署名、1999年に発効した対人地雷禁止条約（オタワ条約）があげられる。この条約は、1991年にアメリカのNGOとドイツのNGOが対人地雷全面禁止に向けての運動を開始することに合意したことが端

緒となり、翌1992年に欧米の 6 市民団体がニューヨークで「地雷禁止国際キャンペーン」（ICBL：International Campaign to Ban Landmines）を発足し、世界的な運動となった。NGO と世界世論が基盤になって非人道兵器の禁止をもたらした。また、2017年に122ヵ国・地域の賛成によって国連総会で採択された核兵器禁止条約も1996年以来 NGO を主体する国際的連帯によって行なわれてきた運動の成果であり、核戦争防止国際医師会議から独立して結成された核兵器廃絶国際キャンペーン（ICAN：International Campaign to Abolish Nuclear Weapons）の貢献が大きいとされ、同団体は2017年にノーベル平和賞を受賞している。条約によって核兵器禁止に追い込んでいくためには、すべての国の加盟と強力な検証制度をもつ必要があるが、核兵器禁止条約は、核兵器使用を犯罪化することによって核兵器を「使えない兵器」にし、最終的には核兵器を廃絶することを目指している。[11]

　後者の例としては、「世界言語権宣言」があげられる。この宣言は、NGO の66団体、41のペンセンター、41人の言語法制専門家、合計90ヵ国からの220人が国際ペンクラブ翻訳・言語権委員会などの呼びかけに応えて1996年 6 月にバルセロナに集い、それまでの長い検討を踏まえて、採択したものであり、個人および集団の権利として人間に言語権があることを明記している。[12]

　このような市民間の国境を越えた運動によって国際的な規範を打ち立て、地球社会の枠組みを徐々に形成していくことが、国際立憲主義の運動である。実際に、国連を舞台にして NGO が各国政府と協力してさまざまな分野での人類的法規範を形成しつつあると言えよう。しかし、国連を中心に形成されつつある国際立憲主義には、国内法とは違って法的拘束力が弱いという弱点がある。条約を締結する、脱退する自由も国家が握っており、法規範を強制する力に欠けているということである。もちろん、条約を締結したら、条約に適合するかたちで法律を整備することになり、法律によって実効性が保たれるわけだが、国際法規範には国際法廷は存在しても、国内法とはレベルが違うし、国際刑務所が存在するわけではない。一方、世界法を作って、世界政府のもとで執行していけば、規範力・規制力は高まるが、そこにはさまざまな問題も含まれている。近い将来に一足飛びに世界政府が実現する見込みはないが、国際立憲主義から世界立憲主義に進む可能性は、地球社会形成に伴って大きくなっていくと

考えられる。

世界統合のかたち

　世界統合は、世界政府として捉えるよりも、国家の非暴力的抑制、国連など
の民主化と国際機関やNGOの連携として捉えられる傾向がある。というのは、
世界政府実現の道筋が立たないことと、集権的な権力が生まれることには大き
な危険があると認識されているからである。

　リベラリズムの立場からは、世界政府ができれば、退出不可能な世界社会が
形成され、集権的な政策形成のメカニズムによってマイノリティの自由が抑圧
されるおそれがあると批判される[13]。ただ、これは世界政府がどのようなかたち
で形成されるかにかかっている問題であろう。グローバル化によって急速に人
類社会に共通の基盤が形成されているのが実態であり、地球市民社会、地球市
民意識の形成を、逆に自由の拡大のために活かしていく発想が必要なのではな
いかと思われる。というのも、人権などグローバル・ミニマムについての意識
を共有し、人類の共通性は高めていく必要があるからである。しかし、それと
同時に、地域的・文化的多様性は尊重していくべきである。本書では、近代国
家がもつ排他性・暴力性をどのように克服していくかという視点が重要だと認
識しており、したがって、世界共和国の構想に与することはしない[14]。世界国家
の創設ではなく、多言語・多文化共存の地球社会の形成が望ましいと考えてい
る。いずれ世界政府が成立するとしても、それは各地域を統括する諸政府の調
整機関という形態が望ましいと言えるからである。

　ともあれ、ゆるやかなかたちにせよ、世界法や世界政府が必要になると考え
られるのは、戦争の廃絶、人権の推進、貧困や暴力の克服が、地球時代を生き
る人びとにとって不可欠な課題であり、地球的実存のために共通の規範が必要
だからである。「戦争のない世界」をどのような筋道でつくっていくかは、世
界国家という枠組みではないはずだからである。

　国連に代表される国際機構は、世界連邦でも世界国家でもないが、すでに疑
似世界政府として機能しているという見方もあるが[15]、国連システムにおいては、
世界法のような意味での「法の支配」が貫徹しているわけではないし、財や資
源の再配分が行なわれているわけでもない。国連が目指してきたのは、集団的

安全保障体制による平和の実現であり、強制力の担保による戦争の廃絶である。しかし、地球社会、各国政府の調整機構としての世界政府が目指すべきなのは、軍事的強制ではない。国連自体、権力政治の舞台となっている面もあり、大国中心の安全保障理事会など、世界政府には程遠いが、世界統合は国連を基盤に考えていかざるをえないことも事実である。

　しかし、仮に国連を改組して世界連邦をつくるとしても、スイスのように地理的にはヨーロッパの中央にあっても EU に加盟しない国々があるように、世界連邦に加入しない自由、脱退する自由は認められるはずである。したがって、重要なのは、むしろ地球社会の形成であり、各国政府間および市民間の信頼関係・協力関係の確立である。つまり、非暴力的で対等な地球文化を築くことが世界政府の前提として不可欠である。一方で、戦争を正当化する国家主権の問題性を克服していかねばならないことも確かなので、重層的で多元的な世界が形成されるなかで、下からの民主的諸力によって戦争の非合法化・非正当化を実効的なものとしてから、多元的な政治主体間の調整機関として最小限の暴力手段を具えた世界政府が実現していくのが望ましい道筋であろう。各政治単位における自治を尊重しつつも横につながっていく構想である。**世界統合は目的**ではない。地球的な規模での市民間の交流・連帯・協力に基づく、民主的で非暴力的な文明の確立こそが国民国家体制の次に来るものでなければならない。

戦争廃絶への確かな道

　地球社会は、自由貿易が基盤になっている。市場経済化というグローバル化の一側面は、経済格差を拡大させる一方で、長期的には物価の平準化をもたらすと見られる。ジェレミー・ベンサム（Jeremy Bentham, 1748-1832）が「普遍的永遠平和の計画」（1786-89年執筆）のなかで植民地主義や征服に反対して植民地放棄論を展開するとともに、経済的繁栄は自由貿易からのみ生じるとして、文明諸国が国際社会を形成し、とくに英仏が協調すればヨーロッパの平和は達成しうると説いた[16]ように、自由貿易や相互依存が戦争防止に役立つと認識されてきた。

　地球社会が意味をもつのは、交戦権という主権国家の暴力性を実質的に抑制し、最終的には無効にすることができるからである。なぜなら、国家が戦争を

起こすことができるとしても、正当化の理由としては国民の生命を守ることが
あげられるが、相手国に何十万、何百万規模で自国民が居住したり、現地法人
を作り、経済が緊密な連携を築いているならば、戦争を起こすことを現実主義
的に抑制できると考えられるからである。

　グローバル化および移民社会化は、短期的にはナショナリズムを再燃させて
いるが、長期的には戦争原因を取り除き、戦争廃絶に向かう現実的で確かな道
となるであろう。実際に移住しなくとも、旅行や留学をとおして民際交流した
り、逆に自国に来た外国人と交流したりする交流圏をつくっていくことが、近
代国家の最大の矛盾である戦争を非現実的なものにするからである。

1）　鴨武彦『ヨーロッパ統合』〔NHKブックス〕（日本放送協会、1992年）25-31頁参照。
2）　最上敏樹『国際立憲主義の時代』（岩波書店、2007年）84頁。
3）　野村達郎『民族で読むアメリカ』〔講談社現代新書〕（講談社、1992年）36頁参照。
4）　萩野芳夫『国籍・出入国と憲法――アメリカと日本の比較』（勁草書房、1982年）49頁。
5）　ルイス・A.コーザー『亡命知識人とアメリカ――その影響とその経験』荒川幾男訳（岩波書店、1988年）2頁参照。
6）　国際連合広報センターホームページ参照（http://www.unic.or.jp/news_press/features_backgrounders/22174/　2018年7月30日アクセス）。
7）　安世舟「アジアにおける国民国家形成と難民問題――一つの比較政治学的アプローチ」、国連大学、創価大学アジア研究所編『難民問題の学際的研究――アジアにおける歴史的背景の分析とその対策』（御茶の水書房、1986年）所収、6頁。
8）　同上、6、10頁参照。
9）　デイヴィッド・ヘルド『デモクラシーと世界秩序――地球市民の政治学』佐々木寛ほか訳（NTT出版、2002年）310頁。
10）　田村明『田村明の闘い――横浜〈市民の政府〉をめざして』（学芸出版社、2006年）76-77頁参照。
11）　川崎哲『新版　核兵器を禁止する――条約が世界を変える』〔岩波ブックレット〕（岩波書店、2018年）37-43頁参照。
12）　後藤斉「「世界言語権宣言」とは」『エスペラント』（*La Revuo Orienta*）（1999年1月号）6-7頁参照。
13）　井上達夫『世界正義論』（筑摩書房、2012年）352-354頁参照。
14）　柄谷行人は、カントとマルクスに依拠して「世界共和国」を構想している（『世界共和国へ――資本＝ネーション＝国家を超えて』〔岩波新書〕（岩波書店、2006年）参照）。また、瀧川裕英は、「地球共和国」への道筋は示さないものの、その蓋然性を主張している（『国家の哲学――政治的責務から地球共和国へ』（東京大学出版会、2017年）参照）。
15）　最上敏樹『国連システムを超えて』〔21世紀問題群ブックス〕（岩波書店、1995年）41-42頁参照。

16)　Jeremy Bentham, *Jeremy Bentham's Plan for an Universal and Perpetual Peace*, with an introd. by C. John Colombos (Sweet & Maxwell, 1927), pp. 11–44参照。

【文献案内】

　カント『永遠平和のために』〔岩波文庫〕宇都宮芳明訳（岩波書店、1985年）は、国家連合による恒久平和を構想している。Jeremy Bentham, *Jeremy Bentham's Plan for an Universal and Perpetual Peace*, with an introd. by C. John Colombos (Sweet & Maxwell, 1927) は、自由貿易や国際世論が平和実現に役立つことを提言している。国際立憲主義について、最上敏樹『国際立憲主義の時代』（岩波書店、2007年）は、国際立憲主義の視点から、「対テロ戦争」というかたちでの武力行使の問題点を明らかにしている。篠田英朗『「国家主権」という思想——国際立憲主義への軌跡』（勁草書房、2012年）は、国家主権の概念構成を思想的に辿ったうえで、人権規範を基盤とする立憲主義を国際社会に適用しようとする国際立憲主義の形成史を概説している。デイヴィッド・ヘルド『デモクラシーと世界秩序——地球市民の政治学』佐々木寛ほか訳（NTT 出版、2002年）は、制度面から地球民主主義を構想している。

　移民の概念については、野村達郎『民族で読むアメリカ』〔講談社現代新書〕（講談社、1992年）は、「移民国家」アメリカの形成過程について概説している。難民の概念については、安世舟「アジアにおける国民国家形成と難民問題——一つの比較政治学的アプローチ」、国連大学、創価大学アジア研究所編『難民問題の学際的研究』（御茶の水書房、1986年）所収が、難民概念の現代的変容を明らかにしている。大津留（北川）智恵子『アメリカが生む／受け入れる難民』（関西大学出版部、2016年）は、移民とは概念的に区別される難民の発生と受け入れと定住について、アメリカにおける現地調査を踏まえて分析している。

　ヨーロッパ統合について、鴨武彦『ヨーロッパ統合』〔NHK ブックス〕（日本放送協会、1992年）は、国際政治学の視点からヨーロッパ統合の意義を明らかにしている。臼井陽一郎編『EU の規範政治——グローバルヨーロッパの理想と現実』（ナカニシヤ出版、2015年）は、環境政策や人権政策などにおける EU の規範政治の実態を分析している。世界連邦について、谷川徹三『世界連邦の構想』〔講談社学術文庫〕（講談社、1977年）は、世界社会の形成を前提にしない限り、世界連邦は建設できないという最大限論の立場に立っている。加藤俊作「運動としての世界連邦論」『平和研究』第28号（2003年）は、世界連邦運動のなかで出された国連改革案も含め、世界連邦建設の意義と課題を検討している。ヘドリー・ブル『国際社会論——アナーキカル・ソサイエティ』臼杵英一訳（岩波書店、2000年）は、主権国家システムを超える方向についてさまざまな検討を加えている。井上達夫『世界正義論』（筑摩書房、2012年）は、世界政府論を批判し、「諸国家の村」を世界秩序構想として提示している。これとは対照的に、瀧川裕英『国家の哲学』（東京大学出版会、2017年）は、国家に関する言説を精査したうえで「地球共和国」の妥当性を主張している。

第Ⅲ部　政治哲学の再構築

第Ⅲ部のねらい

　近代国家の枠組みのなかで国家間戦争が頻発し、全体主義が現出した。内戦とテロは、21世紀になっても続いている。グローバル化のなかで、格差が拡がり、不満が鬱積し、排外思想やテロの温床となっている。このような状況のなかで私たちは、現代の政治理論家が自ら生きた時代の問題状況にどのように立ち向かってきたのかを学び、解決の糸口を模索していかねばならない。

　まずもって、国家や国際が中心となっている政治の概念を転換し、政治を市民の生活の一部として取り戻すための理論構築をしていかなければならない。現代政治を全体主義やポピュリズムに陥らせないために共和主義の現代的再生に注目する必要がある。さらには、集団主義的イデオロギーやナショナリズムを克服し、「開かれた社会」として地球社会を形成していくための理論的基盤を確立しておく必要がある。つまり、現代の政治哲学に要請されているのは、国民から市民へ、自由民主主義から共和主義的民主主義へ、閉ざされた社会から開かれた社会へのパラダイム転換である。また、一人ひとりの人間の正義感覚が今後の人類の歩みを左右すると考えられるので、ロールズとそれ以後の正義論の問題関心を継承しつつ、市民一人ひとりが「最も恵まれない人びと」を最優先する規範的思考の習慣を身につける必要があることを論証していきたい。

第9章

政治の意味——アレントを基軸に

1 政治とは何か

　20世紀は「戦争と革命の世紀」だと言われるように、政治的激動のなかで暴力による死を身近に感じざるをえない状況があった。とくに戦間期と言われる第一次世界大戦と第二次世界大戦のあいだの時期において、政治を日常世界の場から捉えなおす必要が出てきたのはそのためである。自由主義は、政治を社会や私的領域から閉め出したが、政治的なものは遍在するのだという見方が広がっていく思想的基盤が用意されていった。

　「政治的なもの」ということばで含意されている事柄は、カール・シュミットやハンナ・アレントという実存主義の洗礼を受けた思想家にとっては、人間の実存領域（生活世界）における政治現象を指すことばである。ただ、シュミットが政治の本質を敵と味方の識別にあると考えた[1]のとは対照的に、アレントは政治を他者と協力して共同の問題を解決する営みとみなした。シュミットが言うように、例外状況において友敵への分極化や闘争・戦争があることは認めるとしても、政治本来の姿はそこに見定めるべきではない。アレントが行なったように、暴力とは対極にあることばに注目し、政治を日常世界での公的な営みに見据える視点を確立すべきである。

政治の多義性

　政治は、多義的なことばである。それは、歴史的に政治の実態が変化してきたからでもあるが、文化的要因によるところも大きい。政治学は古代ギリシアに始まり、西欧語の政治（politics, politique, Politik）の語源はポリティケー（politikē）

にあり、その発祥の地は古代ポリス（polis）である。西欧の政治的語彙の淵源には古代ポリスの政治的経験があるが、日本の場合祭政一致の古代の政治秩序からの根底的脱却が計られていない。また、市民革命の歴史がなく、政治は上からの統治のイメージで見られる。このような文化的背景の違いもあって、政治観の多様性が生じている。一方で政治は人間の自治的な営みであるが、民主的自治の経験に乏しい日本では政治を国家に関わる統治の現象と見る見方が一般的である。

　政治学においても、政治についての確定的な定義は見いだせない。それは、政治という現象がさまざまな要因から成り立ち、さまざまな側面を総称することばとして「政治」が用いられているからである。つまり、政治研究の対象が秩序維持から政策決定に至るまで多岐にわたっているからである。また、それぞれの政治の定義は研究者の生きている歴史社会の文化を反映していると同時に研究者の問題意識によって影響も受けている。たとえば、支配なき無階級社会を目指したマルクスは政治を支配の現象と捉え、既存勢力に対する闘争が被抑圧階級の歴史的課題だとした。

　このことは、古代ギリシアに生きたアリストテレスと近代社会に生きたマックス・ウェーバーを比較してみればわかる。両者の政治概念が異なるのは、まずもって彼らの文化的背景によって説明することができる。アリストテレスは、人間を本性的に「政治的動物」と定義し、政治をポリス内での市民の自治的な営みとして捉えた。これは何よりも、ポリス内での人びとの生活の観察に基づいていた。つまり、アリストテレスは人間を本性的に定義しようとしたのではなく、当時ポリス内で一般的だった生活様式、すなわち説得によって共同の問題を解決していくことを政治と定義したのである。

　これとは対照的に、ウェーバーは「政治的」ということばを物理的強制力との関連で把握した。ということは、とりもなおさず彼が官僚制と常備軍を具えた近代国家において政治社会を考察したことと深い関連がある。彼には、市民の行為としての政治ではなく、国民国家を中心に展開する政治が重要だと思われたのであり、国家は物理的強制力を独占しているという点で、ほかの結社とは決定的に区別されると考えられたのである。

政治の概念と国家

　このウェーバーの考えの延長線上にあるのが、ドイツの国家学（Staatslehre）における政治の概念である。近代以降、国家の規模が大きくなり、官僚制と常備軍を備えるようになり、その強制力、すなわち実力は大きくなった。しかし、そのような現実があるにもかかわらず、政治を国家現象と定義しきってしまうことは、政治がふつうの人間の営みであるという重要な側面を見落としてしまうことになるだろう。また、現実の国家が国家主義的になっていき、侵略を繰り返していったときに、戦前の国家学がなんら批判的な力となりえなかったことも事実である。

　戦前においても、政治を国家に限定しない見方としては多元的国家論（pluralist theory of the state）があった。これが提唱されたのは第一次世界大戦後のイギリスであり、この議論は労働組合、教会などが国家のなかにあって厳然とした勢力をもっていたことを反映している。大幅な自治権をもつ団体の登場が国家の力を相対的に弱めているような印象を与えた。多元的国家論の主唱者としては、アーネスト・バーカー（Ernest Barker, 1974-1960）、ハロルド・ラスキ（Harold Laski, 1893-1950）、G.D.H. コール（George Douglas Howard Cole, 1889-1959）らがあげられ、その論点としては、①国家と基礎社会とを区別する、②国家はその基礎社会のなかで特定の機能を実現するアソシエーション（団体）である、③団体自治の主張、があげられる。教会などの例に見られるように、国家だけが忠誠の対象でないことは明らかであり、団体にはそれなりの自治が行なわれていることも確かである。しかし、この多元的国家論にも重大な落とし穴があったと言わざるをえない。たとえば、徴兵の場合、「汝殺すなかれ」「汝の敵を愛せよ」というキリスト教信仰を深く抱いていたからといって、それが国家への忠誠にまさったケースは少なかったからである。つまり、多元的国家論の弱点として一般的に言われているのは、①社会集団に政治の存在を認め、教会の政治学、会社の政治学、社交クラブの政治学が成立するとしても、それがどれだけの学問的意義をもつのか。言い換えれば、政治学は共同体全体＝公共とのつながりをつねに認識しなければならないという責務を負っていたのではないのか、ということである。②国家にはほかの団体にはない正統な物理的強制力がある。つまり、政治の極限（ultima ratio：究極の手段）には暴力があり、合法的

に暴力を行使できるのは国家だけである。多元的国家論はこの点を軽視していたと言わざるをえない。多元的国家論の無力さは、第二次世界大戦に突入していった時代状況のなかで、はからずも明らかになった。

　政治を国家に限定してしまうことには問題があるが、現代において国家が依然として大きな意味をもっていることも否定しえない事実である。政治を一人ひとりの人間の側からも見ることのできる視座を構築することが重要であるが、それと現実にわれわれが政治として認識しているものとの関連はどうであろうか。そのような点も留意して政治を定義していく必要があると思われる。

　政治は機能的には、「集団意思の決定およびその遂行」と概念規定しうるが、この意思決定は公的な事柄に関連し、遂行は法的強制力をバックにしているという留保条件が付く。秩序の維持、闘争というイメージも政治にはまとわりつき、そのような側面も無視することはできない。おそらく人間間の相互作用の動態に政治の原型が見いだせるのであり、人間の生が多様な側面から成り立つように、人間の営みとしての政治にもいろいろな側面があることを知らねばならない。

　つまり、政治を一義的に規定することができないのは、政治を定義すると、そこから抜け落ちてしまう重要な側面がすぐ明らかになってくるからである。基本的に言えることとしては、人間が他者と共生する限り、政治という営みはなくならないということである。そこでまず、試みなければならないのは、国家やシステムの側からでなく、人間の側から政治を捉えなおすことである。

2　政治概念の転換

　政治には、闘争・紛争という側面があることは否定できない。敵と味方に分かれての闘争に政治の本質があるというイメージがそれである。戦いということばは、戦争に限らず、選挙戦というような制度化された闘争形態にも使われるし、論戦というような言論の戦いにも用いられる。闘争においては人間集団は二分化され、勝ち負けがあるので、いずれの側も勝利を目指して戦う。競争は、これをルール化したかたちをとったものである。スポーツやビジネスの世界では競争が当たり前のことになっているが、通常はこれを政治とみなすこと

はない。政治における戦いは、結果が見通せず、ことばを伴って行なわれ、構成員全体に関わる事柄に関わる場合にしか使わない。

支配から無支配へ

　政治哲学の歴史においても政治を支配の現象と見るのが一般的だが、支配というのは闘争の裏返しである。つまり、闘争において勝利した側が支配するという図式が成り立つからである。政治を支配の現象と見る見方と密接に関連するのが政治を支配、すなわち統治の技術として見る見方である。政治を「統治の技術」と捉える見方としては、プラトンの言う「高貴な嘘」や、マキアヴェリが『君主論』で展開した君主の振るまい方に関する議論も入る。現代でも政治において嘘が横行するのは、ことば巧みに民衆を操るためである。

　現代政治学においても「誰が支配するのか」という観点から権力関係が研究されてきた。現代においては、政策決定を実質的に決めている有力集団の抽出が目指されているが、支配‐被支配というのは、人間の実存的レベルに下ろせば、これは命令‐服従ということになるが、民主体制下では政治はむき出しの支配ではなく指導とかリーダーシップという概念で捉えられるとしても、政治においては支配と言わないまでも指導・被指導の関係は、不可欠だと認識されている。つまり、より優れた者が指導しないと「良い統治」は行ないえないという考え方である。したがって、安定した秩序の維持には統治権力が必要だという認識が打ち出されてくるのである。

　しかし、政治を集合的意思形成という観点から見ると、政治の違った側面が明らかになってくる。決定というのは、家族でも、友人間でもなされるし、市民団体やクラブや学校や大学でもなされる。それは、外部環境への対応というかたちでもなされるし、内部の問題解決としてもなされる。こういったレベルでの決定を政治とはふつう呼ばないが、機能的には政治にほかならない現象もあり、何よりも支配現象ではない意思決定の原型が見られるという点で重要である。つまり、闘争とは対照的に、協力を基底に据えた政治を日常的に実践できるから、ミクロな集団現象としての政治にも注目する必要がある。もちろん、政治は公的な事柄に関する集合的な意思決定に関わり、政治学は親密圏の政治よりも法律の制定、政策決定を分析の対象にしているが、法律の制定や政策決

定だけでなく、人びとが協力してよりよい決定をなすところにも、政治の重要な側面があることを強調しておきたい。

　「自由の組織化」としての政治は、空間軸で考えると民衆自らが権力を構成していくことを可能にし、時間軸で考えると未来を創造していくことを可能にする行為形態でもある。人間は過去を変えることはできないが、よりよき未来を創ることはできる。アレントが言うように、人間には新しいことを始める潜在能力があるのだから、自分が生まれたときよりもよりよき世界を残していくことができるはずである。ユートピア思想から革命思想に至るまで、プラトンの『国家』がアテナイの民主政の根底的な批判から発していたように、現実の政治社会の批判することによって、よき社会の構想へとつながっていくはずである。それは、闘争にも結びつくが、私たちが政策決定や意思決定というかたちで日常的に行なっている、新しい現実の非暴力的な創造ということに深く関わっている。集団のなかで決定をなそうとすると、合意の形成が必要であり、意見交換と討論の過程を経なければならないということになる。闘争では勝者が支配（統治）するのに対し、合意は決定に至る過程を重視し、協力して執行するので、自治と結びつく。支配は上下関係が前提とされているが、協力は対等な関係を前提としている。

　このように見てくると、政治には、「秩序の形成および維持」という側面と「集団意思の決定および遂行」という側面があることがわかる。政治には「決定」と「秩序」という二つの軸があり、決定は既存の諸価値の分配だけか（闘争）、それとも多くの人びとの合意によってなされ、新しい価値を社会にもたらすものなのか、秩序は上から支配する秩序か、対等な者同士の同意や支持によって形成・維持される秩序かによって区別し、合意、統治（支配）、闘争、自治という４つの側面から理解することができる。[2]

図5　政治のイメージ図

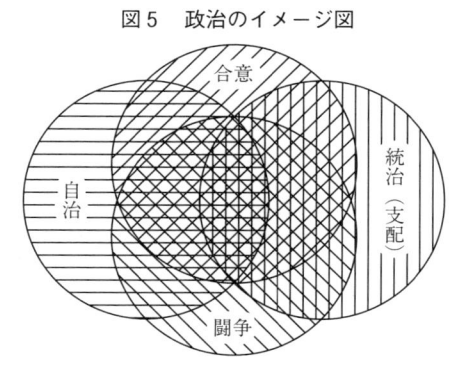

出所）高畠通敏『政治学への道案内［増補・新版］』（三一書房、1984年）21頁の図をもとに作成

　政治を支配の現象から無支配の営みに変えていくには、対等な関係での協力や同意と非暴力に注目する必要がある。おそらく政治において闘争や紛争という側面はなくならないだろうが、暴力紛争は非暴力の闘いに転換していかねばならない。支配は、人間の恣意的な支配から法の支配、すなわち立憲主義に展開していったのが近代の展開であるが、政治概念を拡げることによって社会の隅々に存在する、福沢諭吉の言う「権力の偏重」を正し、人間相互の関係を対等なものにしていくことが現代の課題である。地球社会のレベルでも、市民の連帯によって地球社会のあり方を変え、よりよき世界をつくっていくことができるのであり、そのような横につながった権力の創出のための理論構築が現代の重要課題だと考えられる。

政治の3つの位相

　政治と呼ばれている現象には、いくつかの次元がある。アリストテレスが生きていたのは、自給自足的な小共同体であり、人口はせいぜい数万程度であった。対照的にウェーバーが生きていたのは、オットー・フォン・ビスマルク (Otto von Bismarck, 1815-1898) によって統一されたドイツ帝国であり、国民国家が政治の舞台になっていた。現代世界においても国家レベルでの政治の重要性に変わりはない。

　①国際政治――政治の主たる行為主体は国家であり、政府は国民を代表して行為する。国家以外のアクターとしてはNGO（非政府組織）なども、環境や人権に関連して活動している。最もマクロなレベルでの政治現象である。

　②国内政治――代表者や大衆運動、市民運動によって直接、間接的に共同体の決定に関わる。国政や地方政治のレベルである。

　③集団政治――学校、企業、組合、グループなどの運営に関わる行為である。この場合、行為者は生身の人間である。ミクロな世界での政治だと言えよう。

　われわれが通常、政治と呼んでいるのは、①と②であり、③は自治とか、経営、管理、リーダーシップということばが当てられている。政治学が対象とするのは、政治的共同体全体に関わる事柄である。個々のインフォーマル・グループの決定を記述することは、そこに所属しない人にとって意味のあることではない。もちろん、そのような現象も機能的に見れば政治であり、近年において

「親密圏の政治」が語られるようになってきたが、政治学は古来、公共に関わる事柄をその対象としてきたこともまた事実である。

3　人間の営みとしての政治

　われわれは政治とどのように出会うのであろうか。生まれてはじめて出会う他者は、多くの場合、両親であろう。そこには通常の政治関係はないが、社会は存在する。政治とはじめて出会うのは、国政や地域での政治的出来事を介してであったり、政治と認識しないにせよ遊び仲間やクラスでの決め事をとおしてであろう。前者がマクロな政治だとしたら、後者はミクロな政治である。政治学がもっぱら対象とするのは大状況の政治であるが、政治哲学の場合、人間が政治の主体であり、人間をどう捉えるかによってあるべき政治社会の構想も異なってくる。人間が置かれた歴史的・社会的条件によっても、政治は異なった様相を呈してくる。政治哲学の場合は、政治を人間の側から捉える必要があり、政治の概念を人間学的に理解することから、政治哲学の第一歩が始まるのである。

政治的なものの発見
　ハンナ・アレントが範例となる政治概念を提示できたのは、彼女自身が20世紀の惨禍のなかを生き抜き、そこから政治を捉えなおした政治理論家であったという事実と、彼女自身が「ドイツ哲学の伝統の出身」だと述べているように、[3]深い人間理解に基づいた政治理論を展開しているからである。
　アレントの歴史認識を示す、1951年に公刊された最初の主著『全体主義の起源』は、何よりもナチズムの恐怖が残るなかで書かれたものである。彼女の政治哲学のユニークな点は、その基底に20世紀の激動を生き抜いた自らの体験が潜んでいることと、公的活動としての政治の原像を人間の歴史的経験を遡ることによって明らかにしていることにある。
　アレントが「地上の地獄」と形容したのは、強制収容所の現実であり、人間を操り人形のように作り変える実験のことである。このようなことを可能にした政治体制は20世紀になってはじめて現れたのであり、彼女はその先例のなさ

に注目している。アレントは、全体主義体制の特異性を、①ヒトラー、スターリンを全能とする指導者原理、②秘密警察、強制収容所というテロル（恐怖支配）の手段、③人種主義、共産主義というイデオロギーに見いだしている。全体主義体制においては、政治は特定のイデオロギーを実現するための手段と化すのである。

　アレントが全体主義の本質をテロルに求めるのは、テロルによって人びとの間の関係が破壊され、人間生活の全面に及ぶ全体支配が可能になるからである。秘密警察を執行機関とするテロルは、住民の間に不安、恐怖を生み出し、密告の恐怖が人びとの間の関係を猜疑心に満ちたものに変える。アレントが全体主義支配に見て取ったのは、政治的なものの破壊である。テロルが破壊したのは、「人びとの間にある空間」、すなわち人びとが自由に動き回ることのできる空間である。アレントの全体主義論は、このようなテロルの現出につながっていった諸要素をヨーロッパ社会のなかに見いだし、解明する試みであったが、そこには彼女が生きた時代の政治的現実が投影されている。つまり、政治は極限状況において人間の生命をいともたやすく否定できることを、今世紀に現れた全体主義体制が証明したのである。全体主義体制において、自然法則や歴史法則は大量殺害を正当化する法則として機能したのである。つまりアレントは、政治の極限に暴力が潜むこと、強制収容所という実験室のなかで人間が変形された事実を指摘している。政治の極限に潜むのは、あらゆる多様性を具えた人間を画一化していくメカニズムなのである。

　しかし、特徴的な点として、アレントは、全体主義支配が否定したものを反転させて。政治的なものの本質を抉り出していったと言えるのである。彼女は、すでに『全体主義の起源』のなかでアリストテレスに遡り、ことばをもつ動物としての人間の政治性を主張している。[4]彼女は、ことばを暴力と対置し、政治の極限に暴力があることは認めるが、それを政治の本質とは見ず、政治本来の姿を全体主義という陰画の裏側から浮き上がらせている。

複数性と人間らしさ

　アレントは、全体主義を体験することによって、すなわち多様な個性をもちうる人間を一者化する政治のメカニズムを身をもって知ることによって、その

対極にあるものとして、人間の複数性（plurality）を強調している。

　複数性とは、一つには、一人ではなく複数の人間が地上に生きているという事実を表している。それは、「地球上に生き世界に住むのが一人の人間ではなく、複数の人間である[5]」という単純な事実をまず認めるということである。もう一つには、人間が、それぞれ異なっているという事実を表している。つまりそれは、「私たちが人間であるという点ですべて同じでありながら、だれ一人として、過去に生きた他人、現に生きている他人、将来生きるであろう他人と、決して同一ではない[6]」という事実の承認から成り立っている。人間の複数性とは、まったく同じように感じ、考える人間は過去・現在・未来を通じていないという意味で、一人ひとりがかけがえのない存在でありながら、すなわち唯一性をもちながら、他者と意見を交換し、理解し合い、共感し合うことができるという、ほかの人びととの共通性も具えているという逆説的な性格のことを指している。

　アレントは、「生きる」というのがローマ人にとって「人びとの間にある」(inter homines esse) ということ、「死ぬ」というのが「人びとの間にあることを止める」(inter homines esse desinere) と同義であったことを強調している[7]が、このような「間にある」ということが人間の生を規定しているとしている点で、「人間の本性」の規定を求めた近代政治理論とは対極にある。アレントは、人間を斉一的に捉える哲学の伝統に反旗を翻し、むしろ人間に共通に見られ、人間を条件づけている、複数性、出生と可死性（誕生と死）、世界性といった「人間の条件」に注目している。この点でアレントの政治理論は、人間のあり方を探究した哲学者の政治理論とは異質な、人びとの間にあること自体に価値を置く新しいかたちでの哲学的思考様式、すなわち「複数性の哲学」として展開されている。アレントは、「プラトン哲学の影響によって曇らされ歪められたと彼女が考えた、〈複数性〉の伝統の再生に乗り出した[8]」と言われるように、モンテスキューやトクヴィルら人間の政治的経験に即して思考した著述家の考察をもとに政治を人びとと協力して活動することと位置づけるのである。しかし、そうだとしても、「間にある」ということの積極的な意味はどこにあるのだろうか。

　「間にある」ということは、アレントにとってことばと行為によって他者と結びついている状態を指している。別の言い方をするなら、語り合いと活動によってつくり出され、維持される人間世界のなかにいるということでもある。

アレントは、語り合いによって形成される人間性のことを「人間らしさ」（humaneness）と呼び、「人間らしさとは感傷的であるよりもむしろ落ち着いた冷静なものであるべきこと[9]」と理解している。それは、語り合いや討議のなかで形作られる態度や振舞いである。アレントによれば、「われわれは世界においてまたわれわれ自身のなかにおいて進行しつつあるものを、それについて語ることによってのみ人間的にするのであり、さらにそれについて語る過程でわれわれは人間的であることを学ぶのです[10]」。つまり、「人間的である」ということは、実際に人びとの「間にある」ことによって形成されていく態度にほかならない。

世界概念の多義性

人間自身が人びとの「間にある」存在であると同時に、アレントによれば、世界こそが「間にある」ものなのである。アレントの政治理論の中心点は「世界」概念にあるのだが、この場合の世界とは、共通の関心であり、共同事業である。アレントは、「世界は人びとの間にあり、この〈間にある〉ということは——（しばしば考えられているような）人びとあるいは人間といったもの以上に——今日最大の関心事であり、また地球上のほとんどあらゆる国において最も大きな変動を蒙っているのです[11]」と述べている。

一方で、アレントは「人と人との間の関係としての世界[12]」という意味ででも世界ということばを用いている。これら二つの「世界」は相互連関していることに気づくべきである。すなわち、共通の関心があるから、人びとは集まるのであり、そのようにして集まった人びとの間には人間世界が形成されるのである。アレントが世界の変容というのは、大衆社会状況において人びとがバラバラに切り離され、直接語り合う空間、共同で行為するための場が失われている状況を指している。しかも、これらの場は、古代ギリシアのポリスにおけるように、日常的に確保されねばならない。

アレントによれば、世界は「政治のための空間[13]」である。誰でも、世界に関わることによって、自分の生命を超えるものを残すことができる。世界は、人が生まれる前から存在し、死んだあとも存在する。この意味での世界とは、大地であり、自然であり、人類社会総体である。アレントが実存的情熱としたの

は、「世界への愛」であり、束の間の時を生きるにすぎない人間が、信頼できる仲間と協力して活動することによって、自分が生まれたときよりも「よりよき世界」をあとから生まれてくる人たちのために残していくことである。このような視座は、彼女が現象学、実存主義、批判的理性という同時代の哲学と出会い、ポジティヴなものを汲み取ろうとしたからもちえたものであり、彼女の政治理論の基底にある人間理解にほかならない。

活動としての政治

　アレントの政治理論が包括的に示されているのは、『人間の条件』においてである。この著書のなかで彼女は、古代ギリシアにおける市民の政治的経験に依拠して、政治をことばと行為による公的な営みと理解している。というのも、政治生活という言葉に明らかなように、ポリスの市民にとっては政治は生活の一部であり、彼らは対等者としてポリスの共同事業に参加していたからである。

　アレントは、『人間の条件』のなかでアレントは、人間の活動生活を支える行為形態を次の3つのレベルで理解している。[14)]

　労働——消費を目的とするものの生産

　仕事——永続性のある作品の制作

　活動——ことばを介して他者と協力し公的な事業に関わること

　仕事と活動は世界性があるが、労働は世界性を欠如している。労働は、生命の維持のため強いられて行なう営みである。「労苦」という言葉に結びついていたように、苦しい、単調な作業である。「額に汗する」喜びもあり、人びとと協力して行なうという側面もあるが、消費したらなくなるという虚しさが付きまとう。仕事は、孤独な作業だが、作品を完成させたときに充実した喜びを味わうこともできる。芸術作品のように、不朽の作品を創造することも可能である。活動の過程において行為者は自己のユニークさを発揮し、卓越への欲求を充足させることができる。しかし、記録や物語にして残さないと、あとに残らないので、活動は仕事と結びつく。古代ギリシアにおける政治活動がその純粋な型であり、他者の存在を絶対の条件としている点で、ほかの二つの行為形態とは違う。プラトンに始まる政治哲学の歴史は、一つの青写真に照らして現実をつくり変えようとして、政治を目的の達成のための手段としてしまった。

このような「政治の仕事化」には、暴力の正当化という問題が付きまとう。アレントにとって、政治は、他者と協力して活動することにほかならず、それ自体、価値がある、人間の営みなのである。彼女は、政治を活動として位置づけることによって、市民を基底にした政治を構想する方途を示したと言えよう。

4　政治の両義性

アレントが明らかにしたのは、政治には人間の生命をいとも簡単に否定し、地上の地獄を現出することもできるネガティヴな側面と他者と協力して現状を打破していくポジティヴな側面とがあるということである。これは、先に述べた政治のイメージ転換に照応する。アレント自身若いころ政治を重荷と感じ、実際に全体主義体制のもとで政治の徹底的にネガティヴな側面を知ることになるのだが、同時にパリやアメリカでの実践活動をとおして「活動することは楽しい」（Handeln macht Spaß；Acting is fun）ということを確信し[15]、そのことが、逆に、全体主義が否定した、公的自由、公的空間、複数性を、政治本来のあり方と捉えなおす契機になったのである。つまり、全体主義の政治的現実を反転させることによって政治の本質に迫っていったのである。

もう一つ重要な点として、政治を人間のレベルに下ろして、人間の営みとして捉えなおすことがあげられる。政治は人間から離れた、手の届かないところにあるのではなく、日常の一部であり、そのような、人間の営みとしての政治を取り戻すことである。

アレントが明らかにしたのは、政治にせよ、技術にせよ言語にせよ、プラスにもマイナスにも転化しうることである。政治的決定が人間の生命を左右することもあるので、世界に対する責任を自覚しながら、政治に関わらねばならない。政治においては世界が賭けられているのであり、政治本来のあり方についての規範的・価値的な研究は不可欠である。政治が人間にとって意味があるとしたら、ふつうの市民の生活のなかに政治が位置を占めねばならず、政治の肯定的な側面を発展させ、否定的な側面を克服していかねばならない。

もし人間の生活を家庭生活、職業生活、市民生活という３つの部分に分けるとしたら、どんなにささやかなものであっても、市民生活として、家族や職業

とは別の生活の次元をもつことが大切である。アレントが活動として政治を位置づけたことは、日常世界の現象として政治を捉えなおすために必要な理論的基盤となっている。現代世界においては、自発的に始めたり加わったりする市民運動や市民活動をとおして公的な事業に持続的に関わることによって政治を人間の手に取り戻していくことができるのである。

1）　カール・シュミット『政治的なものの概念』田中浩、原田武雄訳（未來社、1970年）17-33頁参照。
2）　高畠通敏『政治学への道案内［増補・新版］』（三一書房、1984年）18-21頁参照。ミクロなレベルでの政治にも適用できるように、高畠の作成した図「政治のイメージ型」での「政策」を「合意」に置き代えた。
3）　Hannah Arendt, "Eichmann in Jerusalem," (An Exchange of letters between Gershom Sholem and Hannah Arendt), *Encounter*, vol. 22 (January 1964), p. 53.
4）　Hannah Arendt, *The Origins of Totalitarianism*, Third edition (Harcourt Brace & World, 1966), p. 297参照。
5）　ハンナ・アレント『人間の条件』〔ちくま学芸文庫〕志水速雄訳（筑摩書房、1994年）20頁（訳語一部変更）。
6）　同上、21頁。
7）　同上、20頁参照。
8）　マーガレット・カノヴァン『アレント政治思想の再解釈』寺島俊穂、伊藤洋典訳（未來社、2004年）13頁。
9）　ハンナ・アレント『暗い時代の人々』〔ちくま学芸文庫〕阿部齊訳（筑摩書房、2005年）47頁参照。
10）　同上、46頁。
11）　同上、15頁。
12）　同上、15頁。
13）　Hannah Arendt, "Was bleibt? Es bleibt die Muttersprache" (1964), Ein Gespräche mit Günter Gaus, in *Gespräche mit Hannah Arendt*, hrsg. von Adelbert Reif (R. Piper & Co. Verlag), S. 28.
14）　『人間の条件』133-402頁参照。
15）　Dorf Sternberger, "Die versunkene Stadt: Über Hannah Arendts Idee der Politik," *Merkur*, Jg. 30, Heft 10 (Oktober 1976), S. 945参照。

【文献案内】

　アリストテレス『政治学』牛田徳子訳（京都大学学術出版会、2001年）は、アテナイにおける市民の営みとしての政治を明確化した政治学の古典である。マックス・ヴェーバー『職業としての政治』脇圭平訳（岩波文庫、1980年）は、職業政治家の資質として「情熱」「責

任感」「判断力」をあげ、冷徹に政治を捉え、理想と現実との緊張のなかで生きていかねばならないことを説いている。カール・シュミット『政治的なものの概念』田中浩、原田武雄訳（未來社、1970年）は、政治の本質を友敵概念に見定めている。高畠通敏『政治学への道案内［増補・新版］』（三一書房、1984年）は、入門書ながら政治についての鋭い洞察を展開している。

　Hannah Arendt, *The Origins of Totalitarianism*, Third edition (Harcourt Brace & World, 1966) ［ハナ・アーレント『全体主義の起原1　反ユダヤ主義』大久保和郎訳（みすず書房、1972年）；『全体主義の起原2　帝国主義』大島通義、大島かおり訳（みすず書房、1972年）；『全体主義の起原3　全体主義』大久保和郎、大島かおり訳（みすず書房、1974年）；邦訳はドイツ語版から］は、20世紀に現れた全体主義を先例なき統治形態と捉え、その出現のメカニズムを解明した記念碑的著作。ハンナ・アレント『人間の条件』〔ちくま学芸文庫〕志水速雄訳（筑摩書房、1994年）［Hannah Arendt, *The Human Condition* (University of Chicago Press, 1958)］は、政治を活動として位置づけ、公的領域に参加すること自体に価値があるとしている。ハンナ・アレント『暗い時代の人々』〔ちくま学芸文庫〕阿部齊訳（筑摩書房、2005年）［Hannah Arendt, *Men in Dark Times* (Harcourt Brace & Jovanovich, 1968)］は、レッシング、ベンヤミン、ヤスパース、ブレヒトらの評伝から成る人間論。ハンナ・アーレント『暴力について――共和国の危機』山田正行（みすず書房、2000年）は、「政治における嘘」や「暴力について」など、アメリカ政治を背景に政治についての原理的考察を展開した論考を収録している。ハンナ・アーレント『政治とは何か』ウルズラ・ルッツ編、佐藤和夫訳（岩波書店、2004年）は、「新しい政治学」を構想していた時期に書かれた政治的省察を死後出版したもの。ハンナ・アーレント『思索日記Ⅰ：1950-1953』；『思索日記Ⅱ：1953-1973』青木隆嘉訳、ウルズラ・ルッツ、インゲボルク・ノルトマン編（法政大学出版局、2006年）は、アレントの読書と思索の過程を記しており、政治についての原理的考察の展開を裏づける貴重な資料。

　エリザベス・ヤング＝ブルーエル『ハンナ・アーレント伝』荒川幾男ほか訳（晶文社、1999年）は、20世紀の激動の時代を生き抜いたアレントの最初にして最も詳しい伝記である。川崎修『ハンナ・アレント』〔講談社学術文庫〕（講談社、2014年）は、アレントの政治思想の展開を内在的に解き明かしている。寺島俊穂『ハンナ・アレントの政治理論――人間的な政治を求めて』（ミネルヴァ書房、2006年）は、アレントの政治理論の形成と展開を解き明かし、アレントの活動概念をもとに市民活動を基礎づけている。Dorf Sternberger, "Die versunkene Stadt: Über Hannah Arendts Idee der Politik," *Merkur*, Jg. 30, Heft 10 (Oktober 1976) は、アレントと交流のあった、ドイツの政治学者によるアレントへの追悼論文であり、アレントの活動体験の意味を明らかにしている。

第 10 章

共和主義の再生——シュトラウスとアレント

1　自由民主主義の対抗軸

　第二次世界大戦後の政治理論は、自由で民主的な体制から独裁が生まれ、民主体制が崩壊して全体主義体制に変わったという歴史的事実に対する深刻な反省から出発したと言えよう。プラトンの『ゴルギアス』に登場する政治家や弁論家が巧みな弁論術によって大衆に迎合し、大衆を扇動していたように、政治指導者がそういった大衆操作によって民衆の支持を獲得し、権力を行使しうることは、現代に始まったことではなく、古代ギリシアの民主政から知られていた。もっとも、古代ギリシアにおいては、民主政は最善政体と認識されていたわけではない。政治思想史的に言えば、むしろ共和主義体制が理想と考えられてきたわけであり、民主体制が全体主義体制に転換したことによって、近代の自由民主主義（liberal democracy）に対する批判的検討がなされ、そのオルタナティヴとして共和主義に注目が集まることになったのである。

　そのような思想家として、レオ・シュトラウスとハンナ・アレントをあげることができる。二人とも、ユダヤ人としてナチズムに直面し、近代の自由主義や民主主義に対して懐疑的になり、共和主義的な伝統に戻り、現代的に再生させた政治理論家である。もっとも、現代政治理論のなかには、より現代的な条件を踏まえた規範理論も提起され、共和主義を軸に自由民主主義に対抗する思想原理が形成されてきたので、共和主義思想の再生の態様を明らかにしていきたい。

共和主義とは何か

共和主義には、①共和政体論、すなわち君主制を打倒して民衆に基盤を置く統治機構を打ち建てようとする思想、②徳の政治の実現を目指し、市民の自己陶冶を重視する思想、③公共の利益、公共善（共通善）、公的領域への参加を重視する思想、という３つの思想潮流があり、日本語では共和主義が反君主制という狭い意味で受け取られてきたことから、共和主義の多義性の理解が妨げられてきた。

シュトラウスの共和主義は②の流れに属し、アレントの共和主義は公的なものへの関わりに価値を置く③の流れに属する。これら二人に限らず、現代政治との関係で有意なのは、②と③の意味での共和主義であり、共和主義の概念自体の多義性を認識しておく必要がある。

対抗軸としての共和主義

共和主義に注目が集まるのは、現代において新自由主義が政治や行政にも浸透し、ポピュリズム的な政治状況を生み出していることに対して、思想的対抗原理を構築していく必要があるからである。つまり、共和主義にはポピュリズムを抑える機能や経済生活を理性的にコントロールする可能性があるとみなされるからである。

共和主義の再生が求められるのは、民主主義がポピュリズム、あるいは世論支配の政治に向かう傾向が顕著になっている現代の政治状況のなかで、理性的な統治の思想が求められているからである。しかし、それだけのことではなく、自由民主主義が政治参加の機会をエリートに限定してきたのとは対照的に、共和主義の思想は、ふつうの市民の公的領域への参加に価値を置き、政治を人間の営みとして取り戻そうとする点で、民主主義を徹底化していく原理となりうるからでもある。

2　シュトラウスと徳の共和主義

レオ・シュトラウスは、共和主義的な伝統のなかでも市民的徳性の問題に戻っているが、それは、ワイマール体制のもとで反ユダヤ主義が台頭したのは、

近代の自由主義ではユダヤ人問題を解決できないと認識したからである。つまり、自由主義では反ユダヤ主義を解消できないということは、自由主義政治体制は人がどのような思想をもとうと、個人の内面には踏み込めないからである。もちろん、自由主義がナチスの勝利をもたらしたというわけではないが、ワイマール体制の弱さは、自由主義の弱点を克服する公共的徳（市民的徳）がドイツに十分に根づいていないということにあったのだから、公共的な徳性を根づかせるために古典的共和主義に遡る必要があったのである。

シュトラウスの自然概念

レオ・シュトラウスは、『自然権と歴史』の冒頭に聖書のなかから次のようなことばを引用している。

> 　ある町にふたりの人があって、ひとりは富み、ひとりは貧しかった。富んでいる人は非常に多くの羊と牛を持っていたが、貧しい人は自分が買った一頭の小さい雌の小羊のほかは何も持っていなかった。彼がそれを育てたので、その小羊は彼および彼の子供たちと共に成長し、彼の食物を食べ、彼の椀から飲み、彼のふところで寝て、彼にとっては娘のようであった。時に、ひとりの旅びとが、その富んでいる人のもとにきたが、自分の羊または牛のうちから一頭を取って、自分の所にきた旅びとのために調理することを惜しみ、その貧しい人の小羊を取って、これを自分の所にきた人のために調理した。（サムエル記下第12章 1−4[2]）

ここに『自然権と歴史』の隠された意図が表されている。つまり、富める者は富の奴隷になってしまうから、物質的な豊かさではなく精神の豊かさに価値を置くべきだというのが、シュトラウスの共和主義の核心にある思想である。シュトラウスの思想は、直截なかたちでは語られないので、行間を読んで推論するしかないが、『自然権と歴史』では自然概念に注目することによってシュトラウスの共和主義の性格を明らかにできるだろう。

このなかでシュトラウスは、「自然」概念には二重の意味内容があるとしている。それは、①普遍的、永続的なもの象徴としての外的自然、②陶冶すべき対象としての内的自然、という意味である。両者は、相互に関連しており、①があるから、②が成り立つのであり、道徳の普遍的基準を内面化することによって、内面の陶冶が可能になるのである。「富の奴隷」と「精神の豊かさ」

に関して言えば、『自然権と歴史』には、資本主義的物質文明への痛烈な批判、精神的豊かさ、他者への配慮に価値を置く脱物質主義への指向性が隠されていると解釈できる。

　シュトラウスは、古典的自然権の非平等主義的な含意を明確化している。諸トラスによれば、古典的自然法はソクラテスによって創始され、プラトン、アリストテレス、ストア派、キリスト教思想家（とくにトマス・アクィナス）によって発展させられた。ソクラテスが追究したのは善き生活であり、善き生活とは自然に従った生活である。「善き生とは人間的自然の完成態である。それは自然に従った生である。それゆえ善き生の一般的性格を画定する規則のことを〈自然法〉と呼ぶことができよう[3]」。ここでいう人間的自然とは快楽のことではなく、人間として当然なすべき道のことである。つまり、快楽を追い求める生活ではなく、徳を目指した生活、卓越性の生活が肯定されているのである。

　シュトラウスによれば、「古典的理論家たちは、道徳的事柄や政治的事柄を人間の完成という観点の下にみたのであるから、彼らは平等主義者ではなかった。すべての人間が完成へ向かって進歩する自然本性を平等に具えているわけではなく、すべての〈自然本性〉が〈善い自然本性〉であるわけでもない。すべての人びと、すなわち、すべての普通の人びとは徳への資質を具えているが、その中には他者による導きを必要とする人もいれば、それを少しも必要としない人、あるいはごく僅かな程度にしか必要としない人もいる。それに加えて、自然的資質の相違はともかくとして、すべての人が同等の熱意をもって徳を目指すわけでもない。たしかに人びとは育てられ方によって大きな影響を蒙るが、養育の良し悪しの相違は、一つには自然的〈環境〉の適不適の相違によるものである。人間は人間的完成という決定的な点において平等でないのだから、すべての人間に平等の権利をというのは、古典的理論家たちにとっては、最も不当なことに思えた[4]」。

　このように、シュトラウスは、人間の自然本性と徳の獲得とを明確に区別し、**人間が内的に向上していくことができること**（言い換えるなら、どの程度努力しているかという点で人間は平等でないということ）を強調している。人間は内的な努力の程度において同じではないので、人間を固定的に捉えるべきではないということである。

シュトラウスは、古代‐近代の図式的対比のなかで自然権の観念を跡づけ、古代の自然権の意味を再現しようとしている。シュトラウスが古代に戻るのは、普遍的、永遠なるものの認識を求めてである。では、古典的自然権の内容は何かというと、必ずしも明瞭だとは言えない。シュトラウスは、自然権を主観的、個人主義的な内容から解放しようとしているにすぎないと言えるのかもしれないが、逆に言えば、自然権を近代の呪縛から解き放ち、客観的、普遍的な基準として定立しようとしているとも言える。

徳の共和主義

シュトラウスの共和主義思想は、徳に向かっての人間の精神的向上に主眼がある。人間は人として生まれ市民になるのだとしたら、市民として身につけるべき資質を明らかにする必要があるとともに、近代の政治哲学とは異なる人間の自然の理解が必要である。前者に関して言えば、シュトラウスは、節制、勇気、知恵、正義という4枢要徳を肯定し、古典的共和主義を再評価している。後者に関しては、シュトラウスは、近代の政治哲学が人間の本性の規定から出発したのとは反対に、**人間の自然を陶冶（cultivate）しうるものとして認識**している。自然を陶冶して人間らしい環境世界をつくっていくことが文化（culture）の意味であり、一般教養が重視される所以である。したがって、自然は内的自然、すなわち人間本性の場合でも、何か固定的なものとして捉えられているわけではない。また、自然権の場合は、自然は外的に存在する、不変的な実在のイメージで理解され、普遍的、永続的な判断基準を意味している。

シュトラウスは、『都市と人間』（1964年）のなかで古代ギリシア・ローマの政治哲学に回帰して共和主義を捉えなおしている。シュトラウスは、プラトンの『国家』における正義と共通善との結びつきを強調している。シュトラウスが「政治哲学の創始者」と位置づけたソクラテスは、私的な善を犠牲にしてでも共通善に仕えることを選んだのである。ソクラテスは、「個人の正義」ではなく「都市の正義」から探究し始めたのであり、「都市は勇気、節制、それから知恵も所有しているので、彼はこれらの徳を都市の徳とみなすことによって始めざるをえなかったのである」[5]。

とはいえ、実際の都市では私的利益の追求も行なわれており、「豚のポリス」

でもありうるのだから、正しい都市を構想しなければならず、それが『国家』のモティーフになるのである。というのは、「健康な都市はある意味で正しいのかもしれないが、確実に徳や卓越を欠いている[6]」からである。『国家』で探究されているのは徳と両立する正しい政体であり、徳は一人ひとりが努力し、自分のなかの悪を抑制することなしでは身につかないのであり、都市の正義とは支配者、兵士、生産者という都市の3つの階級がそれぞれ教育と習練によって知恵、勇気、節制という徳を身につけ、自らの仕事だけをして全体が調和がとれた状態を指している[7]。

　シュトラウスが市民的徳と考えているのは、節制、勇気、知恵、正義というような古代ギリシア・ローマにおける徳目である。それらは、節約、勤勉など資本主義の経済活動を支える徳目とは違って、政治活動を支える市民的徳目である。シュトラウスによれば、近代の自由主義に欠けているのは、精神的卓越への配慮であり、人間が徳を身につけて市民になっていくという道徳的契機である。

　シュトラウスがどのような政治体制を望ましいと考えていたかと言うと、アリストクラシーの要素を民主主義に積極的に注入していくかたちでの混合政体だと言える。アリストクラシーとは、世襲的な貴族制ではなく、ギリシア語の語源どおりに「最善者支配」という意味であり、精神的に卓越した人びとの指導の肯定である。つまり、民主主義のなかにアリストクラシー的要素を組み入れ、独裁や専制に対抗しようとしたわけである。このようなシュトラウスの立場は、エリート主義という批判は免れないものの、市民的実践をとおして道徳的・精神的に向上していくことの重要性を喚起しており、現代の市民教育やシティズンシップ論とも通底する問題を提起している。

古代の徳と近代の徳

　シュトラウスの立場は、古典的共和主義と近代自由主義を対置し、近代性を批判する視座を古典古代に求めたが、トマス・L. パングル（Thomas Lee Pangle, 1944-）は、シュトラウスの立場を継承して、共和主義についての議論を深化させている。パングルによれば、古典的理論家が徳によって示したのは「めったには完全には実現しない人間的性格[8]」であり、そのような人格を範例として

政治的行為もなされねばならない。栄光や名誉も、徳をともなわなければ否定され、情念や理性は「長い間の習練、厳しい試練、困難な習慣化」によって練磨されねばならないので、そのためには法、慣習、共同体の意見による制約が必要とされる。パングルは、マルクス・トゥッリウス・キケロ（Marcus Tullius Cicero, B.C. 106–B.C. 43）がプラトンに依拠して主張した４つの枢要徳、すなわち知恵、節制、勇気、正義に依拠し、仲間の市民に対する配慮を基底にしている理解し、公共の場でなされる発言や行為は人格的完成を目指す精神生活に裏打ちされねばならないことを示唆している。これに対し、近代共和主義は、徳を「安全、安楽、自由、自治、名声の重要な手段として扱う傾向がある」ように、商業社会の諸価値を重視し、徳の内容自体も、変化してきたと認識している。

　たとえば、ベンジャミン・フランクリン（Benjamin Franklin, 1706–1790）は、節制、沈黙、規律、決断、節約、勤勉、誠実、正義、中庸、清潔、平静、純潔、謙譲という13の徳目をあげ、節約や勤勉という、商業活動を支える徳目も含めている。商業活動は情念を繊細にし、礼儀作法を洗練する機能をもつ。安全の意味も、人身の安全だけではなく、「財産を獲得する諸能力」の安全であり、国民総生産のような経済的な富の拡大に向けての活動と結合するのである。

3　アレントの共和主義思想

　ハンナ・アレントは、シュトラウスのような「内面の陶冶」といった道徳主義からではなく、むしろ政治とは市民の日常的な営みであり、公共の事柄に関わることにはそれ自体価値があるという観点から、自発的な参加に重点を置く共和主義的な政治理論を展開した。彼女の共和主義的な政治理論が展開されているのは、『革命について』においてであり、彼女はそのなかで代議制民主主義が参加の機会を代表者のみに限定し、市民を政治から締め出していることを痛烈に批判している。

アレントと共和主義の伝統
　アレントは自らの立場を共和主義とは呼んでいないのであるが、つとに共和主義との親近性が指摘されてきた。というのも、アレントが古代ギリシアの原

義に遡って、民主主義ということばをイソノミアの蔑称だと主張したように、民主主義思想に懐疑的だったからでもあるが、シュトラウスと同様に、ワイマール民主主義から全体主義が生まれたという時代状況のなかで大衆社会に現代の全体主義の温床を見たことにもある。アレントの場合は、関係性とのしての平等だとしても平等を基底に置いた政治を価値評価しているので、民主主義に敵対しているわけではない。むしろ、アレントの思想は、共和主義的民主主義とも特徴づけられるように、民主主義を共和主義的に再生していると捉えることもできる。

　共和主義的伝統のなかでのアレントを位置づけるとしたら、アレントは公共的義務や愛国心を強調する共和主義には与していない。アレントは、マキアヴェリやルソーが強調する愛国心とは無縁であった。アレントが高く評価する思想家は、モンテスキュー、トクヴィル、トマス・ジェファーソン（Thomas Jefferson, 1743–1826）、ローザ・ルクセンブルク（Rosa Luxemburg, 1871–1919）であり、公的な事柄への参加を置く思想家である。そういった思想家は民主主義思想家でもあるように、共和主義と民主主義は重なり合う概念である。アレントの認識では、19世紀において共和主義から民主主義への呼び方の転換が起こったわけであり、民主主義と共和主義が対立するわけではない。

共和主義的民主主義の理念

　アレントは、民主主義を多数者支配、世論の支配と見て、民主主義から距離を置いた。それは、イソノミアを悪く言う人たちが民衆の支配としての民主政（デモクラティア）という古代ギリシアのポリスにおける語義にこだわったためとも言える。アレントは、政治を支配の現象とは見ずに、無支配関係のなかで行為することに政治の理念を見た。したがって、アレントの民主主義批判は、逆に、民主主義の根源的なかたちを見いだそうとする試みでもあった。

　世論支配に対するアレントの批判は、理性的な討論の政治という意味でのハリントン的な共和主義思想ともつながる。民主政と貴族政との混合政体としての共和政という観点からは、アレントの評議会構想は根底的な民主主義に基づくとともに、自分で自分を選んだ人だけが評議会に参加するとした点で、自発的貴族主義とも呼びうる要素を含んでいたと言える。

　対等者として語り、行為する、無支配の政治は、小規模な政治空間で可能であり、アレントは、そのような公的空間の住人になることを重視した思想家であった。アレントが価値を置くのは、ふつうの人びとが互いに語り合い、行為しうる場である公的空間を統治制度のなかに組み入れ、市民が日々、統治参加者であるという実感をもてるようにすることである。代議制民主主義に対する彼女の批判は、福祉や利害は代表することができるが、行為や意見は代表することができず、市民が直接討議する機会が制度的に奪われている点に向けられている。

　アレントは、『革命について』のなかで次のような点を強調しているが、そこに彼女の共和主義思想が現れている。

　①民衆の下からの権力形成——アメリカ革命を「自由の創設」と意味づけ、創設の行為自体を積極的に評価している。彼女によれば、革命に加わった人びとは、王政自体が奴隷にふさわしい統治形態だと認識し、「権力は人民にあり」という共和政の原理に基づいて新しい政治体をつくっていったのである。

　②公的自由・公的幸福の強調——誰でも公的事象に関わることができ、公的な事柄や政治に参加すること自体に価値があることを強調している。公的自由とは、見知らぬ人びとと活動し、協力し合うことを意味し、公的幸福とは活動することによって得られる喜びを意味する。

　③議論や討論の過程の重視——「世論の支配」ではなく、相互に理性を働かせることが重要だと認識している。話し合いの過程、熟議の過程において、参加者は冷静沈着な態度、他者の意見のなかにある真実の発見、自己の意見の修正を行ないつつ、よりよき決定に至ることができるのである。

　ところで、アレントが革命論のなかで共和政治に比べて民主政治は不安定で、公共精神に欠けるとみなしているのは、民主政治には「市民の気まぐれ、公的精神の欠如、世論と大衆的感情に揺り動かされる傾向」があるからであり、世論支配の歪みのしるしは「市民の全員一致的態度」である[14]。アメリカ合衆国の建国の父たちが共和政治に賛同したのは、「冷静かつ自由に理性を働かせる場合には、いくつかの問題について彼らはどうしても異なった意見をもつことになる[15]」のが当然だからである。このようにアレントが共和政治をポジティヴに評価するのは、情念ではなく理性と判断力による政治だという理由によるが、

19世紀以降、民主主義が共和主義に取って代わり、政治原理として正統性を得ていることは事実なのだから、問題は、民主主義にいかに公共精神を吹き込み、共和主義的に再生させるかということにある。

このような課題に対し、アレントは、公的空間を日常世界においてさまざまなかたちで創出するとともに、権力の基盤を多元的に確保することによって権力の集中（集権化）に対抗することを主張している。現代においては、古代ギリシアのポリスのような小共同体に戻れないことは確かなのだから、大きな政治体のなかでも権力の源を多元的に確保し、ふつうの市民の日常的な政治活動、市民活動によって政治を人間の生活の一部として取り戻していくという意味で、共和主義的原理を民主主義に組み入れることが重要なのである。

公的空間の復権

アレントは、共和主義の制度構想として近現代の革命の過程で自然発生的に現れた評議会制度を想起している。『革命について』は、人びとの公的な営みとしての政治の存在を歴史的に確認し、叙事詩的に物語った書であるが、アレントは、そのなかでアメリカ革命とフランス革命の比較やロシア革命など近現代の革命の経験の考察をとおして、ポリスに典型的に見られた本来の政治を歴史のなかに再発見しようとするのである。

そのような歴史的考察をとおして彼女は、人間の生に輝きを与える宝を明ら

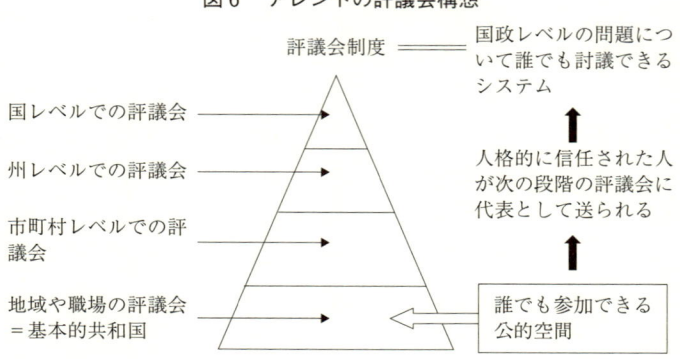

図6　アレントの評議会構想

出所）ハンナ・アレント『革命について』第6章をもとに筆者が作成

かにしている。その宝とは、公的活動としての政治であり、アメリカ革命の人びとがただ語り行為するための喜びのために集会に参加したように、語り合い、共同で新しいことを始め、公的な責務を果すことが、苦痛ではなく、私的な世界では味わいえない公的幸福の発露だったことである。

『革命について』が、人間を生の重荷に耐えさせてくれるのが「人びとの自由な行為と生きたことばの空間、ポリスであった[16]」ということばで締めくくられているように、アレントの中心的価値は、この公的空間の復権にある。アレントは、ジェファーソンの「基本的共和国」の構想や19〜20世紀の革命の過程で自然発生的に現れた評議会制度を想起し、誰でも直接公的問題についての議論に参加できる統治形態として評議会制度を理解している。とはいえ、アレントは、このような評議会制度をそのままのかたちで再現できるとは考えず、市民運動、抵抗運動のなかに現れる公的空間のほうが現実的だと認識していた。つまり、代議制民主主義にとって代わる政体が現れたことを記憶にとどめ、それに新しい息吹を与えて、異なった形態にせよ、再生できる可能性があること、民衆の自発的参加に基づく公的空間を媒介にして政治を市民の手に取り戻すことが重要なのである。自由民主主義を唯一の政治原理とするのではなく、むしろ民主主義に共和主義的思想の息吹を与え、市民を主人公とする統治形態、社会制度を構築していくべきである。

4　共和主義の精神と制度

ヨーロッパのドイツ語圏で思想形成したシュトラウスやアレントは、伝統的政治哲学の様式で共和主義のなかにポジティヴなものを再発見し、再生させようとしているのに対し、1980年代以降英語圏で展開された現代共和主義は立憲民主主義体制を前提として共和主義を提唱している点に違いがある。共和主義の思想的伝統が現代においてどのようなかたちで再生できるかについて考えていかねばならない。

共和主義の精神

自由主義が権利を強調するのに対し、共和主義は義務を強調すると見られて

いる。しかし、シュトラウスは徳を強調し、アレントは参加を強調する一方で
「政治からの自由」を認め、あくまで参加は自発的なものと捉えている。アレ
ントの場合は、アメリカのリベラルな政治文化を踏まえたうえでの共和主義で
ある。シュトラウスの場合は「自然」、アレントの場合は「世界」が自分の生
命を超えて続くものの象徴であり、物質的な欲望を超えたものに価値があるこ
とを、二人とも重要視している。

　本章で共和主義的民主主義の概念に注目したのは、共和主義は民主的な市民
社会を下支えする思想であるとともに、共和主義にはポピュリズムを抑える機
能や経済生活を理性的にコントロールする力があるからである。民主主義がポ
ピュリズム、あるいは世論支配の政治に向かう傾向が顕著になっている現代の
政治状況のなかで共和主義的に民主主義を捉えなおしていくことは、重要な意
味をもっている。自由民主主義が政治参加の機会をエリートに限定してきたの
とは対照的に、共和主義的民主主義の思想は、ふつうの市民の公的領域への参
加に価値を置き、政治を人間の営みとして取り戻そうとする点で、民主主義を
徹底化していく原理となりうるのである。とくにポピュリズムの傾向が強まっ
ている現代の政治状況のなかで、感情や情念に動かされるのではなく理性や熟
慮を働かせる政治が必要であり、市民参加と公共精神を重視する共和主義的民
主主義を再評価していくべきである。

　現代の共和主義は、世界に対する責任を自覚し、世界の出来事に積極的に関
わっていく市民活動と密接な関連がある。現代においては、政治からの自由も
あるが、公的な問題に関わり、解決していくことが何よりも価値があるという
生活様式が求められている。その意味で現代世界で重要なのは、対等、連帯、
協力という価値理念である。対等とは、人びとのあいだの関係が平等でなけれ
ばならない、ということを意味している。連帯とは、人びとが横にゆるやかに
つながっていくということである。家族や友人、信頼した仲間は、活動の条件
になるだけでなく、同志的連帯のなかで抵抗の基盤ともなりうるのである。協
力とは、見知らぬ他者とも共同で事業をすること、国境を越えて交流し、その
ことをとおして人間関係の網の目を形成していくことを意味している。市民社
会においてこそ、人類的公共性につながる市民共和の可能性が開かれていくの
である。

共和主義の制度

　共和主義の制度設計は、共和主義の思想的伝統のうち、人民に権力の基盤を求める点に力点を置くか、理性的自己統治に力点を置くかによってその方向性は異なる。シュトラウスの場合、アリストクラシーとデモクラシーの混合政体を想定しており、理性的自己統治型の共和主義を構想しているが、アレントの場合は、人民の権力の基盤を置き、無支配という意味での根源的な民主主義を志向している。アレントの共和主義思想から言えるのは、さまざまなかたちで市民が参加できる制度を民主政のなかに組み込んでいく必要があるということである。シュトラウスが近代の自由主義に敵意を抱くのに対し、アレントは近代の自由主義的な価値をある程度共有している点にも違いがある。

　アレント以後の英語圏での共和主義思想は、アレントの影響を受けて自発的な参加を強調するとともに、自由や立憲主義と両立する共和主義を志向している。その代表格のフィリップ・ペティット（Philip Pettit, 1945–）は、『共和主義──自由と統治の理論』（1999年）のなかで「不干渉としての自由」に対比するかたちで「非支配」（non-domination）の自由として共和主義的な自由の概念を打ち出し、「不干渉」というリベラリズムの消極的な自由観ではなく、治者と被治者、雇用者と被雇用者、夫と妻、文化的な多数派と少数派など、政治社会のさまざまな局面に存在する非対称的な権力関係の有無を問題にし、非支配、すなわち「恣意的支配の不在」としての自由を保障するために「法の支配」が必要だとする議論を展開している。ペティットのいう「非支配」は、アレントのいう「無支配」（no-rule）と同様に、人びとの相互行為のなかで自由を捉えなおす議論でもある。ペティットは、立憲民主主義的諸制度を「恣意的支配」を防ぐために重視する一方で、政府の行為に対する抵抗の可能性、異議申し立ての可能性が制度的に保障されていることを共和主義的政治体制の要件とみなしている[17]。ペティットの共和主義の制度論は、異議申し立ての自由を制度的に保障することによって、多様性を確保していこうとする構想であり、価値観の多様性を尊重する点で自由主義とのあいだに類似性も色濃く存在するが、政府や権力者による権力行使を制度的に回避し、政治過程における公共性を確保しようとする点で自由主義とは異なっている。

　ペティットは、制度的には共和主義を立憲主義と結びつけ、支配者による恣

意的な支配を「法の支配」に置き換えようとしている。政治に参加すること、公的に活動することは義務ではないが価値があるとしている。立憲主義とのつながりが重視されるのは、法が正義にかなっているなら、少なくとも人の支配を法の支配に置き代えることができるという意味で、無支配を実現しているからである。民主主義の欠点は、現代のポピュリズムもその一例だが、扇動政治や世論支配になりがちだという点にあり、一人ひとりの市民が、理性的判断力を具え、責任ある市民になっていくしか改善の手立てはないが、共和主義思想を振り返り、共和主義の精神と制度を現代的に再現するなかで、支配を極小化する政治社会を創出していくという道が開かれていくと思われる。

　もちろん、共和主義の制度設計は時代や環境によって異なってくるが、共和主義を市民自治の思想として捉えなおしたら、その制度設計は、居住地域と加入団体の自治という二つの方向で追求されねばならないことになる。シュトラウスやアレントは言及していない点だが、共和主義的伝統の再生を図るとしたら、民主的自治を支える思想としても活用できるからである。古典的共和主義徳目である「友情」や「信頼」は、市民活動に加わる過程のなかで強固なかたちで育まれていくのである。というのも、市民活動においては理念が共有されているからである。共和主義は、市民自らが置かれている場での参加と協力の実践をとおして現代社会の難問に立ち向かっていく力を生み出す思想となるであろう。

1）　プラトン『ゴルギアス』〔岩波文庫〕加来彰俊訳（岩波書店、1967年）57-58頁参照。
2）　レオ・シュトラウス『自然権と歴史』〔ちくま学芸文庫〕塚崎智、石崎嘉彦訳（筑摩書房、2013年）10頁（日本聖書協会訳（1955年）による）。
3）　同上、179頁。
4）　同上、188-189頁。
5）　Leo Strauss, *The City and Man* (University of Chicago Press, 1964), p. 92.
6）　*Ibid.*, p. 95（『国家』370d-e、373c 参照）。
7）　*Ibid.*, p. 108参照。
8）　Thomas L. Pangle, *The Spirit of Modern Republicanism: The Moral Vision of the American Founders and the Philosophy of Locke* (University of Chicago Press, 1988), p. 55.
9）　*Ibid.*, p. 55.

10)　*Ibid.*, p. 73.

11)　フランクリン『フランクリン自伝』〔改版、岩波文庫〕松本慎一、西川正身訳（岩波書店、2010年）137-138頁参照。

12)　J.A. Pocock, *Virtue, Commerce, and History*（Cambridge University Press, 1985）, pp. 195-196参照。

13)　*The Spirit of Modern Republicanism: The Moral Vision of the American Founders and the Philosophy of Locke*, p. 97参照。

14)　ハンナ・アレント『革命について』〔ちくま学芸文庫〕志水速雄訳（筑摩書房、1995年）365頁。

15)　同上、365頁（*The Federalist*, no. 50から。訳語一部変更）。

16)　同上、444頁。

17)　Philip Pettit, *Republicanism: A Theory of Freedom and Government*（Oxford University Press, 1999）, pp. 51-240参照。

【文献案内】

　レオ・シュトラウス『自然権と歴史』〔ちくま学芸文庫〕塚崎智、石崎嘉彦訳（筑摩書房、2013年）〔Leo Strauss, *Natural Right and History*（University of Chicago Press, 1953）〕は、古典的政治哲学を独自に解釈することによって近代性を批判する視座を確立している。レオ・シュトラウス『ホッブズの政治学』（みすず書房、1990年、邦訳はドイツ語版から）は、ホッブズ解釈をとおして近代性を批判している。レオ・シュトラウス『リベラリズム——古代と近代』（ナカニシヤ書店、2006年）は、古典古代に回帰して、古代のリベラリズムをもとに近代を批判した書である。レオ・シュトラウス『古典的政治的合理主義の再生』（ナカニシヤ出版、1996年）は、自由主義を批判して、共和主義的伝統を掘り起こしている。Leo Strauss, *The City and Man*（University of Chicago Press, 1964）〔レオ・シュトラウス『都市と人間』石崎嘉彦ほか訳（法政大学出版局、2015年）〕は、プラトンの『国家』の解釈をとおして古典的共和主義の眼目を明らかにしている。

　ハンナ・アレント『革命について』〔ちくま学芸文庫〕志水速雄訳（筑摩書房、1995年）は、アメリカ革命とフランス革命を中心に近現代の革命の経験を叙事詩的に物語り、アメリカ革命を「自由の創設」として高く評価するとともに、公的空間に依拠した評議会制度を想起している。アレントの共和主義的側面が最もよく現れている書である。マーガレット・カノヴァン『ハンナ・アレントの政治思想』〔新装版〕寺島俊穂訳（未來社、1995年）は、アレントの共和主義について最初に言及した概説書である。マーガレット・カノヴァン『アレント政治思想の再解釈』寺島俊穂、伊藤洋典訳（未來社、2004年）は、アレントの共和主義について掘り下げて分析している。

　Thomas L. Pangle, *The Spirit of Modern Republicanism : The Moral Vision of the American Founders and the Philosophy of Locke*（University of Chicago Press, 1988）は、近代の共和主義の特性を古代の共和主義との対比のなかで明らかにしている。著者は、シュトラウス学派の一人で、シュトラウスの共和主義思想を継承している。J.G.A. Pocock, *The Machiavellian Moment: Florentine Political Thought and the Atlantic Republican Tradition*

(Princeton University Press, 1975)〔J.G.A. ポーコック『マキァヴェリアン・モーメント
——フィレンツェの政治思想と大西洋圏の共和主義の伝統』田中秀夫、奥田敬、森岡邦泰訳
（名古屋大学出版会、2008年)〕は、アレントの影響を受けて、近代と古代の共和主義の連続
面を強調している。共和主義の伝統の再生とその展開を欧米の歴史と思想のなかで確認した
大著である。Iseult Honohan, *Civic Republicanism*（Routledge, 2002）は、現代の共和主義
者としてアレントとチャールズ・テイラーをあげ、公的領域への参加と他者からの承認に市
民的共和主義の特性を認めている。Dana R. Villa, *Arendt and Heidegger: The Fate of the
Political*（Princeton University Press, 1996）は、アレントの政治モデルを政治哲学の視点
から検討し、存在論的に位置づけている。

　Philip Pettit, *Republicanism: A Theory of Freedom and Government*（Oxford University
Press, 1999）は、現代的な視点から自由と両立する共和主義思想を展開している。Philip
Pettit, *On the People's Terms: A Republican Theory and Model of Democracy*（Cambridge
University Press, 2012）は、共和主義の現代的条件を探究している。中村隆志「共和主義と
政府——自由と徳の混合政体を目指して」、菊池理夫、有賀誠、田上孝一編『政府の政治理
論——思想と実践』（晃洋書房、2017年）所収は、現代の共和主義の思想と制度構想を簡潔
にまとめ、その意義を明らかにしている。

第 11 章

開かれた社会の哲学——ポパーとフェーゲリン

1　開かれた社会の原像

　開かれた社会（open society）ということばは、社会科学の用語を超え出て日常語となっている。閉ざされた社会を克服して開かれた社会にしていかねばならないという意味で、閉ざされた社会（closed society）の対概念、すなわち達成すべき社会像を表す規範的概念として使われることが多い。「開かれた大学」とかいうように、派生させて使うこともあり、「開かれた」ということば自体はポジティヴに受け取られている。開かれた社会は開かれた精神によって支えなければならないし、開かれた社会の探究は開かれた精神の探究を基底にしている。しかし、何に対して開かれた精神なのかということで、開かれた社会のあり方の認識も異なってくる。

開かれた社会の起源

　カール・ポパーは、1992年の京都賞受賞を記念して「開かれた社会の哲学」と題するワークショップが開催された。そのなかの講演の一つ「ヨーロッパ文化の起源——その文学的および科学的起源」でポパーは、「アテナイの文化的奇跡」と呼ぶべき文化の隆盛がどのようにして起こったのかを述べている。そのことをとおしてポパーの考える開かれた社会の原像を知ることができる。ポパーの説明によれば、債務奴隷を禁止したソロン（Solon, B.C. 638頃–B.C. 558頃）の改革は、「エウノミア」を目指しており、人道主義的な意図によってなされた最初の立法であった。詩人でもあったソロンの死後、アテナイの君主となったペイシストラトスは、銀鉱山で得た巨富を文化事業のために使い、多くの美

しい建築物を建て、悲劇上演を開始し、口承伝承にすぎなかったホメロス（Homeros, B.C. 9 世紀頃-B.C. 8 世紀頃）の叙事詩を書物とする事業を行なった。

　アテナイが開かれた社会になったのには、次の二つの契機があったという。一つは文化衝突である。「複数の文化が接触する時、人々は、長い間当然だと思ってきた彼らの生活様式や習慣が、〈自然〉なものでも、唯一可能なものでも、神が命じたものでも、人間性の一部でもないと悟り、自分たちの文化は、人間が、人間の歴史が作り出したもので、人間の、即ち自分たち自身の力で左右することができるものだと気が付いた時、新たな可能性の世界が開けます。その時窓が開き、新鮮な空気が流入するのです」という。もう一つは、書籍市場があったということである。ポパーは、『ソクラテスの弁明』のなかでソクラテスが「太陽は石、月は土」だと主張していると非難したのに対し、それはアナクサゴラスの説だ、それを書いてある本は「市場に行けば、1 ドラクマで買える」と答えたという一節に注目している。ペイシストラトスがホメロスを書物にして以来、アテナイには書籍市場が存在したのであり、ホメロスが大人気を博したことが書物を商売にしようという考えを生み出したのである[1]。

文明の性格

　開かれた社会の契機となった文化衝突（culture clash）は、アテナイが海に面していて、外国人を受け入れてきたことによって起こった。開かれた社会の成立には、異なる文化的背景の人びととの交流が不可欠だということである。アテナイに書籍市場があったことが示すのは、市民が文字を読み書きできたからこそ民主主義が可能になったということである。陶片追放の制度が可能だったのは、市民が文字を書けたからである。われわれの文明は、〈書籍の文明〉（bookish civilization）として始まったのであり、15 世紀のグーテンベルクの印刷術の発明は人文主義の隆盛、科学の発展を可能にしたのである。「この文明は、伝統に依存しながらも革新的であり、真摯であり、知的責任を重んじ、比類ない想像力と創造性を発揮し、自由を尊び、それへの侵害に敏感な文明ですが、これらすべての属性の根底にあるのが、〈書物への愛〉に他なりません[2]」という。

　ポパーによれば、「文明とは、暴力なき生活様式を、人間関係の常態として確立し、また暴力行使なき生活様式を正常・正当なものとして確立しようとす

る人類の長い間の努力である、と性格づける」ことができ、このような文明を可能にするのが「法の支配」の樹立である[3]。このような文明のかたちは、西洋文明の前身である地中海文明において確立され、開かれた社会の基本構造を規定している。

2　ポパーと開かれた社会

　カール・ポパーは、科学哲学者であって政治哲学者ではない。彼が政治哲学の分野に関連があるとしたら、批判的合理主義の立場を明確化したことと開かれた社会のイメージを造形したことによるところが大きい。ポパーの場合、何に対して開かれているかと言えば、他者の批判に対して開かれている（open to criticism）ということであり、開かれた社会についてのポパーの言明は、彼の科学的精神についての理解に基礎づけられているからである。

科学的精神とは何か

　ポパーにおいて開かれた精神は、科学的精神に基づいており、科学哲学から導き出された部分が大きい。ポパーにとって、科学と非科学の境界として提起したのが、反証可能性（falsifiability）であり、理論は反証可能なかたちで提示されねばならないということである。ポパーが研究を開始した1920年代初頭のウィーンで注目されていた理論には、カール・マルクスの唯物史観、ジークムント・フロイト（Sigmund Freud, 1856-1939）の精神分析理論、アルフレッド・アドラー（Alfred Adler, 1870-1937）の個人主義心理学、アルベルト・アインシュタイン（Albert Einstein, 1879-1955）の重力理論があったが、そのなかでポパーが科学的だとみなしたのはアインシュタインの理論だけである。ほかの理論は実証可能性のレベルで示されているが、アインシュタインの理論は反証可能な形で提示されていたからである。

・反証可能性（falsifiability）——自分の理論の誤りを見つけていこうという態度
・実証可能性（verifiability）——自分の理論の正しさを立証しようという態度

　この二つの違いは、理論を反駁可能なかたちで提示するかどうかである。「すべての歴史は階級闘争の歴史である」という説は、世界のどこかに経済闘争を

見つけることによって実証でき、精神分析理論で劣等感の理由を過度の叱責によるとすれば、誰でもそのような経験はあり、理論の実証例を見つけることはできるはずである。「明日ここに雨が降るか、あるいは降らないかであろう」という言明は、反駁できないので経験的でないが、「明日ここに雨が降るだろう」という言明は、経験的とみなされる。ポパーによれば、理論は反証可能、すなわちテスト可能な形で提示されねばならず、実証主義者が形而上学は実証できないがゆえに意味がないとしたような、意味の基準ではなく、反証可能性は、あくまで科学と非科学とのあいだの境界設定の基準である。[4]

　ポパーは科学における反証の役割を重視するのであるが、そのさい重要なのは、ほかの人びととの批判を受けるということである。理論が公的にテストできる可能性をもたねばならないというのは、まさにこの意味においてである。ポパーがアインシュタインを高く評価するのは、彼が自分の理論も含めてすべての理論が推測だということを知っていたからであり、自分自身の理論に対しても批判的だったからである。ポパーによれば、問題を解決しようとして、推測と反駁によって真理に近づいていくのが科学であり、科学において重要なのは批判と討論である。

批判的合理主義の伝統

　ポパーは、「ソクラテス以前の哲学者たちへ帰れ」（1958年）という論文のなかでこのような批判的精神がソクラテス以前の哲学者にすでに見られたことを指摘し、この伝統を批判的合理主義の伝統と呼んでいる。それは、イオニア学派においてはじめて起こった伝統である。イオニア学派の祖タレス（Thalēs, B.C. 624頃-B.C. 546頃）は自分の教説に対する批判を鼓舞したが、そのことが、独断論とは反対に、大胆な推測と自由な批判の伝統を生み出した。ポパーによれば、「イオニア学派は、続く世代の弟子たちが師を批判した最初の学派であった、という歴史的な事実が存在する。哲学的批判というギリシア的伝統の主要な源がイオニアにあったということに、ほとんど疑問の余地はない」という。ポパーがソクラテス以前の哲学者たちを重視しているのは、彼らの批判的態度が、ソクラテスの倫理的合理主義——批判的論議を通じて真理を探究することが人生の道であるという彼の信念——を前もって示すとともに、準備したからであ

⁵⁾
る。

　ポパーの科学哲学は自然科学への関心によるものであり、彼は基本的に自然科学と社会科学を同一レベルで考えている。彼は、その意味で厳密に科学的な思考の普遍性を主張しているといってよい。彼は、そのような方法論的態度から、科学や学問一般に必要なものとして批判的精神をあげているように思われる。「**われわれは自分の誤りから学びうる**」というのが、その中核的信念にほかならない。⁶⁾合理的精神が批判的精神と同義なのは、人間理性に信頼を置き、自分自身に矛盾しないことは、人間理性の限界を知り、自らを相互批判のなかに置くことに必然的につながっていくからである。したがって、ポパーにとって、自らを批判にさらすこと、すなわち批判に対して開かれていることが、精神の開かれたあり方にほかならない。

開かれた社会の理念

　ポパーの開かれた社会の哲学は、彼の科学哲学に対応している。科学的精神は、民主的精神に通底するものであり、開かれた社会は開かれた精神の形成抜きには成り立ちえないということである。古代ギリシアにおいて民主主義が成り立ったのは、それ以前に科学的思考が発展したからである。ポパーの政治哲学が展開されているのは第二次世界大戦中に書かれ、1945年に公刊された主著『開かれた社会とその敵』においてだが、そこで展開される議論は1920年代以来探究の中心であった科学哲学の認識に支えられている。

　科学哲学を専門とするポパーが全体主義につながる思想を批判しなければならなかったのは、なぜ全体主義が生まれたのか明らかにしなければならないという切実な時代状況による。『開かれた社会とその敵』は、ポパー自身が述べているように、「本書の大半が戦争の成り行きが不確定な⁷⁾」時期に執筆されたという事実が全体主義攻撃の激しいトーンを作り出している。ここには明らかに、全体主義を攻撃するために、自己の問題設定、思想をこれらの思想家に読み込んでいるところが見られる。もちろん、当面のポパーの敵はナチズムであり、社会民主主義、共産主義勢力はそれと闘っていたわけだから、マルクスへの批判は歴史主義批判の枠内に限定され、その思想の倫理的側面を高く評価するなど、ほかの二人に対するのとは若干位相を異にする。

　この書は、それ以前に書かれた『歴史主義の貧困』（1957年）と対になっている。ポパーは、そのなかで歴史主義（historicism）ということばに独自の意味をもたせている。ポパーのいう歴史主義とは、歴史法則主義とも訳されることからもわかるように、歴史的予測を主要な目的とし、その目的を「法則」や「傾向」を見いだすことによって達成しうると仮定する、社会諸科学に対する一つのアプローチである。それは、いかなる思想といえども個々の歴史的時代に支配的な思潮や利害に規定されているというマンハイム流の歴史主義（historism）とは峻別される。ポパーは、『開かれた社会とその敵』のなかでヘーゲル、マルクス、さらにはプラトンに歴史法則主義を当てはめ、批判しているが、理論信仰による犠牲を繰り返さないという実践的関心によるものである。

　ポパーのいう開かれた社会とは、タブーに対して批判的な社会であり、諸個人が個人的決定に直面している（＝個人で決定することできる領域が大きい）社会である。それは、閉ざされた社会とは正反対の諸特性をもつ社会である。ポパーは、個人主義と集団主義を、利己主義と利他主義を対置し、個人主義と利他主義との両立可能性という理論的前提のうえで、諸個人の意見の多元性を認め、相互の批判に対して開かれた政治体制として開かれた社会を特徴づけている。ポパーにおいて開かれた社会の理念は、批判的合理主義と結びついている。批判的合理主義というのは、彼の科学哲学におけるのと同じように、自分の誤りから学ぶ態度であり、「批判的合理主義の態度は、すべての人は誤りを犯し易いが、その誤りは彼自身もしくは他人によって見出されるかもしれないし、他人の批判に助けられて彼自身で見出せるかもしれないという観念に結びついている」[8]。

　それに対し、閉ざされた社会とは、「呪術的ないし部族的ないし集団主義的な社会のこと」であり、さまざまなタブーが支配している社会のことである。そこでは、個と全体が有機的に一体化し、個人の決定領域がなく、したがって個人的責任の入り込む余地はない。古代ギリシアでは民主的社会への移行が起こる以前の部族的社会がそれに当たる。アテナイでは、海上貿易の発展などによってそのような移行が起こったが、スパルタでは部族的社会を残存させた。ポパーは、スパルタの政策のなかに、(1)部族制の保護、(2)反人道主義（反平等主義、反民主主義、反個人主義）、(3)自給自足政策、(4)反国際主義ないしは排他主

義、(5)支配（汝の隣人を支配せよ）、(6)だが大きくなりすぎるな、という閉ざされた社会の諸特徴を見て取っている[9]。

　ポパーが「ユートピアと暴力」（1947年）という論文のなかでユートピア主義に反対する理由は、ユートピア主義が暴力を導くものだということとともに、ユートピア主義では究極の目的が優先されるが、目的を科学的に決定することは不可能だということにある。ユートピア主義とは合理主義だが、ポパーによれば、批判を封じる似非合理主義であり、「ユートピア的合理主義は、その目的がどれほど慈善的なものであっても、幸福はもたらさないで、圧制的政府のもとで生きることを余儀なくされる周知の悲惨な状態をもたらすだけである[10]」。全体を包括する善はありえず、幸福は個人個人が追求すべきである。理想をもつなということではなく、政治的理想は実現できないということではなく、社会を一枚の青写真に従って作り変えていくのは危険だということである。政治的改革は、善の実現ではなく、次のように悪の除去によってなされるべきだというのが、ポパーの主張である。「抽象的な善の実現よりは、具体的な悪を除去するために努めよ。政治的手段によって幸福を確立するということをめざすな。むしろ、具体的なもろもろの悲惨な状態の除去をめざせ、と。あるいは、もっと実践的言葉で言えば、こうなる。貧困を駆逐するために直接的手段によって――たとえば、誰もが最低限の収入を得られるようにすることによって――闘え。あるいは、病院や医学校を建てることによって、流行病やその他の病気と闘え。犯罪と闘ったように、文盲と闘え。だが、これらすべてのことを、直接的な手段によっておこなえ。自分たちが生活している社会での最も除去すべき悪と考えられるものを選べ。そして、その悪は除去できるのだと人びとに確信させるよう辛抱づよく努めよ[11]」。

　これは、別の言い方をすれば、ユートピア工学とは反対の漸進的社会工学の立場である。人間の誤りやすさの認識から、ポパーはユートピア工学に反対し、漸進的社会工学を唱えているが、漸進的社会工学とは自らの限界をこころえ、他者を尊重する人びとの理性による社会の合理化、自由のための計画、そのような理性によるコントロールによって社会を変えていくことである。そのさい重要なのは、善を追求することではなく、悪を削減していくことである。ポパーは、開かれた社会の諸要素は西欧の民主主義のなかで育まれてきたと考え、政

治体制としては西欧の自由民主主義体制を積極的に擁護するのである。

世界3の理論

　ポパーは、『開かれた社会とその敵』以後、ふたたび科学哲学に主たる関心を移していく。しかし、問題解決という点では、政治社会も科学も同じであり、批判と討論を根底に据えている点でも共通している。ポパーが信頼しているのは、人間理性だが、後期ポパーの理論的到達点として世界3の理論がある。ポパーは、世界ないし宇宙を次のように3つに区分し、客観的精神の世界が実在し、文明の進展は客観的精神の世界によってもたらされると認識している。

・世界1（World 1）──物理的対象の世界
・世界2（World 2）──主観的経験の世界
・世界3（World 3）──客観的精神の世界[12]

　ポパーがいう世界3とは、人間が出現することによって生まれた世界であり、ポパーがジョン・C. エクルズ（John Carew Eccles, 1903-1997）との共著『自我と脳』のなかで描いた宇宙進化の諸段階のなかでは、世界3はさらに人間言語、自我と死についての諸理論と（技術を含む）芸術と科学の諸成果に分けられ、後者が最も高度な段階と認識されている。

　ポパーは、人間の倫理的向上は世界2と世界3の相互作用から生まれると考える。ポパーによれば「もちろん、われわれの感覚をとおして受け取る獲得的知識の大半もまた無意識的である。主に意識的に獲得された知識であり、しばらくは意識的であり得るものは、理論の構築、特にわれわれの理論の批判的修正から生じる理論的な世界3の知識である。これは世界2と世界3が相互作用する過程である」[13]。世界2と世界3の相互作用とは、主観的認識を批判可能な形で示すことにほかならない。これは、主観と客観の二元論という近代的思惟の陥った袋小路から抜け出る途であるとともに、人類の知的進歩はその世界3への世界2の開放性を高めていくことと世界3内部での理性の相互交流を高めていくことにかかっているということである。

　科学にとって重要なのは、問題を解決するために有効な理論を提示し、その理論に不都合な事実を直視し、理論の誤りを見つけたら修正していくことである。同じように、批判と討論の過程を重視しているのが民主主義であり、ポパー

が科学的精神と民主的精神の共通項とするのは相互批判と理性の相互交流である。理性の相互交流をとおしてのみより理性的な決定に近づけるのであり、相互批判からのみより正しい決定に近づけるのである。ポパーの批判的合理主義は、批判・討論・共同思考→よりよき決定→よりよき世界の創造、という連関のなかで、民主主義を支える精神のあり方を明らかにしている。

3　フェーゲリンと開かれた精神

　ポパーの開かれた精神は批判に対して開かれているという意味だが、開かれた精神には、もう一つ別の次元も存在し、それは超越的なものに開かれた精神のあり方である。エリック・フェーゲリンは、日本ではなじみが薄いが、人間が自己を超えた存在を志向することの積極的な意味を明らかにした思想家である。フェーゲリンは、越神を基軸に据えて開かれた精神のあり方を示した政治哲学者であり、彼のいう開かれた精神は超越的なものに対して開かれているということである。

超越的なものに開かれた精神

　ジョン・ロックの人間理解を形容するさいに「神と人間の間」という表現が使われるが、フェーゲリンも人間を精神的次元で、神的な要素と人間的な要素の緊張状態のなかで生きる者として捉えている。中間者という人間規定は、人間が内面において神的なものと人間的なものを分有する状況として捉えられている。それをフェーゲリンはメタクシー（metaxy: 中間性）と呼ぶのだが、彼が人間精神のあり方を政治認識の中心に据えたことは、彼の理論展開において必然的なことであった。メタクシーとは、プラトンからとられた概念である。

　フェーゲリンは、最初の著書である『アメリカ精神の形態について』（1928年）のなかでチャールズ・サンダース・パース（Charles Sanders Peirce, 1839–1914）やウィリアム・ジェイムズ（William James, 1842–1910）に依拠して「開かれた自我」を堅固で超越的なものと結びつきで理解している。のちの理論展開との関連でとくに重要なのは、神との関係である。というのは、彼の政治や歴史の認識の中心にあるのは超越的なものとの精神の関わりだからである。「開かれた

精神」といった場合、何に対して開かれているかが問題となるが、彼において神に対して開かれているということが精神の開かれたあり方にほかならないのである。つまり、超越的なものに身を閉ざし、目に見える現実しか認識しようとしないのは精神の閉ざされたあり方だということになる。フェーゲリンによれば、神は経験の対象であり、「われわれの経験の宇宙の外側や周りにではなく内側で、われわれは神を発見する[14]」ということである。

　フェーゲリンは、ウィリアム・ジェイムズの『宗教的経験の諸相』を論じているところでそう述べているのだが、ジェイムズはそのなかで人びとの神発見の例を集めているのであり、ジェイムズによれば、宗教とは「個々の人間が孤独の状態にあって、いかなるものであれ神的な存在と考えられるものと自分が関係していることを悟る場合だけに生じる、行為、経験である[15]」。ここでいう神とは「見えない実在」（invisible reality）であり、内面に現れたり、感じ取られたりするものである。神はすべての人間に対して開かれており、誰もが体験しうるものとして捉えられている。そしてそのような態度は、超越体験、すなわち神秘的なものに打たれる体験によって形成されるのである。ダンテ・ジェルミィノが指摘しているように、「ジェイムズは、そのような体験の説明を読んだとき、〈自分のなかで何か反響するものがあった〉と書いている」ように、ほとんどの人はジェイムズの反応に共感するだろうが、「もちろん、このように反応せず、神秘的経験の真正さに〈完全に閉ざされていて〉、それを激しく否定する人間もいる[16]」ということである。音楽を「雑音」と感じる人がいるように、人間の実存を取り囲む神秘に心を開かないのが、「閉ざされた精神」だということである。

　フェーゲリンは、人間の実存が神的なものと人間的なものとの中間領域に位置すると理解し、その意味でメタクシーということばを用いている。人間は神になることはできないが、神を意識的に志向し、神的な性格に近づくことはできる。言い換えれば、人間は神的なものと人間的なものを分かちもち、それら両極の間の精神的緊張を生きているということになる。人間が神的なものを分有することは、意識の志向性によって可能になる。人間は、ヌース（理性）の引き金に引っ張られて神的なものに近づいていくことはできる。つまり、有限で不完全な存在である人間は、神のもつ崇高さに近づこうと努力することに

よって自己を精
神的に高めてい
くことはでき
る。逆に人間的
な欲望に引っ張
り返されて嘘を
ついたり、人を
だましたり、暴
力をふるったり

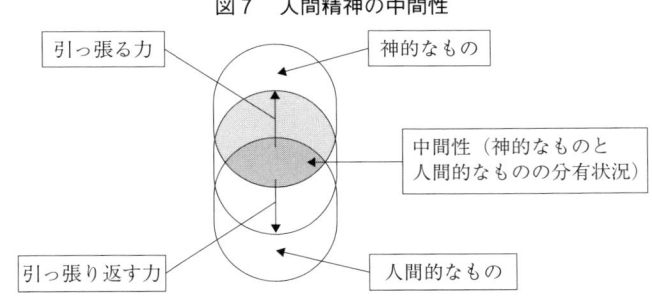

図 7　人間精神の中間性

引っ張る力

神的なもの

中間性（神的なものと
人間的なものの分有状況）

引っ張り返す力

人間的なもの

することもある。人間は決して神にはなれないが、「見えない実在」（invisible
reality）である神を志向することによって自己を向上させていくことができる
という主張である。ポパーがプラトンの政治哲学に閉ざされた社会の諸要素を
見いだし、現代の全体主義につながるとして徹底的に批判したのとはまったく
反対に、フェーゲリンは、プラトンのなかに現代の大衆政治やナチズムを批判
する視座を見いだしている。というのも、政治秩序が指導者の精神の現れだと
したら、ナチ体制はヒトラーの精神を表しており、したがって、ナチスを政権
に就けた大衆の精神が現れているからである。当時の政治状況は、アテナイ民
主政のもとでの大衆の堕落に似ており、彼はそれを批判したソクラテスとプラ
トンのなかに開かれた精神のあり方を求めていくのである。

政治宗教批判

　フェーゲリンは、1930年代にウィーンにいて、ナチズムのなかに政治宗教的
要素を見ている。フェーゲリンは、『政治宗教』（1938年）のなかでナチズム、ファ
シズムの根を宗教性に求め、それらを「反キリスト教的宗教運動」と捉えてい
る。[17] この本のなかでは中世までの古代帝国や教会制度の神中心的秩序観と人間
思想を現出するに至るまでの人間中心秩序観を対比し、人類、民族、階級、人
種、国家というような集合体が神格化されていることを批判している。フェー
ゲリンは、人種思想の救済論的性格を指摘している。
　また、フェーゲリンは、政治宗教の内在論的性格（地上に神の国の実現を目指
す性向）を強調している。政治宗教というのは、実際には疑似宗教なのだが、

超越神信仰の現れる以前の宇宙論的文明における見える実在に神的なものを感じ取るのと共通したところがある。その意味で再神聖化なのだが、人種とか民族というような集合体に価値を置き、人種主義とかナショナリズムのような非合理的なイデオロギーによって補強しているところに特徴がある。

　フェーゲリンは、『科学、政治、グノーシス主義』（1968年）のなかでグノーシス主義の世俗宗教的性格を明確に批判している。フェーゲリンが用いる代替宗教（Ersatzreligion）という表現は、キリスト教に代わる宗教性であり、なんらかの実体が神に取って代わる信仰対象となることを意味している。グノーシス主義は自らが真理だと主張し、神に取って代わろうとするがゆえに代替宗教と特徴づけられる。そのような宗教性は、キリスト教にあった超越神との実存的緊張を欠き、神中心の秩序を打ち壊すがゆえに危険なのである。

　フェーゲリンによれば、人間が神になろうとすることは傲慢さ以外の何ものでもない。ナチズムも共産主義もそれを実現するために独裁者を生み出し、個人崇拝、個人の神格化を生み出してきた。もっとも、ナチズムも共産主義には神の代替物がないが、フェーゲリンの影響を受けたクラウス・フォンドゥング（Klaus Vondung, 1941–）や宮田光雄が天皇制を政治宗教と捉えた[18]ように、天皇制イデオロギーには生きている天皇を現人神として崇め、臣民（国民）を赤子とする政治宗教だったと言える。

普遍的人間性の理念

　フェーゲリンは、主著『秩序と歴史』（1956～1987年）のなかでメソポタミアの宇宙論的文明から説き起こし、ギリシア哲学や儒教やキリスト教文明を辿りながら超越的なものへの志向がどのように生まれてきたのかを壮大なスケールで叙述している。第4巻『普遍化の時代』（1974年）のなかでは、人間精神の開示性とは神の顕現に開かれていることであり、神秘的な超越体験を受け入れることであることを明らかにしている。このような「開かれた精神」に対応するのが普遍的人間性（universal humanity）であり、超越的なものに対して開かれた精神に支えられて成立するのがフェーゲリンのいう意味での開かれた社会である。それは、超越的なものとの内的格闘をとおして精神的覚醒を遂げていく人間社会のあり方である。

　とはいえ、「開かれた社会」のこのような捉え方は観念的であり、どのような政治社会がそれに当たるのが必ずしも明瞭ではない。「開かれた精神」が神の顕現に対するものだとしても、彼が神政政治に戻れといっているのではない。なぜなら、神の顕現というときの神は、特定の宗教、宗派の神に限定されていないからである。反対に、彼の著作において神を世界内在化しようという運動はグノーシス主義としてしりぞけられている。神との精神内における対話が重要なのである。また、普遍的人間性は、世界政府を志向するものではないし、特定の政治体制を擁護するものではない。とはいえ、開かれた社会の理念は、自分の社会のことだけに専心して、ほかの世界に関わらないのではなく、人類の神的起源の認識によって世界に精神を開いていくことを意味している。

　フェーゲリンによれば、神が「始まりの始まり」であり[19]、「歴史過程の神秘は、宇宙と大地、地上の植物と動物、最終的には人間と人間の意識をもたらした実在の神秘と不可分である[20]」というように、普遍的人間性の理念とは、神秘的・超越的実在への緊張のなかで果てしない精神的覚醒を成し遂げていく見果てぬ人類の態様である。フェーゲリンは、神、あるいは超越的な実在との対話を内包した人間精神のあり方を開かれた精神と規定しており、神秘的な超越体験、神体験を受け入れることが精神の開かれたあり方だと理解しているが、超越的なものを宗教に限定しているわけではない。というのも、フェーゲリンはギリシア哲学における「魂の領域」の発見もそこに含めているからである。人間は超越的なものを志向することによって自己を相対化していくことができるということである。超越的なものを志向する者同士が対話を重ねていくことによって、人類的な規模で開かれた社会が築かれていくのである。

4　開かれた精神と開かれた社会

　開かれた社会は、開かれた精神に支えられねばならないが、開かれた精神は、ポパーの場合は、批判に対して開かれているということであり、批判的合理主義の考え方に基づいていた。現代政治に大きな影響を与えているのは、ポパーが示したような、科学的精神に支えられた開かれた社会の理念であり、西欧文明が培ってきた自由民主主義の政治文化と符合する。ポパーがいう批判的合理

主義は、他者の理性を信頼し、批判的討論によって真理に近づく科学的精神に
裏づけられており、政治に適用したら民主的な主体同士が理性的な討議によっ
てよりよい決定をなそうという態度につながっていく。

　一方、フェーゲリンのいう開かれた精神も、超越的なものを志向することに
よって自己相対化することを目指しており、開かれた精神にとって、そういっ
た垂直的次元も必要だと思われる。ポパーが徹底した合理主義の立場に立つの
に対し、フェーゲリンが非合理主義に関与しているという点は大きな違いだが
であるが、ポパーのいう、他者の批判に対して開かれているという意味での開
かれた精神も、自己絶対化を避け、普遍的・超越的な理念を志向するから可能
になるという側面もあり、両者は共通している面もあるとも言える。

　丸山眞男が「見える権威」と「見えざる権威」を対比させ、「見える権威」
に抵抗しながらも「見えざる権威——神の権威、真理・正義の権威、天・道理
の権威——[21]」の前で自己を相対化していく必要があるとしたように、普遍的な
理念との内的緊張のなかで生きることが、問われているからである。「見えざ
る権威」は神でなくともよいのだが、フェーゲリンが言うように、超越神に対
して開かれていくというのも、開かれた精神のあり方の一つであろう。ポパー
の概念が水平的だとしたら、フェーゲリンの概念は垂直的だという違いはある
が、二人とも、民族や国家に閉じこもった意識を閉ざされた精神と認識し、普
遍的な知に向かう志向性に、開かれた精神のあり方を求めている。

　市民が「他者や世界に開かれた個人」であるように、開かれた社会は「他民
族や外国人にも開かれた社会」である。開かれた社会は他者を尊重し、非暴力
的な生活様式が確立している社会である。その意味で、開かれた社会は市民社
会の理念とも通底する概念である。開かれた社会の敵は何も全体主義だけにあ
るのではない。集団主義は閉ざされた社会につながるので、自分が生きる社会
のなかで自由に交流し、批判し、討論する空間をつくっていかねばならない。
しかも、開かれた社会は、地球的な次元で追求されねばならない理念であり、
実現可能な目標である。

　1）　カール・ポパー「ヨーロッパ文化の起源——その文学的および科学的起源」長尾龍一訳、
　　　長尾龍一、河上倫逸編『開かれた社会の哲学——カール・ポパーと現代』（未來社、1994
　　　年）所収、14-21頁参照。

2)　同上、26頁。

3)　カール・ポパー「日本から学ぶもの」長尾龍一訳、長尾龍一、河上倫逸編『開かれた社会の哲学——カール・ポパーと現代』（未來社、1994年）所収、56頁参照。

4)　カール・R. ポパー『科学的発見の論理（上）』大内義一、森博訳（恒星社厚生閣、1971年）48-52頁参照。

5)　カール・R. ポパー「ソクラテス以前の哲学者たちへ帰れ」、『推測と反駁』藤本隆志、石垣壽郎、森博訳（法政大学出版局、1980年）所収、221-252頁参照。

6)　『推測と反駁』xi頁参照。

7)　カール・R. ポパー『開かれた社会とその敵　第一部プラトンの呪文』内田詔夫・小河原誠訳（未來社、1980年）8頁。

8)　カール・R. ポパー『開かれた社会とその敵　第二部予言の大潮——ヘーゲル、マルクスとその余波』内田詔夫・小河原誠訳（未來社、1980年）219頁。

9)　同上、179頁参照。

10)　カール・R. ポパー「ユートピアと暴力」、『推測と反駁』所収、664頁。

11)　同上、665頁。

12)　カール・R. ポパー、ジョン・C. エクルズ『自我と脳（上）』西脇与作訳（思索社、1986年）31頁参照。

13)　同上、188-189頁。

14)　Erich Voegelin, *Ueber die Form des Amerikanischen Geistes* (Verlag von J.C.B, Mohr (Paul Siebeck), 1928), S. 50.

15)　W. ジェイムズ『宗教的経験の諸相（上）』〔岩波文庫〕桝田敬三郎訳（岩波書店、1969年）52頁。

16)　Dante Germino, *Political Philosophy and the Open Society* (Louisiana State University Press, 1982), p. 157.

17)　Eric Voegelin, *Die Politische Religionen* (Wilhelm Fink Verlag, 1993), S. 7.

18)　宮田光雄「ボンヘッファーと日本」（1983年）、『平和のハトとリヴァイアサン』（岩波書店、1988年）所収；『日本の政治宗教——天皇制とヤスクニ』〔朝日選書〕（朝日新聞社、1981年）、K. フォンドゥング『ナチズムと祝祭——国家社会主義のイデオロギー的祭儀と政治的宗教』池田昭訳（未來社、1988年）参照。

19)　Eric Voegelin, *Order and History*, vol. V, In Search of Order (Louisiana State University Press, 1987), pp. 13-47参照。

20)　Eric Voegelin, *Order and History*, vol. IV, *Ecumenic Age* (Louisiana State University Press, 1974), p. 335.

21)　丸山眞男『自己内対話——3 冊のノートから』（みすず書房、1998年）229頁。

【文献案内】

　カール・R. ポパー『科学的発見の論理』（上・下）大内義一、森博訳（恒星社厚生閣、1971-1972年）は、ポパー初期の科学哲学論であり、科学と疑似科学との境界設定の問題など、科学的思考の性格を明確化している。カール・R. ポパー『歴史主義の貧困』久野収・市井

三郎訳（中央公論社、1961年）[K.R. Popper, *The Poverty of Historicism* (Routledge & Kegan Paul, 1957)] は、ヘーゲル、マルクスに代表される歴史法則主義を徹底的に批判した書である。カール・R. ポパー『開かれた社会とその敵』（第一部・第二部）内田詔夫、小河原誠訳（未來社、1980年）[K.R. Popper, *The Open Society and Its Enemies*, vol. Ⅰ: *The Spell of Plato*, vol. Ⅱ: *The High Tide of Prophecy: Hegel, Marx, and the Aftermath* (G. Routledge, 1945)] は、プラトン、ヘーゲル、マルクスの思想のなかに全体主義的要素を抉り出した大著である。批判的合理主義の立場から西洋の自由民主主義を擁護している。カール・R. ポパー『推測と反駁』藤本隆志、石垣壽郎、森博訳（法政大学出版局、1980年）には、ポパーの科学哲学の集大成であり、批判的合理主義の伝統を明らかにした論文「ソクラテス以前の哲学者たちへ帰れ」（1958年）、ユートピア主義を批判した「ユートピアと暴力」（1947年）も収められている。カール・R. ポパー『よりよき世界を求めて』小河原誠、蔭山泰之訳（未來社、1985年）[Karl R. Popper, *Auf der Suche nach einer besseren Welt: Vorträge und Aufsätze aus dreißig Jahren* (Piper, 1984)] は、政治哲学の課題がよりよき世界の探求にあることを示した、晩年の論文集。長尾龍一、河上倫逸編『開かれた社会の哲学——カール・ポパーと現代』（未來社、1994年）は、京都賞受賞記念の講演などを収録している。ポパーは、京都賞受賞講演「ヨーロッパ文化の起源——その文学的および科学的起源」（1992年）のなかでアテナイにおいて開かれた社会が形づくられた契機を明らかにしている。小河原誠『討論的理性批判の冒険』（未來社、1993年）は、ポパー研究の進展を踏まえた研究書である。

　Eric Voegelin, *Die Politische Religionen*, hrsg. von Peter J. Opitz, in Verbindung mit dem Eric-Voegelin-Archiv (Wilhelm Fink Verlag, 1993) は、フェーゲリンの初期の政治宗教批判の書であり、人種主義や国家主義の台頭を批判する視座をグノーシス主義批判に求めている。Eric Voegelin, *Order and History*, vols. Ⅰ–Ⅴ (Louisiana State University, 1956–1987) は、人類の歴史をメソポタミアから説き起こし、宇宙論的文明から超越神信仰への転換を壮大なスケールで描いた著者の主著。Eric Voegelin, *Anamnesis: zur Theorie der Geschichte und Politik* (R. Pieper, 1966) は、政治現象を精神的次元から捉えることを説いた政治哲学的著作。Eric Voegelin, *Science, Politics & Gnosticism* (Henry Regnery Company, 1968)は、精神的次元から政治現象読み解く新しい政治学を提示するとともに、近代以降のイデオロギーをグノーシス主義として批判している。Eric Voegelin, *The Collected Works of Eric Voegelin*, vols. 1–34 (Louisiana State University Press, 1989–2008) は、フェーゲリンの全著作を英語で収録している。研究書としては、Ellis Sandoz, *The Voegelinian Revolution: A Biographical Introduction* (Louisiana State University, 1981) は、フェーゲリンの伝記的事実をとおしてその政治哲学の意義を明らかにしている。Dante Germino, *Political Philosophy and the Open Society* (Louisiana State University Press, 1982) は、政治認識の精神的次元を強調している。

第12章

正義論の再構築——ロールズを中心にして

1　ロールズ正義論の背景

　現代の政治哲学は、ロールズ的政治哲学と非ロールズ的政治哲学という二つの流れに分類できるほど、ジョン・ロールズの著作、なかでも『正義論』（*A Theory of Justice,* 1971）が規範的政治理論の再生に与えた影響は大きかった。それ以前から政治哲学復権の流れはあったが、アレントやシュトラウスの場合は、伝統的理論の現代的再生という意味合いが強いのに対し、ロールズの政治哲学は、ゲームの理論や言語分析など、現代哲学や経済学の理論をとり入れ、マクロな政治社会に適用可能な政治原理を提示した点で画期的な地平を切り開いたからである。

　『正義論』の公刊後、規範的政治理論の分野が「ロールズ・インダストリー」（ロールズ研究業界）と言われるように、ロールズの影響を受けた数多くの研究書・研究論文が公刊され、なかでもコミュニタリアニズムやリバタリアニズムはロールズを批判することをとおして生み出された思想潮流である。また、ロールズ自身も、自らに向けられた批判から学び、思想的転回を遂げていった。ロールズは、時代を超える理論構築を目指したのであるが、アメリカのリベラリズムの思想的革新をなした側面があるとともに、現代世界において正義論の再構築を実現した政治哲学者であった。

歴史的背景

　ロールズは、「アメリカ型リベラリズム」を理論的代弁者であり、そのリベラリズムとはニューディール・リベラリズムのことを指している。1929年10月

24日「ブラック・サーズデー」のニューヨーク株式市場の大暴落から始まった大恐慌に対してハーバート・フーヴァー（Herbert Hoover, 1874-1964）大統領（共和党）は金融政策で対処しようとしたが失敗したので、1933年に大統領に就任した民主党のフランクリン・ルーズベルト（Franklin Roosevelt, 1882-1945）は連邦政府主導で公共事業など積極的な恐慌対策を行なった。それまでの個人主義的自由主義を転換して、政府が失業者対策を行なうだけでなく、ニューディール・リベラリズムと呼ばれる社会民主主義的な福祉政策を行なった。

　ニューディール・リベラリズムとは、古典的自由主義が個人の自由を尊重し、自由競争、機会均等、小さな政府という特徴をもつのとは対照的に、①社会福祉主義──社会保障、教育等の分野における連邦政府の積極的役割を支持し、そのための財政支出に寛大である、②人種・宗教的寛容──人種・宗教的偏見・差別に反対する、③国際主義──国際協調主義を推し進める、という点に特徴がある。経済的・社会的不平等を積極的に是正すべきだという立場であり、平等主義的であるともに、少数者の権利を保護し、政府の市場介入を肯定している。[1]

　1960年代の民主党のリンドン・ジョンソン大統領は、「偉大な社会」の創設を掲げ、貧困の除去を政策課題にした。また、公民権運動やベトナム戦争に揺れた時代であり、人種隔離制度に対する非暴力の公民権運動、ベトナム戦争に対する反対運動が拡がり、国内の政治的対立が先鋭化した時代であった。そういった時代背景のなかで、不平等の是正や市民的不服従を正義論の課題として理論的に捉える必要に迫られていた。

理論的背景

　一見すると、ロールズの正義論は非常に抽象度の高い議論のように見えるが、それがアメリカのリベラリズムを背景にしていることと功利主義の潮流に対決しようとする意図をもっていたことは、明らかである。

　ロールズは、少なくとも『正義論』においては目的論（teleology）でなく義務論（deontology）の立場に立っている。義務論というのは、deon（せねばならない）というギリシア語から来ているように、普遍的な義務命題を道徳規範とする立場である。カントの定言命法がその典型であり、たとえば「人を殺して

はならない」「盗んではならない」という道徳的命法は、無条件に当てはまる格率でなければならない、という立場である。それに対し、目的論とは telos（目的、終わり）というギリシア語から来ているように、行為の善悪をその行為の結果に即して判断しようという立場である。「最大多数の最大幸福」を実現することに価値を置く功利主義がその典型である。

2　ロールズ正義論の構成

　古典的政治哲学に遡ることによって政治哲学の再生を目指したレオ・シュトラウスが一方の旗頭だとしたら、ジョン・ロールズは規範的政治理論復権のもう一方の旗頭だとされる。ロールズは、主著『正義論』において分析哲学を基盤にしてゲームの理論を援用しながら、現代的な観点から社会契約論を構築しようとした。ロールズ自身、「私が試みてきたことは、ロック、ルソー、カントが提唱した伝統的な社会契約論を一般化し、抽象化の程度を高めることである[2)]」と述べているように、彼の議論は社会契約論の現代的再生を企図している。彼が社会契約論を援用するのは、多数者の利益のために少数者の権利が犠牲にされる危険をはらむ功利主義の正義概念に対抗するためであり、合理的個人が平等な自由という仮説的状況で下すであろう選択に正義の諸原理を求めることの方が望ましいと考えるからである。

原初状態の設定

　ロールズは、社会契約論で自然状態として想定された仮説的設定を「原初状態」（original position）と呼んでいる。「原初状態とは、適切な〈初期のありのままの状況〉（initial status quo）であり、したがって、そこで到達された基礎的な合意は公正であると言えよう[3)]」として、彼は「公正としての正義」（justice as fairness）という概念を打ち出し、手続き上の公正さに注目している。

　社会契約論において自然状態が社会状態への移行の必要を導出するための概念装置であったのに対し、ロールズの場合は、現存政治秩序の根底的転換のために仮説的設定をするのではなかった。ロールズは、立憲民主体制を所与の前提として、正義の原理を導出し、政治社会をその原理によって統制していくた

めである。ロールズが原初状態を設定するのは、この基本的な正義の原理が価値前提として合理的だということを説得的に示すためである。基本的な価値理念は、超越的権威に頼るのでなければ、自らで自らの根拠を証明しなければならない。基本的価値としては近代の自由と平等を踏襲しながら、整合的に操作することにより政治社会の積極的な構成原理を打ち出していくために、原初状態という論理的仮定をしたのだと思われる。価値命題と論理構成は本来二元的なものだが、政治社会の規範的な枠組みの設定を合理的に行なうために架空の状態が設定されるわけである。

　ロールズのいう原初状態における当事者はすべて平等だと想定されている。この平等の規定は、人間の身体的・能力的平等のことではなく、正義の諸原理を選択する手続きのうえで平等の権利をもつことを意味している。次に、原初状態において当事者は「無知のヴェール」（veil of ignorance）の背後に置かれていると考えられている。

　「無知のヴェール」とは、当事者が自分の生来の資産や能力の分配における運、すなわち自分の知性や体力、自分の心理的特性、社会的属性等について何も知らないということである。なぜそのような想定をするかというと、自然的・社会的環境を自分に有利になるように利用する気を起こさせる、特異な偶然性の影響をなくすためである。さらに、原初状態にある当事者の「相互に無関心な合理性」が想定されている。合理的個人は「自分の利益を増大させることに関心をもつ」が、他者に対する羨望によって動かされないと仮定されている。社会契約論の場合、自然状態は人間の本性に基づいて規定され政治社会への移行前の克服されるべき自然社会の推定であったのに対し、ロールズの原初状態は、すべての人が同意しうる正義の諸原理を導出するための論理的仮定である。

正義の二原理

　このような原初状態において当事者間の合意によって導き出される正義の原理は次の二つである。

第一原理　各人は、他の人びととの同様な自由と両立しうる最も広範な基本的自由に対して平等な権利をもつべきである。

第二原理　社会的、経済的不平等は、(a)最も不利な状況にある人びとの利益を

最大化するように、かつ(b)公正な機会均等という条件のもとで、すべ
ての人に開かれた職務や地位に伴うように、調整されなければならな
い。[4]

　第一原理は、「平等な自由の原理」（the principle of equal liberty）と呼ばれ、
政治的自由（選挙権、被選挙権）、言論および集会の自由、良心および思想の自由、
身体の自由、私的財産を有する権利、恣意的な逮捕や押収からの自由などを含
む。第二原理は、所得や富の分配、権限や責任の相違をともなう組織のあり方
に関わり、前者は(a)**「格差原理」**（the difference principle）、後者は(b)**「公正な
機会均等原理」**（the principle of fair equal opportunity）と呼ばれる。これらの原
理が衝突した場合は、第一原理が第二原理に優先され、第二原理のなかでは「公
正な機会均等原理」が優先される。この点だけをとれば、ロールズの議論は、
機会の平等のほうに比重を置いているようにも見えるが、彼の真意は「最も不
利な状況にある人びとの長期的な見通しを最大化しようとする」[5]ことにあるの
は明らかであり、格差原理こそ彼の正義論の眼目である。

　格差原理には、人間をたんなる手段とみなすのでなく目的とみなさなければ
ならないというカントの道徳哲学の投影が見られる。ロールズによれば、「社
会の基本的あり方において人をそれ自体目的とみなすことは、あらゆる人の期
待には貢献しないような利得を断念することに同意するということである。対
照的に、人を手段とみなすということは、まだ恵まれていない人びとに、他人
の期待を高めるためにより低い人生の見通しを甘受させようということであ
る」[6]。要するに、すべての人の平等な自由という前提に立てば、すべての人は
人間らしい生活を営む権利があるということであり、社会的・経済的に恵まれ
ていない人びとへの富や資源の再分配が正当化されるということである。ただ、
ロールズは、「最も不利な状況にある人びと」（the least advantaged）を**「最も
恵まれない人びと」**（the least favored）と言い換えているが、「最も恵まれない
人びと」がどのようなカテゴリーに属する人びとなのかということについて明
確な基準を示していない。それは、それぞれの政治社会で決めればよいのであ
り、ロールズの正義論は判断の枠組みを示すことをねらいとしている。とはい
え、貧しい人びと、差別された人びとを優先した、資源や地位の再分配が想定
されていることは確かである。ロールズは、そのことに関連して「ひとたび最

も恵まれていない集団が確定されれば、どの政策が彼らの利益に供するか決めるのは比較的容易である」と述べている。

　正義の二原理を導き出してくる手続きとして重要なのは、レキシカルオーダーとマクシミン・ルールである。レキシカルオーダーとは辞書的順序のことであり、優先順位の取り決めである。まずもって優先されなければならない原理を第一に置くということである。平等な自由を優先するのは、これが社会の基本構造を規定し、人間の権利と義務に関わっているからである。この点でロールズはリベラリズムの伝統の上に立ち、立憲制度を肯定していると言える。第二原理のうち、あとに来る(b)が(a)より優先されるのはレキシカルオーダーとは言えない。元来の順序からは格差原理へのロールズの注目が窺われるのでそのままにしたが、ロールズ自身は、整合性を保つためにのちに自分の理論を修正し、この順序を入れ替えている（つまり、(b)の「公正な機会均等原理」を(a)にし、(a)の「格差原理」を(b)にしている）。というのも、レキシカルオーダーとは基本的には個人の自由に関する規定が最優先されるという順序原理を表しているからである。一方、マクシミン・ルールは、マクシミンがマキシマム・ミニモラム（maximum minimorum）を意味しているように、とりうる選択によって起こりうる最悪の事態に関心を向け、最悪の結果で比較してその最小の選択をするということである。原初状態の人間がマクシミン解としての正義の二原理を選択すると推定されるのは、当事者相互の間に悪意の関係がなく、自己破滅を避ける保守的な態度をとると考えるのが合理的だからである。

重なり合う合意と公共的理性

　ロールズは、『正義論』出版後の批判や反響を踏まえて書いた論考をまとめて『政治的リベラリズム』（1993年）を公刊した。この著書のなかでロールズは、政治秩序に安定性を与えるのは正義の原理だと考え、立憲民主主義を前提にして、多元主義的体制に安定を与えるものとして「重なり合う合意」（overlapping consensus）の観念を打ち出している。「重なり合う合意の観念は、多元主義の事実に特徴づけられる立憲政治体制が、深い分裂にもかかわらず、いかに安定と社会統合を合理的な正義の概念の公的承認によって達成するかを理解できるようにする」。要するに、「重なり合う合意」とは、正義の原理に合意したうえ

で、よりよき決定を合意によってなしていこうという考え方である。それは正と善を二重に重ね合わせていく彼の理論に基づいている。

　立憲民主体制のなかで正義の構想をなすために自由で平等なすべての市民が働かせるのが公共的理性である。これは、カントの理性の公共的使用に由来する理念であり、『正義論』のなかでも用いられているが、『政治的リベラリズム』のなかでは立憲民主体制を支える背景的文化である市民社会を構成する市民の資質として理解されている。内面的・道徳的に推論、理由づけを行なう内的能力が公共的理性であり、一部の団体のなかでのみ通用する理性は非公共的理性である。もう一つ重要なこととして、市民一人ひとりが包括的教説を他者に押しつけるのではなく、自由で平等な人格として、正義の構想をもつ一方で、市民的礼節をもって反対意見に耳を傾け、真摯な意見に賛同する自由をつねに保持しているということである。[10] 公共的理性が前提にしているのは、すべての人間が良識と理性をもちうるということであり、道理にかなった決定を行なう能力があるということである。こういった意味で公共的理性は、熟議民主主義とつながるが、他方で、正義の構想は国境を越えてなされていかねばならないことを要請している。

3　ロールズ正義論の意義と限界

　ロールズの正義論のインパクトは、社会的、経済的不平等は最も恵まれていない人びとの最大の利益になるように調整されるべきだとする格差原理に由来する。ロールズは、人びとが共同生活を営む以上、地位や職務、それにともなう利益において不平等を生じることを認めながらも、いかなる条件でそれが正当化されうるかを問うているのである。格差原理は、割り当て制度に見られるようなアファーマティブ・アクション（affirmative action）と呼ばれた積極的差別是正策や累進的税制による所得再配分、生活保護に見られるような弱者救済などの福祉政策を正当化する理論的基盤ともなりうるのである。

公正という視点
　ロールズの正義論は、功利主義に取って代わる政治社会の構成原理を打ち出

すことを目的としている。そのことは、彼が義務論として「公正としての正義」
の議論を構築したことに示されている。正を善より優位に立て、すべての人が
守るべきルールを打ち立て、そのなかでのみ各人は自分にとっての善を追求で
きるとした彼の議論の前提が功利主義のように「利益」に置かれていないこと
は確かである。これは、「全体の利益」であれ「自己利益」であれ、それを政
治社会の優位善にしてはならないということを意味している。

したがって、『正義論』のなかでも「正義の善」という章が設けられ、「秩序
ある社会」は正義にかなった行動をとりたいという願望に支えられているとさ
れる。つまり、構成員の正義感覚が、ロールズの構想した政治社会では基底に
置かれるのである。正と善とは区別されるべきものだが、正義にかなった社会
では、正義の諸原理の表明である憲法やその具体的制度化である法体系自体が
善として認識されるということである。善とは価値とか欲求に関わるが、正義
にかなった行ないをすること自体が、共通の善と認識され、「秩序ある社会」
という社会連合体の維持目的にならねばならないとされる。

ロールズが実質的な善の議論に踏み込まないのは、思想や宗教の多元性を容
認するというリベラルな立場による。各人にとっての善は各人に委ねているの
で、ロールズの正義論は善き社会の全体像を打ち出すことはできない。リベラ
ルな立場とは人びとが多くの問題に同意しないということを前提にして、一定
のルールをつくろうというものである。

ロールズは、一方で「最も恵まれない人びとの便益を極大化せよ」という格
差原理によって功利主義に対抗する社会正義の原理を打ち出したが、他方で効
率性の原理を認めており、現存の経済制度を是認した上での補正のようにも思
われる。また、そのような補正的措置ならば、西欧の福祉国家で現に行なわれ
ていることである。たしかに、この意味で彼の議論はラディカルさに欠け、彼
の平等化指向にしても市場社会主義者のように経済的効率を犠牲にしても富と
所得の平等化を図れという主張や生産手段の制限やその部分的社会化の主張に
まで踏み込んでいるわけではない。実際彼の議論は、福祉政策の正当性を後追
い的に理論化したようにも見える。にもかかわらず、彼の正義論が与えたイン
パクトは、議論展開の普遍性指向とマクロなレベルでの政治社会の論理原理の
探究によるところが大きい。

　それだけではなく、『正義論』の意義は、統制的理念としての正義の観念を定立した点にある。ロールズは、正（right）を善（good）より優先したのだが、正義も一つの善だと捉えている。ロールズは、『正義論』第 3 部「諸目的」のなかで、正義感覚や正義の善を取り上げており、自らの道徳哲学を展開している、「有力な人生目的」をもって生きることは、幸福や快楽に結びつかないとしても大切なことであり、正義感覚によって自らを律していく必要があるということである。

　ロールズにおいて、正は一義的に確定されるが、善は多元的である。秩序だった社会は、同一の正義の諸原理を受け入れている社会であり、その構成員はそれに対応する正義感覚とそれを支えている諸制度に加わりたいという願望を学び取る。正義の概念は事柄の性質からして安定的なものであり、その安定性を保つ力として基礎的な役割を担っているのが、「共同体の成員によって共有される正義感覚」である。この点で、ロールズの議論は政治システムの側に傾いているが、個人と政治体制との間を正義の原理によって結びつけ、バランスをとろうとしているのが、彼の議論の特徴であり、「正義感覚が人類愛と連続していることも事実である[11]」という言明に見られるように、彼の概念規定の普遍性志向も見落としてはならない。というのも、ロールズの議論自体、国民国家の政治システムを前提にしているとしても、ロールズ以後の正義論の展開に明らかなように、人類規模の分配原理の構想へとつながっていくからである。

万民の法の構成原理

　ロールズの格差原理は国際社会にも適用可能だという指摘は早くからなされていた。ロールズ自身、『万民の法』（1999年）のなかで「現実主義的ユートピア」として諸国民衆の法を構想している。これは、正義論を地球社会に拡大適用としようという構想である。ロールズは、カントの『永遠平和のために』を意識して国際正義の構想を著したわけである。

　この構想のなかでロールズは、国家ではなく民衆を念頭に置いている。というのは、万民の法を作っていくのは国家や政府ではなく民衆だという認識からである。ロールズは、カントと同様に集権的な世界政府に反対し、諸国民衆の法として国際規範を作成することを主張している。戦争に関しては、自衛と人

権の保護を目的とした深刻な事案への介入のほかは認められないとする。[12]その意味でロールズは絶対平和主義者ではなく現実主義的な平和主義者である。この本のなかでは、立憲的で民主的な市民からなる民衆が公共的理性をもってグローバルな問題に対処するとともに、諸国民衆を代表する政府や団体、国際機関が公共的理性で熟議するという万民社会の構想を展開している。

　この構想は、地球社会の基盤に関するものであるが、基本的にはそれぞれの地域の制度、言語、宗教、文化、異なる歴史の多様性を尊重したうえで万国民衆の公共的理性の必要を提起している。リベラルな諸国民の公共的理性は憲法の必須条項や基本的正義の問題を討議するのに対し、万国民衆の公共的理性は相互関係について討議する。[13]貧困の問題、人権の問題、戦争の問題など、国境を越えて公正としての正義を打ち立てなければならないという政治構想である。『政治的リベラリズム』も『万民の法』も、『正義論』の延長であるとともに、対話と討議をとおして展開していったと言えよう。

ロールズ批判の諸相

　ロールズの立場はアメリカ版リベラリズムの立場であり、福祉国家的政策を目指したリベラルの理念の現代的再定式化である。彼の正義論のインパクトは大きく、ロールズ批判からリバタリアンやコミュニタリアンの議論が起こったといっても過言ではない。ロールズ流のリベラリズムに対する批判としては、次の4つの立場があげられる。[14]

　①リバタリアニズム（自由至上主義）――ロバート・ノージック（Robert Nozick, 1938–2002）は、ロールズの立場は平等主義的であり、平等を実現するために豊かな者に大きな犠牲を強い、豊かな者を貧しい者の手段として用いており、これはカント的に人間を手段として扱うなという彼の人格主義に背反すると批判する。しかし、ロールズはすべての人間は人間らしい生活を営む権利があるという観点から財産の均衡化を正当化しているのである。

　②コミュニタリアニズム（共同体主義）――アラスデア・マッキンタイア（Alasdair MacIntyre, 1929–）、マイケル・サンデル（Michael J. Sandel, 1953–）、マイケル・ウォルツァー（Michael Walzer, 1935–）らは、個人よりも共通善や共同体の維持に価値を認め、ロールズのような権利に基盤を置く政治ではなく共通

善を求める政治を志向している。個人の権利は共通善の追求や共同体の維持のためには制限されてもやむなしとされる。しかし、コミュニタリアニズムのいう共同体が家族、地域、民族、国家を中心にする限り、普遍性の欠如は否定すべくもない。

　③マルクス主義——リベラリズムのいう平等は形式的なものであり、人間が生きる場である社会における実質的平等には踏み込んでいない点を批判する。ロールズは私有財産の権利を基本的な権利に入れているわけではないが、市場制度は肯定しているのに対し、マルクス主義では、市場社会主義ということも視野に入っているが、依然として私有財産の放棄が重要な政治目標であり、マルクス以来の市民社会批判の上に立つ議論である。

　④フェミニズム——リベラリズムは公私を厳格に区分し、私的領域は個人の選択に委ねられるとして、公権力の介入を極力避けようとする。しかし、このことは私的領域における差別や抑圧を温存することにつながりかねない。家族と社会においても差別や抑圧を排し、対等な関係性を打ち立てねばならない。フェミニズムは、家父長主義、性別役割分業を批判し、男女間の平等な関係を求めているが、リベラリズムにはこのような視点が欠けている。

　このなかで、③と④の立場からの批判はリベラリズムを根底的に捉えなおす契機を具えている。もっとも、ロールズ自身、その点は承知しており、自分の立場は包括的リベラリズムではなく、政治的リベラリズムだと限定してしている[15]。コミュニタリアニズムの側からの批判に対して、後期のロールズは、部分的にはその主張を受け入れ、共和主義的に理論転回していった。とはいえ、サンデルらのコミュニタリアンもアメリカの政治文化のなかでは、リベラリズムの枠内に収まり、アメリカ社会の現実に即した議論を展開しているのに対し、ロールズは文化的境界を超えた理論構築を目指しているのであり、時代や国境を超えた普遍性の追求にこそ、ロールズ政治哲学の真価があると言えよう。

　また、ロールズのリベラリズムは、平等主義的だと言っても、平等を機会の平等→結果の平等→関係性の平等、というように捉えたら、機会の平等と結果の平等までしか射程に収めておらず、対等な関係性にまで踏み込んでいないので、不徹底だと言えよう。市場経済と私的所有を認めると完全平等はありえず、

対等な関係性の構築は困難になるのだが、ロールズはマクロな政治社会、経済社会における公正なシステムを一貫して追究していった。

　公正な政治経済システムについて、ロールズは、『公正としての正義　再説』（2001年）のなかでは自由放任型資本主義や国家社会主義に明確に反対し、福祉国家型資本主義に対しても、格差を温存したうえでの社会的ミニマムの保障であることを批判している。ロールズによれば、公正としての正義に適合するのは、財産所有制民主主義とリベラルな社会主義である。どちらを選択するかは政治社会の構成員が決めることであるが、ロールズ自身は、リベラルな社会主義に接近しつつも、私的所有を認めたうえで財産の平等化を図る「財産所有制民主主義」（property-owning democracy）の立場に立っている。というのも、財産所有制民主主義とは、できる限り富を分散させ、教育機会の均等を保障したうえで、「適正な程度の社会的・経済的平等を足場にして自分自身のことは自分で何とかできる立場にすべての市民をおく」[16]構想だからである。このように最期までロールズは、リベラルな立場を保持しつつ、現実社会のなかでより公正な分配システムを探究しようとする姿勢で一貫していた。

4　ロールズ以後の正義論

　ロールズの正義論がきっかけとなって正義についての議論が盛んに行なわれるようになったのが、現代政治哲学の一つの特徴である。ロールズ以後の英語圏の政治哲学は、より公正な原理を提起する議論が中心になっている。そのなかにはロールズの影響を受けたものもあるが、ロールズとは違った発想に基づくものもある。ロールズが自らの正義論を「一つの正義論」（a theory of justice）として提示したように、ほかの思想や理論とも対話可能な理論と考えていく必要がある。

　政治哲学の分野以外でも、環境やジェンダーなど社会のさまざまな次元で公正さを求める正義論が展開されている。また、政治哲学の分野では、マイケル・ウォルツァーらが展開した正しい戦争の議論も正義論の一つとみなすこともできる（ロールズも論じている）が、正戦論は、戦争制限論であると同時に戦争正当化論でもあり、政治哲学は「戦争のない世界」を目指すべきだと考えるので、

本書では除外して、ロールズの影響を受けた、ほかの正義論について簡潔に取り上げたい。

グローバル正義の探求へ

　現代の正義論は、背景となる政治社会のレベルを国民国家に限定できなくなっている。世界のさまざまな事象が全体的連関をもって起こっているから、国境によって遮られた範囲でのみ通用する原理は、現代において妥当しないということである。もちろん、自由主義や社会主義や民主主義は普遍主義的な内容をもった思想原理ではあるが、グローバル化のなかでさまざまな問題が起こっており、そのような相互連関を意識してグローバル正義を提示する必要に迫られている。

　ロールズの正義論を国際関係に適用しようという議論は、チャールズ・ベイツ（Charles R. Beitz, 1949–）の『国際秩序と平和』（1979年）を嚆矢としてさまざまなかたちで展開してきた。とりわけ、格差原理を貧困の問題に応用しようとする構想がなされている。正義論のなかでもグローバル正義が強調されるようになったのが、現代政治哲学の特徴であり、ロールズの現実主義的ユートピアの構想もその一つと言える。もっとも、ロールズ自身は、『万民の法』のなかで分配的正義の基準は各国によって違うことを前提としており、当事者主義の立場に立ち、必ずしも世界的な再配分を構想しているわけではない。ロールズは、リベラルな立場を崩してはいないが、サンデルらコミュニタリアンからの批判も受け入れ、世界をさまざまなコミュニティの重層的な複合体と考えているからである。それは、人権や自由など、リベラリズムの普遍主義的な価値理念は尊重しつつ、文化やエスニシティの多様性も尊重するという立場である。

世界的貧困に対する道徳的責任

　トマス・ポッゲ（Thomas Pogge, 1953–）は、コスモポリタン的観点からグローバル正義論を展開している。コスモポリタニズムの特徴は、人間を国家や民族ではなく人類の一員と考え、あくまでも個人を重視する立場にある。ポッゲがコスモポリタンなのは、個人から出発し、家族、部族、民族、宗教共同体、国家を飛び越えてグローバルな視点をもつことを要請しているからである。ベイ

ツもそうだが、ポッゲの場合、こういった視点から貧困に対処していくのがグローバル正義の内実である。

　ポッゲは、『世界的貧困と人権——コスモポリタン的責任と改革』（2002年、邦題は『なぜ遠くの貧しい人への義務があるのか——世界的貧困と人権』）のなかでコスモポリタンの視点から世界的貧困に理論的に立ち向かおうとしている。ポッゲは、その本の「日本語版への序文」（2010年）のなかで栄養不足の人びとの数が国連食糧農業機関（FAO）の2009年の推計で10億人を超え、貧困に起因する死者が年間1800万人前後で推移しているのに、人びとはこの現状を黙認しているのではないかという問題を提起している。[17]ロールズの政治哲学でも「最も恵まれない人びと」、具体的には貧困層への配慮が重視されるが、それはあくまで国内に限定され、世界的貧困にまで及ばないのは、二重の基準だと批判される[18]。

　というのも、世界各国は相互依存の関係にあり、地球社会自体、一つのシステムをなしており、大規模で増大する富が存在する一方で、過酷で広範囲にわたる貧困が存在するという現実は、相互に深い関連があるからである。たしかに、人びとは、国家によって遮られているから、自分たちとは別の問題と考えがちだが、世界的不平等は、世界経済の不平等な構造に起因し、自分たちと無関係ではないだけではなく、責任を自覚しなければならない問題である。

　このような意味でポッゲは、コスモポリタンの立場に立ち、人権には道徳的義務も含まれると主張する[19]。人権を道徳的責務の問題として捉えるとしたら、国境によって遮られてはならないはずである。圧政、腐敗、クーデター、内戦がいかに現行のグローバル経済秩序の中心的価値によって誘発され維持されているのかを理解しなければならないということである。人類の惨状をグローバルな観点から考えたら、先進産業諸国は、ただちに別の改革案、たとえば、自国企業が外国の公職者に支払う賄賂を非合法化するなどの措置をとらなければならないという義務が発生する[20]、という議論である。

　このように、ポッゲはロールズの議論をグローバルな次元に拡げ、グローバルな不平等の是正を要請している。つまり、分配的正義を国内にとどめず、全世界に適用すべしという要請である。しかし、その方法はと言えば、先進国の立法措置に委ねられ、実効性が上がるかどうか不確実ではある。とはいえ、世

界的不平等、世界的貧困に対して道徳的義務があるというのは、地球時代の一つの倫理にはなるだろう。

　もっとも、このような倫理の立て方には根源的な批判もできるだろう。たとえば、ハンナ・アレントは世界市民の立場を、市民というのは自ら責任を負える範囲でのみ成り立つ概念であり、もし世界中の問題に責任を負わねばならないとしたら、それは「耐え難い重荷」となるだろうとして批判したが[21]、責任ある市民としては、所得や富の配分も含む政策決定に参加していないところにまでに義務が生じることはないはずである。もちろん、ポッゲは道徳的義務のレベルで議論しているのだが、それでも人類社会のすべての問題に責任を感じなければならないのだとしたら、人間は責任の重さで圧し潰されてしまうであろうし、それは不可能なことである。とはいえ、人間として見過ごせない状況はつねに起こっており、今日さまざまな方法で情報を得、手を差し伸べることはできるのだから、人権の普遍性の立場に立てば、遠くの人びととも共存していくためにできる限りのことはすべきだという立場にも理があることは、確かである。

障害のある人びとへの配慮

　ロールズ正義論では、ポッゲが言うような世界的貧困への対処とともに、身体的・精神的障害のある人びとへの配慮という視点が抜け落ちていたので、健康や介助・介護が必要な人びとへのケアを重視し、それを人類的なレベルで行なっていかねばならないというのが、マーサ・ヌスバウム（Martha Craven Nussbaum, 1947–）のケイパビリティ・アプローチである。ヌスバウムは、「全人類の人間性によって構成される道徳的共同体に第一の忠誠を誓うべきだ[22]」という観点から愛国心に反対し、個人を直接、人類と結びつけるコスモポリタニズムからグローバル正義を構想していると言えよう。

　ヌスバウムは、人間の尊厳の最低限の要請として「人間の中心的ケイパビリティ」を想定して、あらゆる国家でこれらのケイパビリティを憲法によって保障することを主張している。ケイパビリティとは、人間の潜在能力のことであり、基本的には誰でもが人間らしい生活を送ることができるはずであり、そのための条件が整えられなければならないことを意味している。

　ヌスバウムは、中心的ケイパビリティの内容として、①生命、②身体の健康、③身体の不可侵性、④感覚・想像力・思考力、⑤感情、⑥実践理性、⑦連帯、⑧ほかの種との共生、⑨遊び、⑩自分の環境の管理をあげ、暫定的ながらそれぞれについて具体的に説明している。たとえば、⑩については、仕事において、人間として働き、実践理性を行使し、かつほかの労働者との相互承認という意義のある関係性に入ることができること、というようにである。[23]

　これらの項目は、ロールズ正義論で欠落している事柄を補足する規範的要請である。つまり、ロールズ正義論で除外されているのは、障害をもつ人びとの問題と動物やそれ以外の自然の問題である。[24]逆に言えば、これらの問題を正義論のなかに取り込めというのがヌスバウムの主張である。とくに重要なのは、ロールズが障害のある人びとへのケアを基本善に含めていない点に対する批判である。ロールズは、善の構想に関する能力と正義感覚という道徳能力を前提にして、相互有利性と大まかな平等性を条件に理論構築しているから、「重度の知的損傷のある人びとと、人生の長期にわたって彼らのような状態にあるすべての人びとが、すでにはじかれてしまっている[25]」のである。たしかに、生まれながらに障害を負った人だけでなく、誰しも病気や事故で障害を負うこともあり、また老化によってさまざまな障害が出てくるのだし、人間の置かれた条件には違いがあり、ケアが必要な人たちも多くいるので、障害のある人びとへの配慮を正義論から排除すべきではないだろう。

　しかし、障害の有無を強調するのではなく、すなわち「何ができない」かではなく「何ができるか」というポジティヴな発想をもつ必要があるのではないか。ケイパビリティという概念も本来、自分のもっている潜在能力を発揮できるようにするというポジティヴな発想であるように、多様なかたちで生の充実を図っていくべきであり、人間の自由とは条件づけられており、各人が「できること」のなかで相互に協力する政治社会を構築・維持していくことが重要だと考えるべきであろう。ロールズのいう「最も恵まれない人びと」への配慮は、ロールズ自身が言及していないとしても、当然のこととして、障害のある人びとへの配慮も含むと解釈することができる。

公正さの基軸を求めて

　政治理論に限らず、社会のさまざまな次元で公正さを求める正義論が展開されているのは、一つには、現在、技術や情報の発展が進み、発展の負の側面に目を向け、正しい方向づけをしなければならないという危機的状況に立ち至っているからであり、もう一つには、誰しもが対等で人間らしい生活をするには、現実における不公正な状態を改めていかねばならないからである。公正さを求める動きは、地球規模で起こっているのであり、その解決は市民一人ひとりの創意に委ねられている。環境問題、人権問題、ジェンダーなどさまざまな問題ごとに社会正義を求める議論が起こっており、理論的・実践的な取り組みがなされている。ここでは詳述できないが、環境的公正（環境正義）、ジェンダー正義（ジェンダー平等）、性的マイノリティの人権保障、人種差別の克服、言語権の保障など、問題ごとに公正さの基軸を求める議論がなされており、地球的な連関のなかででさまざまなかたちで運動が展開している。

　これらの正義論は、社会正義の議論であるとともに、特定の軸を立てて公正な社会のあり方を追求している。また、理想的状況を構想したうえで現実の問題に対処しようとしている。これらは、社会の包括的なあり方を措定するのではなく、ポパーの説く漸進的社会工学のように、不正義を正していくという側面が強いが、対等性、共感、連帯という積極的な価値の実現も目指している。このように、正義論はさまざまに展開しているが、規範的議論として展開しているのが現代政治哲学の特徴である。

1 ）　泉昌一『現代アメリカ政治の構造』（未来社、1985年）313-314頁参照。
2 ）　John Rawls, *A Theory of Justice*（Belknap Press of Harvard University Press, 1971），p. viii .
3 ）　*Ibid.*, p. 12.
4 ）　*Ibid.*, p. 83（正義の二原理の定義は、ロールズ正義論の展開を明らかにするために、『正義論』初版のこの箇所での定義に依拠した）.
5 ）　*Ibid.*, p. 157.
6 ）　*Ibid.*, p. 180.
7 ）　John Rawls, "Some Reasons for the Mamin Criterion," *The American Economic Review*, vol. 64（May 1974), p. 143.
8 ）　John Rawls, "The Basic Liberties and Their Priority," in John Rawls *et al.*; Sterling M. McMurrin（ed.), *Liberty, Equality, and Law: Selected Tanner Lectures on Moral Phi-*

losophy Philosophy (University of Utah Press, 1987), p. 5 参照。ジョン・ロールズ『公正としての正義 再説』田中成明、亀本洋、平井亮輔訳、エリン・ケリー編（岩波書店、2004年）75頁でも「公正な機会均等原理」を(a)にし、「格差原理」を(b)にしている。

9）　John Rawls, "The Idea of Overlapping Consensus," *Oxford Journal of Legal Studies*, vol. 7, no. 1 (Spring 1987), p. 2.

10）　John Rawls, *Political Liberalism* (Columbia University Press, 1993), p. 241参照。

11）　*Ibid.*, p. 476

12）　ジョン・ロールズ『万民の法』中山竜一訳（岩波書店、2006年）68頁参照。

13）　同上、76頁参照。

14）　若松良樹「正義論の復興」、中谷猛、足立幸男編『概説西洋政治思想史』（ミネルヴァ書房、1994年）所収、365–368頁参照。

15）　*Political Liberalism*, p. xxxi 参照。

16）　『公正としての正義 再説』248頁。

17）　トマス・ポッゲ『なぜ遠くの貧しい人への義務があるのか――世界的貧困と人権』立石真也監訳（生活書院、2010年）3–14頁参照。

18）　同上、176頁参照。

19）　同上、117頁参照。

20）　同上、226頁参照。

21）　ハンナ・アレント『暗い時代の人々』〔ちくま学芸文庫〕阿部齊訳（筑摩書房、2005年）134頁参照。

22）　マーサ・C. ヌスバウム編『国を愛するということ』辰巳伸和、能川元一訳（人文書院、2000年）26頁。

23）　M.C. ヌスバウム『正義のフロンティア――障碍者・外国人・動物という境界を越えて』神島裕子訳（法政大学出版局、2012年）90–92頁。

24）　同上、140頁参照。

25）　同上、164頁。

【文献案内】

　John Rawls, *A Theory of Justice* (Belknap Press of Harvard University Press, 1971；Revised edition, 1999)〔ジョン・ロールズ『正義論』矢島鈞次監訳（紀伊國屋書店、1979年）；〔改訂版〕川本隆史、福間聡、神島裕子訳（紀伊國屋書店、2010年）〕は、現代の政治哲学を方向づけたロールズの代表作である。John Rawls, *Political Liberalism* (Columbia University Press, 1993) は、立憲民主主義を前提にして、多元主義的体制に安定を与える諸構想を展開している。ジョン・ロールズ『公正としての正義』（木鐸社、1979年）は、『正義論』以前のロールズの論文を収録している。ジョン・ロールズ『公正としての正義　再説』田中成明、亀本洋、平井亮輔訳、エリン・ケリー編（岩波書店、2004年）は、『政治的リベラリズム』以後のロールズの正義論の展開を示している。「財産所有制民主主義」についての思索を深めている。ジョン・ロールズ『万民の法』中山竜一訳（岩波書店、2006年）〔John Rawls, *The Law of Peoples: with "The idea of public reason revisited"* (Harvard University Press,

1999）〕は、『正義論』における議論を国際社会に適用し、「現実主義的ユートピア」を構想している。ジョン・ロールズ『ロールズ哲学史講義』（上・下）保田顕二、下野正俊、山根雄一郎訳、バーバラ・ハーマン編（みすず書房、2005年）は、ホッブズ、ロック、ルソー、J.S. ミル、マルクスを取り上げ、自らとの思想的対話を繰り広げている。とくにマルクスの社会主義を「リベラルな社会主義」と評価し、「自由に連合した生産者の社会」の可能性を検討するなど、注目すべき議論を展開している。

　Thomas W. Pogge, *Realizing Rawls* (Cornell University Press, 1989) は、ロールズ正義論を批判的に展開していく必要を示唆している。Thomas W. Pogge, *John Rawls* (C.H. Beck, 1994) は、ロールズの生涯とその政治哲学の意義について簡潔かつ明確に記述している。M.J. サンデル『リベラリズムと正義の限界』菊池理夫訳（勁草書房、2009年）は、ロールズの『正義論』における自由で独立した人格の概念やカント主義的人間論を抽象的な「負荷なき自我」として批判し、ロールズ批判をとおして自らの立場を明らかにしている。アラスデア・マッキンタイア『美徳なき時代』篠崎榮訳（みすず書房、1993年）は、徳の議論を古代ギリシアにおける諸々の徳から読み解き、道徳的な意味で共通善を求める立場を喚起している。菊池理夫『現代のコミュニタリアニズムと「第三の道」』（風行社、2004年）は、英語圏におけるリベラル・コミュニタリアン論争を取り上げ、コミュニタリアニズムの思想的核心を共通善の追求に求めている。

　マイケル・ウォルツァー『正しい戦争と不正な戦争』萩原能久監訳（風行社、2008年）は、第二次世界大戦後の状況を踏まえて戦争制限論としての正戦論を展開している。C.ベイツ『国際秩序と正義』進藤榮一訳（岩波書店、1989年）は、ロールズの格差原理を国際秩序に適用する嚆矢となった研究である。トマス・ポッゲ『なぜ遠くの貧しい人への義務があるのか──世界的貧困と人権』立石真也監訳（生活書院、2010年）〔Thomas W. Pogge, *World Poverty and Human Rights: Cosmopolitan Responsibilities and Reforms* (Polity Press, 2002)〕は、コスモポリタンの立場から分配的正義の議論をグローバルな次元で展開している。M.C. ヌスバウム『正義のフロンティア──障碍者・外国人・動物という境界を越えて』神島裕子訳（法政大学出版局、2012年）〔Martha C. Nussbaum, *Frontiers of Justice: Disability, Nationality, Species Membership* (Belknap Press of Harvard University Press, 2006)〕は、ロールズ正義論で除外された障害者・外国人・動物の権利という視点から正義論の新しい地平を切り開いている。マーサ・C. ヌスバウム編『国を愛するということ』辰巳伸和、能川元一訳（人文書院、2000年）は、国家への帰属よりも全人類への忠誠を優位に立てるコスモポリタン的立場を明確化したうえで、それに対する批判的応答を収録している。

おわりに

　政治哲学＝規範的な政治理論は、「公正な社会」の探究という側面をもっていたが、20世紀において全体主義が現れ、その一因が政治哲学者が追求した、個と共同体の完全な調和という発想にあったことは確かである。したがって、現代の政治哲学は、そのような発想自体に対して批判的であり、新たな装いをもって展開してきたと言える。完全な社会をつくろうとして地獄を現出してきたのが全体主義であったのだとしたら、今日求められているのは、よりよき世界、より平和な世界の構築であり、そのために政治哲学がどのような視点を提示できるかということである。

　現代の政治哲学は、理論的前提として個人の自由・平等・独立を尊重するリベラルな諸価値を共有している。それらは現代社会に定着しているので、リベラルな諸価値を再定式化したり、矛盾や行き過ぎを是正していくことは必要だが、それらを無視したり全否定することはできないからである。サンデルのようなコミュニタリンもリベラルなコミュニタリアンと呼ばれるように、自由で民主主義的な価値の前提のうえで暫定協定として共通善を設定するのであって、道理にかなった熟議を要請したロールズと同じように、討議の過程を重視している。

　アレント、ポパー、フェーゲリンが主張するように、ナチズムや共産主義の信奉者は地上に天国をつくろうとして地獄を現出してきたという歴史に注目するならば、彼らがユートピア主義に反対するのも故なしとしない。しかし、ロールズが「現実主義的ユートピア」として諸国民衆の法規範を構想しているように、過去を未来につないでいく役割を担う政治哲学としては、ユートピア的思考の肯定面も無視することはできない。現実を不可避や不変的なものと考えず、

別様な現実もつくり出すことはできるのであり、よりよき未来を切り開いてい
かねばならないからである。というのも、ユートピア的思考には現実にない世
界を想定することによって、現実を突き放して見ることを可能にするという機
能があるからである。「戦争のない世界」「貧困のない世界」「核のない世界」
というようなかたちで、政治社会のあり方を構想することは、現代において重
要な課題であるし、そのような目標は非暴力的に追求されねばならない。しか
し、社会全体を組み替えようとすることは、科学的に正当化しえないだけでな
く、現代の政治哲学がとる立場ではない。全体主義以後の政治哲学は、よりよ
き世界を求めて政治的・社会的な矛盾を克服していくことに自己限定しなけれ
ばならない。

　つまり、絶対的なものは現象世界にはありえないので、われわれは、完全な
社会、最善社会を求めることから、よりよき世界、より公正な世界、より平和
な世界を求めていくことに、政治哲学の目的（テロス）を向け変えていかねば
ならない。そのためには、アレントやポパーが考えたように、死ぬときに生ま
れたときよりもよりよき世界を残していくことが「世界に対する責任」である
ことを、誰しもが自覚するよう促す政治哲学を構築していかねばならない。

　「よりよき世界を求めて」ということばは、ポパーが自らの著書に付けたタ
イトルでもあるが、20世紀を代表する政治哲学者であるアレント、フェーゲリ
ン、シュトラウス、ロールズらも共有する立場でもある。現代世界の諸問題は
すぐに最適解が実現できるわけではないし、さまざまな要素が絡み合って起
こっている。したがって、われわれ市民一人ひとりが、正義感覚をもって生き
ていく必要があり、政治哲学の古典を振り返りつつ、新しい事態に対応して、
よりよき世界を構築していく責任を負っている。

　政治哲学は、正しい秩序の探求という問題関心によって突き動かされてきた。
「公正な社会の探求」については、政治理論的には、立憲民主主義体制が唯一
正統性をもつ体制とみなされているが、果たして民主主義体制の正統性は揺る
ぎないものなのか。自由主義が資本主義と結びつき、格差を拡大させている現
代において、自由民主主義に取って代わる政治原理はありえないのかというこ
とも焦眉の課題となっている。

　よりよき世界の構想は、職業的哲学者や思想家だけの特権としてはならない

はずである。責任ある市民として生きる人間が、政治哲学的思考を身につけ、未来に向けて政治と人間のあり方を再考していくべきである。政治哲学的思考とは、政治的事象を歴史的に理解し、その本質を捉え、理念から現実を批判し、よりよき世界を構築するための構想を練り上げていく内的な営みである。それは、自己を絶対化するイデオロギーとは異質であり、自らの思想を一つの意見として提示し、他者の批判と吟味を経つつ、多くの人の同意によって社会を動かしていく原動力になるはずである。

　これまで述べてきたことから明らかなように、政治哲学の課題は、自由主義、民主主義、資本主義の自明性を疑ってかかり、協力、連帯、対等な関係性に基づく政治社会の構築を目指すための理論構築に加わっていくことである。それは、当然のこととして、他分野、異なった職業、他民族、他言語を話す人びととの対話と交流に基づいて行なっていくことになる。また、自らの人生のなかで実践をとおして確かめていかねば、説得力のある議論にはならないであろう。ソクラテスがそうであったように、言行一致、正しく生きていくために自らの行為を吟味しつつ前に進んでいくということである。本書では、具体的には、共和主義的民主主義、開かれた社会、多言語・多文化の地球社会、対等で非暴力的な社会というかたちでしか、人類が進むべき方向を指し示すことはできなかったが、ゆるやかなかたちでも方向を見定めつつ、具体的な問題に取り組み、個別に目標を設定し、生きる場において正しい道を切り開いていくことが各人に課せられた責務だと言えよう。

　政治哲学が市民哲学でありうるのは、専門家ではないふつうの市民でも身につけることができる学問だからである。身近な政治的・社会的事象を省察するなかで、その本質的要件を把握していくことが、その第一歩である。完璧な社会を望むのではなく、現実の不正義を一つずつでも除去していくために思考し続けること、過去の叡智から学び、よりよき世界を創造していく試みは、果てしなく続くであろう。政治哲学の役割は、政治的事象の本質をつかむとともに、よりよき世界を構想することにあり、いかなる状況のもとでも希望を捨てずに人類の歴史を前進させていくことにある。

あ と が き

　本書は、政治哲学の教科書として使うことを意図して編んだ概説書であり、各章をほぼ同じ頁数にして、わかりやすい叙述を心がけたつもりである。読者の便宜を考え、章ごとに最小限の「文献案内」を付けた。古代から現代へ、ミクロからマクロへ、西洋と日本の比較という視点をつねに念頭に置くとともに、近代国家の構成原理と現代政治哲学の再検討をとおして政治理論のパラダイム転換を目指したつもりである。

　私が政治哲学の研究書ではなく概説書を編んだのは、学問は民衆のものであり、市民一人ひとりが生きていくうえで参考になる素材を提供することを優先すべきだと考えたからである。紙幅の制限により、テーマや思想家は限定せざるをえなかったが、現代政治の基本問題を取り上げたつもりである。関西大学で行なっている、政治哲学の講義では、現代の政治哲学者の思想を検討するとともに、現代政治の諸問題を取り上げ、政治現象を思想的・歴史的に捉えようとしてきたが、本書は、政治的事象の思想的分析というより、政治についての原理的考察に関するものであり、「よりよき世界を求めて」という、政治哲学の現代の課題に応えようとして長年にわたって考えてきたことをまとめなおしたものである。とくに以下の章は、既発表の論文をもとにしている。

　　第4章「民主主義の思想原理——古代から現代へ」は、憲法研究所、上田勝美編『平和憲法と人権・民主主義』（法律文化社、2012年）所収の「民主主義思想の現在」に加筆したもの。

　　第5章「民族と国家——国民国家と民族問題」は、「国民国家と民族問題」『人間科学論集』第24号（1993年12月）を改訂したもの。

　　第6章「主権と国家——国家主権と国籍条項」は、鷲見誠一、藪山宏編『近代国家の再検討』（慶應義塾大学出版会、1998年）所収の「国家主権と国籍条項」を改訂したもの。

　　第7章「言語と国家——民族語と国際語」は、押村高編『政治概念の歴史的展開　第七巻』（晃洋書房、2015年）所収の「国際語」を改訂したもの。

本書に取り上げたテーマは、私が長年にわたって考えてきたことだが、まとめるのには難航した。扱う題材が古代から現代にわたり、さまざまな問題について網羅的に触れねばならず、しかも全体で一つの流れをつくらねばならなかったからである。出版が決まってから時間的な余裕がなかったという事情もある。とはいえ、政治哲学にはさまざまな形態がありうるが、本書は、過去の叡智を未来につなげていくことができればという思いで編んだものであり、そのことが少しでも読者に伝われば、幸いである。

　法律文化社には、出版状況が厳しいなかで出版をお引き受けいただき、感謝している。編集部の小西英央氏には、今回もたいへんお世話になり、ありがたく思っている。私は、これまで専門家でなくとも探究できる学問の構築を目指してきたので、市民一人ひとりが政治哲学の営みに加わることを期待し、本書がそのために少しでも役立つようにと願っている。

　　　　2018年7月

　　　　　　　　　　　　　　　　　　　　　　　　寺 島 俊 穂

索　引

■著者紹介

寺 島 俊 穂（てらじま・としお）

1950年　東京都に生まれる
現　在　関西大学法学部教授

［主な著書］
『戦争をなくすための平和学』（法律文化社、2015年）
『現代政治とシティズンシップ』（晃洋書房、2013年）
『ハンナ・アレントの政治理論──人間的な政治を求めて』（ミネルヴァ書房、2006年）
『市民的不服従』（風行社、2004年）
『政治哲学の復権──アレントからロールズまで』（ミネルヴァ書房、1998年）

Horitsu Bunka Sha

政治哲学概説

2019年1月15日　初版第1刷発行

著　者　　寺 島 俊 穂

発行者　　田 靡 純 子

発行所　　株式会社 法律文化社

〒603-8053
京都市北区上賀茂岩ヶ垣内町71
電話 075(791)7131　FAX 075(721)8400
http://www.hou-bun.com/

＊乱丁など不良本がありましたら、ご連絡ください。
　送料小社負担にてお取り替えいたします。

印刷：亜細亜印刷㈱／製本：㈱藤沢製本
装幀：谷本天志

ISBN 978-4-589-03981-1

ⓒ2019 Toshio Terajima Printed in Japan

寺島俊穂著

戦争をなくすための平和学

A5判・250頁・2500円

非暴力主義の立場から平和の理論構築を行い、実践的学問である平和学の今日的課題を探究。戦争のない世界の実現をめざし、私たちの役割と課題に言及し、誰にでもできる実践が平和の創造と構築に結びつくことを説く。

日本平和学会編

平和をめぐる14の論点
―平和研究が問い続けること―

A5判・326頁・2300円

いま平和研究は、複雑化する様々な問題にどのように向きあうべきか。平和研究の独自性や原動力を再認識し、果たすべき役割を明確にしつつ、対象・論点への研究手法や視座を明示する。各論考とも命題を示し論証しながら解明していくスタイルをとる。

星野英一・島袋 純・高良鉄美・阿部小涼・里井洋一・山口剛史著

沖縄平和論のアジェンダ
―怒りを力にする視座と方法―

A5判・220頁・2500円

平和と正義が脅かされる実態と構造の考察をふまえ、問題の本質を追究する視座を提示。「安全保障理論」「沖縄の軌跡」「マイノリティの視座」「平和教育の実践」の4部構成。怒りを力に変え、平和な技法によって平和と正義を手に入れるための方途を探る。

鈴木達治郎・広瀬 訓・藤原帰一編

核の脅威にどう対処すべきか
―北東アジアの非核化と安全保障―

A5判・228頁・3200円

北東アジアにおける核廃絶に向けて長期的、客観的な分析と提言の書。核廃絶の阻害・促進要因について、核抑止依存の実態、「トラック2」外交の可能性、安全保障環境の改善と非核化プロセスの検証に焦点をあて分析。

坪郷 實著

環境ガバナンスの政治学
―脱原発とエネルギー転換―

A5判・182頁・3200円

統合的環境政策を中核とする「環境ガバナンス」に関する主要な議論を政治学的観点から整理し考察。持続可能な社会の構築にむけ、統合的環境政策の理論・戦略・実践、それらの課題を包括的に検討する。

―法律文化社―

表示価格は本体(税別)価格です